スター・ウォーズ
ジョイナーの王
上巻

トロイ・デニング［著］
富永和子［訳］

ソニー・マガジンズ

Published originally by Del Rey Books,
an imprint of The Random House Publishing Group,
a division of Random House, Inc., New York.
under the title:

Star Wars: Dark Nest I: The Joiner King Vol.1
A Novel by Troy Denning

編集協力＝**株式会社ウィーヴ & FX Ltd.**
Editorial association by We've Inc. and FX Ltd.

カバーデザイン＝**花村 広**
Jacket design by Hiroshi Hanamura

カバーイラスト＝**長野 剛**
Cover Art by Tsuyoshi Nagano

その昔、わたしをはるか彼方の銀河へと招いてくれた
カーティス・スミスに捧げる。
——トロイ・デニング

主な登場人物

ルーク・スカイウォーカー　銀河大戦の英雄として名を馳せたジェダイ・マスター。
レイア・オーガナ・ソロ　もと新共和国元首。ルークの双子の妹でハン・ソロの妻。
ハン・ソロ　銀河大戦の英雄。もと密輸業者。レイアの夫。
マラ・ジェイド・スカイウォーカー　ルークの妻であるジェダイ・マスター。
ベン・スカイウォーカー　ルークとマラの幼い息子。
C-3PO　ルークやレイアに仕えるプロトコル・ドロイド。
R2-D2　ルークの所有するアストロメク・ドロイド。
ジェイセン・ソロ　ソロ家の長男でジェイナの双子の弟。ジェダイ・ナイト。
ジェイナ・ソロ　ジェイセンの双子の姉。ジェダイ・ナイト。
ゼック　かつてダーク・ジェダイだったジェダイ・ナイト。
アリーマ・ラー　トワイレックのジェダイ・ナイト。
タヒーリ・ヴェイラ　ゾナマ・セコートで暮らすジェダイ・ナイト。
ティーザー・セバタイン　バラベルのジェダイ・ナイト。サーバの息子。
ローバッカ　ウーキーのジェダイ・ナイト。故チューバッカの甥。
テネル・カー　ヘイピーズ連合を治めるクイーン・マザー。ジェダイ・ナイト。

サーバ・セバタイン　ジェダイ・カウンシルの一員であるジェダイ・マスター。
キップ・デュロン　ジェダイ・カウンシルの一員であるジェダイ・マスター。
コラン・ホーン　ジェダイ・カウンシルの一員であるジェダイ・マスター。
シルガル　ジェダイ・カウンシルの一員であるジェダイ・マスター。治療師。
ケンス・ハムナー　ジェダイ・カウンシルの一員であるジェダイ・マスター。
カイル・カターン　銀河大戦で活躍したジェダイ・マスター。

カル・オマス　銀河連合自由同盟の元首。
ザカリス・ゲント　銀河同盟の情報部に務める暗号解読者。
ジャグド・フェル　チス防衛軍の将校。
ミッツウェックレオーニ　チス帝国を治める四大ファミリーのアリストクラ。
チャフォーンビントラノ　チス帝国のアリストクラ。
アカナ・ノランド　ホワイト・カレントを使うファラナッシの一員。
ターファング　お尋ね者のイォーク。
ジャイ・ジューン　サラスタンの密輸業者。

ユヌスール　昆虫型エイリアン種族のネストを代表する者。

スター・ウォーズ

ジョイナーの王

上巻

プロローグ

　またあれが戻ってきた。明るく光り差し招くはるか彼方《かなた》の星のように、フォースのなかで燃える絶望が。ジェイナ・ソロは、司法の船《ジャスティス・シップ》のビューポートに目をやり、ゆっくりと回っている円筒形の拘留センター、〈マクセク・エイト〉の背後に広がる真空のなかへと目をさまよわせた。これまでと同じように、それは未知領域《アンノウン・リージョン》の方向から来る。でも、何を求める呼びかけなのか？　それに、だれからの？　彼女の思いに触れてくるツルは、細く、稀薄《きはく》すぎて、それがわからない。

「ジェダイ・ソロ？」審問官が証言台の手すりに近づいた。「いまの質問を繰り返したほうがよろしいですか？」

　目じりのしわが深い長身のアサダー・ジャッドは、背筋をぴんと伸ばした、スキンヘッドに灰色の目の、退役軍人特有の尊大な物腰の女性だった。再建局の小物官僚は、みなこういう態度を取る。たとえ彼らの勤務歴にある唯一の記録が、一〇年まえどこかの惑星で徴兵されたときの番号だったとしても、だ。

「あなたが〈ナイト・レディ〉で、ジェダイ・ローバッカたちと――」

「いいえ、審問官、質問は聞こえたわ」ジェイナは、起訴されているヤーカを見た。大きな男だ。人間に近い顔には、なんの表情も浮かんでいない。彫刻をほどこしたアイソリアンの頭蓋骨《ずがいこつ》が、サイバネティクス移植器の側面カバーを飾っている。「〈レッドスター〉の乗員は、あたしたちの乗船を断ろうとしたの」

ジャッドの灰色の目が、いらだたしげに光った。「彼らはあなた方をブラスターで攻撃してきた、そうではありませんか?」

「そうよ」

「そのために、ライトセーバーで身を守る必要に迫られたのですね?」

「ええ」

ジェイナが戦いの模様をしゃべるのを、ジャッドは黙って待っている。だが、ジェイナはそれよりも、フォースのなかに送られてくる絶望感のほうが気になった。それは刻々と強くなり、切迫し、そこに含まれた不安も増していく。

「ジェダイ・ソロ?」ジャッドがジェイナのまえに立ち、審問室の外の眺めをさえぎった。「わたしを見てください」

ジェイナは氷のような目でジャッドを見た。「質問には答えたはずよ」

ジャッドはそれとわからぬほどわずかに体を引いたものの、ジェイナの声に含まれた反発を無視して、尋問をつづけた。「そのとき、あなたは何を着ていましたか?」

「外套《がいとう》よ」

「ジェダイの外套ですか？」

「ただの外套よ」この数年、何度も証言台に立っているジェイナは、この審問官が不じゅうぶんな証拠を、ジェダイの証人が持つ神秘性で補おうとしていることはわかっていた。これはジャッドが、銀河におけるジェダイの役割を理解してもいなければ、それに敬意を払ってもいない明らかなしるしだ。「ジェダイは制服を着ているわけではないわ」

「たしかに。ですが、レッドスターの情報収集にたずさわった犯罪者が、あなた方の身元を気づきそこねることは――」ジャッドは言葉を切った。

裁決機関の審問官は、偏見を持たないとされているのだ。が、実際には、ほとんどの審問官が、起訴された被告を有罪にする努力しか払っていない。

「ジェダイ・ソロ、乗員たちはあなた方をほんとうに海賊だと思った、そう言うのですか？」

「彼らがどう思ったか、わたしは知らないわ」

ジャッドは目を細め、黙ってジェイナを観察した。

戦争が終わったあと、ジェダイは新しい政府の細々とした問題にかかわるのを避けるべきだ、とルーク・スカイウォーカーが政府に助言したにもかかわらず、結局のところ、ジェダイ・オーダーは数々の困難がともなう銀河の再建を、傍観しているわけにはいかなかった。その成否に銀河連邦自由同盟の浮沈がかかった、ジェダイにしかできない重大な任務があまりにも多すぎるのだ。しかも再建にたずさわっている官僚のほとんどは、ジェダイ・オーダーをたんなる星系間宇宙の治安を守るエリートグループとみなすようになっていた。

ジェイナはようやく答えた。「戦うのに忙しくて、彼らの思いを探っている暇はなかったわ」

ジャッドは芝居がかったため息をついた。「ジェイナ・ソロ、あなたのお父さんは、その昔、密輸業者でしたね？」

「あたしが生まれるまえの話よ、審問官」この指摘に、傍聴席でジェイナを待っている仲間のジェダイ・ナイト、ティーザー・セバタインとローバッカが小さく笑う。「だいたい、それがこれとどういう関係があるの？」

ジャッドは判事たちに顔を向けた。「いまの証言を、記録から削除して――」

「あなたの質問に対する答えは、銀河じゅうが知っているわ」ジェイナは審問官の言葉をさえぎった。「銀河の歴史のクラスの半分で教えているもの」

「ええ、そのとおりですね」審問官は偽りの思いやりをにじませ、被告のヤーカを指さした。「あなたはこの被告に同情しているのでしょうか？　お父さん自身の法律とのあいまいな関係のせいで、犯罪者の不利になるような証言をしぶっている可能性があるでしょうか？」

「まったくないわ」ジェイナはひんやりした金属の手すりを、へこみそうなほど握りしめた。「この五標準年のあいだに、あたしは三七人の大将軍《ウォーロード》を捕まえ、一〇〇以上の密輸組織を――」

突然、フォースのなかであの絶望がこれまでより明確になった。この気持ちは知っている。ジェイナはビューポートに目を戻し、そのまま証言台を降りた。

「待って」

タヒーリ・ヴェイラは片手を上げて制した。彼女のまえに立っているふたりのユージャン・ヴォングが、口をつぐむ。ふたつのグループが期待をこめて彼女を見守ったが、タヒーリは黙ってゾナマ・セコートの青い空を振り仰いだ。この数週間、タヒーリはフォースのなかにかすかな虫の知らせを感じていた。それがしだいに形を取って不安となり、もっと強い……苦悩とパニックと絶望に高まったのだ。

「ジーダイ・ヴェイラ？」小柄なほうのユージャン・ヴォングが尋ねた。

この男の目は片方しか見えず、ごつごつした顔はゆがんでいる。かつての下層階級、恥ずべき者《シェイムド・ワン》、いまでは高められた者《エクストールド》たちと呼ばれる階級のメンバーだ。シェイムド・ワンたちは、上層階級の圧制者たちに反旗をひるがえし、ユージャン・ヴォングとこの銀河の文明の双方が滅びそうになった戦いの終結に手を貸したのだった。

「どうかしたのですか？」

「ええ」

タヒーリはどうにか目のまえにいるグループに注意を戻した。彼らの縁の青い目とかたい革のような皮膚の顔は、毎朝、鏡のなかで見るブロンドの髪の娘よりも、はるかにしっくりくる。戦争のさなかに彼女の身に起こったことを考えれば、これは驚くにはあたらなかった。タヒーリは、少なくとも頭と気持ちは、人間であるのと同じくらいユージャン・ヴォングでもあるのだ。

「でも、これとはなんの関係もないことよ。つづけてちょうだい」

エクストールド・ワン――彼の名前はバヴァだ――は、うやうやしくおじぎをして、タヒーリの背の高さまで自分の目線を下げた。

「さきほどから話しているように、ジーダイ・ヴェイラ、今週になってからすでに四回も、サル・ガタ一とその配下の戦士たちが、われわれの畑から盗むのを見つけました」

タヒーリは頭を傾けた。「あなた方の畑？」ラオキオは、共同生活を営む村、という建前を取っている。ともに働き、信頼しあう、議論好きのユージャン・ヴォングたちにその方法を学ばせるための実験だった。「あの畑は、みんなのものだと思ったけれど？」

「共同の畑とはべつに、どのグラシャルにも一区画割りあてることにしたのです」バヴァはガターに向かって冷笑を浮かべ、言葉をつづけた。「ところが、戦士たちは自分たちの区画を耕そうとはせず、われわれが代わりにそうすることを期待しているのです」

「われわれにはできないのだ！」ガターが言い返した。タヒーリよりゆうに五〇センチは背が高く、体重はほぼ三倍もあるガターの顔には、まだ副官《サバルターン》であったことを示す刺青《いれずみ》と儀式的な傷が残っていた。「われわれは神々に呪《のろ》われている。われわれが植えたものは、ひとつとして育たない」

タヒーリはため息をのみこんだ。「また階級ごとに分かれたの？ あなたたちは、一緒に暮らすことになっているはずよ」

タヒーリが話していると、チャドラ＝ファンの、よく知っている感触がフォースのなかで触れてきた。

〝タヒーリ、どこにいるの？　例の感じが強くなっていることに気づいた？〟

タヒーリはこの接触に心を開き、だれが送ってくるのかわからない〝恐れ〟に気持ちを集中した。テクリはフォースがとくに強いわけではない。タヒーリがこれほどはっきりと感じている呼びかけも、あの小柄なチャドラ＝ファンには、かすかなささやきにしか聞こえないのだろう。ふたりとも、ダニ・クイーにこれを知らせようとはしなかった。ダニもフォースに敏感ではあるが、これまでのところ彼女は、この不安をまったく感じていないからだ。

「階級のまじったグラシャルで暮らすのは不浄なのだ」ガターの声がタヒーリの思いをラオキオ村の問題へと引き戻した。「戦士にシェイムド・ワンと同じ土の上に眠れと要求することはできん」

「シェイムド・ワンだと！」バヴァが叫んだ。「われわれは高められたのだ、戦士はユージャン・ヴォングを滅びへと導いたが、われわれはシムラの異端をあばいたのだぞ」

ガターの目の青い縁が広くなり、黒ずんだ。「言葉に気をつけるのだな、ラール、さもないとその毒で命を落とすぞ」

「真実に毒はない」バヴァはちらっとタヒーリを見て、それから鼻を鳴らした。「いまではきみたちがシェイムド・ワンだ！」

ガターの手が動き、バヴァがルグラスの上を転がっていった。たとえ、タヒーリが防ぎたかったとしても、それができたかどうかわからない。それに、タヒーリは介入する気はなかった。ユージャン・ヴォングはつねに自分たちの方法で問題を解決する。ダニ・クイーやテクリには、たぶんゾナマ・セコートですら、完全には理解できない方法で。

バヴァの体が止まり、彼は見える目をタヒーリのほうに向けた。タヒーリは彼を見返したが、何もしなかった。戦争を終結させる努力により、のけ者の地位から成りあがったエクストールド・ワンは、熱心に昔の自分たちと同じ立場の階級をつくろうとしている。これは、そういう行為がどんな結果をもたらすか、彼らの心に焼きつけるよい機会かもしれない。それに、あの〝感じ〟はどんどん強くなり、はっきりしてくる。よく知っているだれかが、フォースを通じて彼女に——そしてテクリに——助けを求めているようだ。

〝急いで来てくれ〟……タヒーリの頭のなかで、それは聞き覚えのある声になった。〝いますぐに〟

ジェイセン・ソロがその言葉を〝聞いた〟ときには、それはすでに意識閾《いき》の下へと沈み、意識の基層のぬかるみへと消えかけていた。とはいえ、それがもたらしたメッセージ、この数週間たえまなく感じていた呼びかけに応えるときが来たという確信は残っている。空中にあぐらをかいて座っていたジェイセンは、足を伸ばし、瞑想円《めいそうえん》の床に下ろした。何かがはじけるような音がひとしきりつづき、舗装用ラーストーンのあいだの継ぎめからこぼれでている細いブラダバインがつぶれた。

「アカナ、残念だが、ここをたたなくてはならない」

アカナは目をあけずに答えた。「残念に思うなら、行くべきではありませんよ、ジェイセン」

オリーブ色の肌と黒い髪のこの小柄な女性は、五〇標準歳という実年齢よりも、むしろジェイセンの歳に近く見える。彼女は瞑想円の中心に浮かび、修行中の弟子たちに囲まれていた。彼らの成功の度合はさまざまだ。

「悔いを感じるのは、あなたが流れ《カレント》に身をゆだねていなかったしるしです」

ジェイセンは少し考え、それからアカナに向かって頭を下げた。「では、残念という言葉は取り消すよ」フォースのなかの呼びかけはつづいていた。針のような鋭い痛みが、胸の奥を引っぱる。

「行かなくてはならない」

アカナは目をあけた。「訓練はどうするの？」

「これまでの教えに感謝する」ジェイセンはきびすを返した。「この先は戻ってからまた――」

「いいえ」アカナの言葉とともに、瞑想円の出口がツタのからまる壁の後ろに消えた。「ここを出ていくことは許しません」

ジェイセンは足を止め、アカナと向かいあった。「幻覚は必要ないよ。きみが帰ってくるなというなら、もう戻らない」

「わたしが望まないのは、あなたが訓練を中断することよ」アカナはジェイセンの上へと漂ってきて、足を床に下ろした。ホワイト・カレントにすっかり浸ったアカナの足もとでは、繊細なブラダバインさえもはじけない。「まだ早すぎる。あなたは立ち去る準備ができていないわ」

ジェイセンはいらだちを抑えた。なんといっても、ファラナッシのお教えを乞《こ》うたのは彼のほうなのだ。「ぼくはたくさんの訓練を終了したよ、アカナ。そして、どのオーダーも自分たちの道が唯一の道だと信じていることがわかった」

「わたしは修道僧や魔女の話をしているのではありませんよ、ジェイセン・ソロ。あなたのことを話しているの」暗褐色の目がジェイセンをひたと見据えた。「この件に関するあなたの気持ちは、はっきりしていない。だれかが呼びかけている。あなたは理由も知らずにそれに応えようとしているわ」

「あなたにも〝聞こえ〟るんですか？」

「いいえ、ジェイセン。あなたはホワイト・カレントのなかで、おじさんと同じくらい無様に目立つの。あなたの気持ちはさざなみを立てる。さざなみは読むことができるわ。その呼びかけは、弟さんから来ているの？」

「いや。アナキンは戦いで死んだ」そう、弟が死んでからすでに八年になる。ようやくジェイセンは、その死をある程度受け入れ、弟の死がフォースになんらかの目的を果たしたのだと思えるようになった。アナキンの死は戦いに転機をもたらした。あれをきっかけに、ジェダイは自分たちも怪物にならずにユージャン・ヴォングと戦う術をようやく学んだのだ。「それは話したはずですよ」

「ええ。でも、弟さんなの？」アカナが近づくと、ワハの香りが、ジェイセンの小鼻を満たした。

「だれかが流れの下に沈んだあとは、さざなみの環《わ》が残る。あなたが感じているのは、それかもしれない」

「だとしても、これは実際の波と同じようにリアルだ」ジェイセンは言い返した。「それに、原因を突き止める手掛かりはその波紋しかないこともある」

「わたしの教えを記憶しているのは、それを使って言い返すため？」アカナは、ジェイセンの耳を打とうとするように片手を上げた。ジェイセンの手が反射的にそれをさえぎろうと上がる。アカナはうんざりして首を振った。「あなたはひどい生徒ね、ジェイセン・ソロ。聞こえているのに、学ぼうとはしない」

この五年フォースについて知ろうと探求の旅をつづけるあいだ、ジェイセンは耳にタコができるほど、この非難を聞かされてきた。彼らがフォースをどうみなしているか、ジェイセンがしつこく聞きすぎると、ジェンサライや、エング＝ティ、ダソミアの魔女たちもこう言ったものだ。だが、アカナはそのだれよりも、ジェイセンに失望する理由がある。ホワイト・カレントをきわめようとする者は、暴力を忌《い》み嫌う。アカナは片手を上げただけ、それが攻撃をもたらすと解釈したのはジェイセンだった。

ジェイセンは頭を下げた。「ぼくも学ぶよ。ただ、時間がかかることもある」彼は謝りながら、亡き弟の亡霊を見たときのことを考えていた。最初は、ユージャンターで洞窟《どうくつ》のような怪獣が、それを使ってジェイセンを自分ののどのなかへ誘いこもうとした。二度めはゾナマで、セコートがアナキンの姿を取って、話しかけてきた。「ぼくがこの呼びかけに形を与えている、そう思っているんだね。ぼくがこのさざなみに、自分の解釈を押しつけている、と」

「わたしがどう思うかは、どうでもいいことよ。心を鎮《しず》め、流れのなかにある実際のものをみきわめなさい、ジェイセン」

ジェイセンは目を閉じ、フォースに開くのと同じように、ホワイト・カレントに心を開いた。アカナとほかの弟子たちは、ホワイト・カレントとフォースはべつのものだと教える。たしかにこれは真実ではあるが、その違いは、たとえて言えば、海とそこに注ぎこむ流れの違いにすぎない。その本質をひとつとしてとらえれば、流れは海であり、海は流れなのだ。

ジェイセンはセラン・リスナーズから学んだ心を鎮める術を使い、彼が感じている呼びかけに全神経を集中した。それはまだつづいていた。痛いほど鋭い叫びは。その声には聞き覚えがあるが、だれのものか思い出せない。……助けに……来てくれ……男の声だが、彼が覚えている弟の声とは違う。

それに、ほかにもあった。こちらはよく知っている、なつかしい存在だ。この呼びかけの送り主ではないが、それと一緒にフォースのなかで触れてくる。ジェイナだ。

ジェイセンは目をあけた。「これはアナキンでも……彼が残したさざなみでもない」

「確かなの？」

ジェイセンはうなずいた。「ジェイナもこれを感じているみたい」ジェイナがそれを告げようとしているのは確かだった。双子のきずなは昔から強かったが、五年の放浪生活のあいだに、これまでよりも強くなっていた。「ジェイナはこの招きに応えるつもりだ」

アカナは半信半疑だった。「わたしは何も感じないわ」

「あなたは、ジェイナの双子のかたわれではないからさ」だが、ジェイセンがきびすを返し、出口を隠している幻の壁を通過すると、アカナが――それともアカナの幻が？――行く手をさえぎった。

「ピディリアンたちに、ぼくの宇宙船を軌道から降ろしてくれと頼んでくれないか。できるだけ早く出発したい」

「残念だけれど、それはできないわ」アカナはまるで実際につかむように、再びジェイセンの目をとらえた。「あなたの力は、昔のルーク・スカイウォーカーに感じたのと同じように強いわ。でも、ルークと違って、そこには光がない。少しでも光を見つけないうちは、ここを離れることは許しません」

アカナの厳しい評価はとげのように突きささったが、意外ではなかった。ユージャン・ヴォングとの戦いをへて、ジェダイはフォースをより深く理解するようになった。彼らはもはや、光と闇《やみ》を相対する力だとはみなさない。ファラナッシはこの新しい視点を受け入れないかもしれない、という懸念は、ここに来るまえからあった。だから彼はそれを彼らから隠していたのだった……まあ、隠したつもりでいた。

「あなたに同意してもらえないのは残念だが、ぼくはもうフォースを光と闇としてとらえていないんだ。フォースはそれ以上のものだ」

「ええ、そのジェダイの〝新しい〟知識については、聞いているわ」アカナは非難するように言った。「ジェダイが傲慢《ごうまん》なばかりか愚かになったのは、嘆かわしいことね」

「愚か？」ジェイセンは議論したくはなかったが、この新しい理解を最初に擁護した者のひとりとして、彼はこの視点を弁護せずにはいられなかった。「その〝愚かさ〟が、ぼくらを戦いに勝たせてくれたんだよ」

「でも、そのためにどんな犠牲を払ったのかしら、ジェイセン？」アカナの声は、やさしかった。

「ジェダイがもはや光を振り仰がないとすれば、どうやって光に仕えるの？」

「ジェダイはフォースに仕える。フォースは光も闇も含んでいる」

「すると、いまのあなたは光や闇を超越しているのかしら？　善と悪を？」

「ぼくはもう実際に活動しているジェダイ・ナイトではないが、そのとおりだ」

「そこに含まれている愚かさが、あなたにはわからないの？」アカナは尋ねた。彼女の目は深く、黒くなるように見えた。「その傲慢さが？」

　ファラナッシの倫理観は、どちらかというと狭く、厳格なのだ。彼はそのことには触れなかった。フォースのなかの呼びかけが、彼の心を引きつづけ、早くここをたて、と急きたてていた。こんなときに、どんなに話してもどちらの考えも変わらないことがわかっている議論で時間をつぶすのはばかげている。

「ジェダイは自分たちにしか仕えない。彼らはフォースにその身をゆだねる代わりに、傲慢にもフォースを使えると考える。この思いあがりのせいで、自分たちが解決するよりも多くの問題を引き起こしているわ。それだけの力がありながら、導いてくれる光がなければ、ジェイセン、もっと多くの苦悩をつくりだすことでしょう」

アカナの率直な言葉は、ジェイセンの心を鋭く打った。その辛辣《しんらつ》さよりも、その裏にある真剣な懸念を感じたからだ。アカナはジェイセンのために恐れている。彼が祖父のダース・ヴェイダーよりも恐ろしい怪物になることを、心から恐れているのだ。

「アカナ、心配してくれてありがとう」

ジェイセンは両手を差しのべたが、そこにあるのは、空気だけだった。彼はフォースを送り、アカナの体がどこにあるのを突き止めたい衝動に駆られた。しかし、ホワイト・カレントを学ぶ者たちは、そういう行為を暴力に近い侵害だとみなす。

「だが、その光はここでは見つからない。さようなら、アカナ」

1

ユニティ・グリーンに夜が訪れた。最初のホーク＝バットがすでに飛びはじめ、リベレーション湖に立つ白波のなかで跳ねるヤマル＝ジェルやコーフィー・イールに飛びつこうと急降下していく。遠くの岸では、公園の境を示すヨリク・コーラルのがけが紫色にそまり、翳《かげ》りはじめた。その向こうで、昔そびえていた摩天楼の名残《なごり》であるデュラスチールの骸骨《がいこつ》が、沈む夕陽に赤くきらめいている。

かつての首都惑星には、コルサントの跡と同じくらい、ユージャンターの跡も残っていた。多くの意味で、これが変わることはないだろう。

だが、戦いは終わった。ルーク・スカイウォーカーの生涯で初めて、この銀河には真の平和が訪れた。それが重要なことだ。

もちろん、問題はまだ残っている。それがひとつもなくなる日はけっしてこないだろう。げんに今日も、マスターたちは、急に仕事を放りだしてアンノウン・リージョンに向けてたったジェイナほか、五人の若いジェダイ・ナイトが残した混乱をおさめようと四苦八苦している。

「〈マラドス〉のバイオメカニックに関しては、ローバッカしかわからないんですよ」コラン・ホーンがこぼしていた。「したがって、言うまでもなく、ラモーアン移住プロジェクトは完全にストップしてしまった」

ルークはしぶしぶビューポートから、評議会の間《カウンシル・ルーム》の演説者の円《スピーカーズ・サークル》に目を移した。そこではコランがレーザー棒を使って、ユージャン・ヴォングが戦争の最中に捕虜《ほりょ》たちを運ぶのに使った巨大な輸送船のホログラムを示している。ジェダイ・オーダーは、この宇宙船で、滅びかけている惑星の住民を安全な場所に避難させたいと願っているのだ。

コランがレーザー棒をピシッとはじくと、かわって爆破の穴がいたるところにある小惑星の鉱山が現れた。

「マルトリアの採鉱帯の状況も、悪化している。そこで捜索を導いていたゼックが突然いなくなったとあって、あの星系は、海賊スリー＝アイがあばれ放題。原鉱の出荷率が五〇パーセントも下がった。リプラネットハブは、金を払って彼らをおとなしくさせようとしている」

「それはいますぐに阻止する必要があるわね」ルークの隣からマラが、いつものようにずばりと要点を指摘した。ルークが何よりもすばらしいと思うのは、マラのこういうところだった。ごく些細《ささい》な決断が、コルマイのデジャリック・チャンピオンですら予測できない問題を含んでいるようなときにも、マラの直感はしっかりと真実を見抜く。「あの複合企業が海賊まで買収しはじめたら、コアのあちこちに略奪者が出没するわ」

ほかのマスターたちもこの意見に同意した。

「けっこう」コランは言った。「しかし、ゼックの代わりをどこで見つける？」

すぐさま答えを口にする者は、ひとりもいなかった。ジェダイの数はそうでなくても少なすぎて、ジェダイ・ナイトばかりか、見習いジェダイ《アプレンティス》までも、複数の任務を掛け持ちしている状態だった。貪欲《どんよく》で、利己的な企業や団体が、銀河同盟の元老院を操る術に長《た》けてくるにつれて、状況はますます絶望的になっていく。

ようやく、キップ・デュロンが言った。「ソロ夫妻が、そろそろボラオの任務を終えるころだ」

すりきれた外套《がいとう》とチュニックを着て、褐色の髪を伸ばしているキップは、まるで長期にわたる任務から戻ったばかりに見えた。が、彼はいつもそう見える。「自分たちがソロの次の任務だと知ったら、リプラネットハブも、あまりあくどい真似《まね》はしないかもしれないぞ」

今度の沈黙は、さきほどよりも長くつづいた。厳密に言えば、ジェダイ・オーダーはソロ夫妻に任務を割りあてることはできない。ハンはジェダイですらないし、レイアも正式なジェダイではないからだ。だが、カウンシルは彼らに手伝いを頼みつづけ、ふたりはそれを引き受けつづけている。この部屋のマスターはひとり残らず、自分たちがあまりにもたびたび、ソロ夫妻の人のよさにつけこんでいることを承知していた。

「あたしたちは、彼らにそれを頼むのはいやよ」ようやくマラが言った。「近ごろじゃ、レイアは、ルークのホロを見たとたん、びくっとするんだもの」

「おれが頼むよ」キップが申しでた。「レイアをびくつかせるのは慣れてる」

「マルトリアの件はそれでいいな」コランがほっとしたように言った。「ボサンのアルクレイはどうする？　アリーマの最新報告によると、レムワと彼が率いる原理主義者たちは、ゾナマ・セコートの位置に関する情報を手に入れたそうだ。彼らは偵察任務で、〈アヴェンジャンス〉をアンノウン・リージョンに送るつもりらしい」

フォースが微妙に動くのを感じて、ルークは部屋の入り口に目をやり、片手を上げて話しあいを止めた。

「待ってくれ」彼は入り口に体を向け、こちらに近づいてくる一行のうち、ひとりがだれだかわかるまで、完全にフォースに浸った。「この話しあいはあとにしようか。われわれがジェイナの出発をどれほど懸念しているか、オマス元首に知られたくない」

「そうですか？」

「ああ、そうだ」ルークは立ちあがり、ドアに向かった。「とくに今日は、チスが一緒だからな」

ルークは、訪問者の心をそれとなく落ち着かせ、彼らを歓迎する目的で置いてある、入り口のシンプルな木製のベンチと、石の花瓶ふたつのまえで足を止めた。

すぐにドアがシュッという音を立てて開き……入ってきたアプレンティスのひとりが、ルークのまえで驚いて立ち止まった。

「マ、マスター・スカイウォーカー！」若いローディアンは口ごもり、ドアを振り向いて細い指でそちらを示した。「オマス元首が——」

「わかっているよ、トゥウール。ありがとう」

ルークは若者ともうひとりのアプレンティスを廊下にさがらせ、戸口に立った。銀河連合自由同盟のオマス元首と三人の青い肌のチスが見えた。まえを歩いてくる、あごのたれたしわ深い顔のチスは、ルークがこれまで会ったどのチスよりも老齢に見える。長身でたくましい後ろのふたりは、明らかに警護の兵士だとみえて、油断なく周囲に目を配っている。彼らはチス拡張防衛艦隊の黒い軍服を着ていた。

「オマス元首」ルークは声をかけた。やつれた青白い顔から、オマスの苦渋が見てとれた。「ようこそ」

「われわれの訪問を予測していたようだな」オマスはちらっと会議室を見た。「よかった」

ルークはこのあてこすりを無視して、年配のチスに頭を下げた。

「アリストクラ……」深く探るまでもなく、ひと呼吸ほど待つと、オマスの意識の表面にこのチスの名前が浮かんだ。「ミッツウェックレオーニ。お会いできて光栄です」

チスの赤い目が、線のように細くなった。「驚いたな。チスの貴族に関する名簿を手に入れるのは、かなり難しいはずだが」

「われわれの手元には、名簿などありませんよ」ルークは笑顔で答え、戸口をふさいだまま言った。「武器を預けていただければ、あなた方を歓迎します」

オマスは目に見えてたじろいだが、ルークは戸口を動かなかった。たとえチスが武器を隠し持っていることがフォースを通じて感知できなかったとしても、同じ要請を口にしていたにちがいない。なんといっても、彼らはチスだ。

「ご存じのように、ジェダイ・テンプルで携帯を許されるのはライトセーバーだけなのですよ」

ミッツウェックレオーニは医者の禁じたものを飲んでいて見つかった老人のような笑みを浮かべ、小型の拳銃をブーツから引き抜き、警護兵のひとりに渡した。

「このふたりは廊下で待つ。これだけ大勢のジェダイが相手では、いずれにせよ、役には立たんだろう」

「警護の必要はありません」ルークは横に寄って、ふたりの政治家に会議サークルを示した。「どうぞ、加わってください」

部屋を横切りながら、ミッツウェックレオーニはそれとなく隅々に目をやった。自動化された小さなキッチン、珍しいトレバラ植物の小さな森、自在に形を変えるいす……それらを見ていくうちに、この老人の顔から傲慢《ごうまん》な表情が消えた。これはルークが見たい反応ではなかった。

新しいテンプルは、元老院をコルサントに移したものの、滞りがちな再建事業のイメージを払拭《ふっしょく》するために、進歩のシンボルとして銀河同盟がジェダイに半分押しつけるように贈ったものだった。

石と透明鋼《トランスパリスチール》でできたピラミッド型の建物、戦後のコルサントの新しい顔と調和するようデザインされたこのテンプルは、その威容と、再生を思わせる設計と贅沢《ぜいたく》な設備で、見る者に感銘を与える。それはまた、ジェダイが自分たちをほかの人々の目を通して見るようになり、銀河同盟の守護者以上の存在だとみなしはじめるのではないかという最大の恐れを、ルークにつねに思い出させることになった。

会議エリアでは、ジェダイ・マスターたちが、ゲストを迎えるために立ちあがった。

「オマス元首は、みんなよく知っているな」ルークはオマスにいすを示し、それからミッツウェックレオーニのひじをつかんで、床よりも一段低くなった演説の場へと導いた。「こちらは、チス帝国のアリストクラ・ミッツウェックレオーニだ」

「どうか、コア・ネームで呼んでくれたまえ。ツウェックだ」アリストクラはそう言った。「そのほうが、正しく発音するのがずっと簡単なはずだ」

「ありがとう」ルークはカウンシルを見たまま言った。「ツウェックは悪い知らせを持ってきたようだ」

しわ深い額のまゆを上げたものの、ツウェックはもうルークの〝洞察力〟にも驚いた様子はなかった。「では、わたしの訪問の目的がわかっているのかね？」

「フォースを通じて、あなたの不安を感じるのですよ」ルークは直接的な答えを避けてそう言った。

「アンノウン・リージョンにいる、われわれのジェダイたちのことですね」

「そのとおりだ。チス・アセンダンシーは、説明を要求する」

「説明？」コランの声がむっとして尋ねた。「なんのです？」

ツウェックはコランの質問をわざと無視し、ルークを見つづけた。

「ジェダイには多くの声があるのですよ、アリストクラ」ルークは言った。「どの声も、われわれの声です」

ツウェックは少しのあいだこれを考え、それからうなずいた。「よかろう」彼はコランに顔を向けた。「もちろん、きみたちの行動の説明だよ。われわれの国境で起こっている問題は、きみたちには関係のないことだ」

混乱と疑いがフォースにさざなみを立てていたが、表向き、ジェダイ・マスターたちは落ち着いていた。

「チスの国境ですか、アリストクラ？」新しいジェダイ・マスターのひとり、サーバ・セバタインが尋ねた。

「そうとも」ツウェックは眉間《みけん》にしわを刻みながら、バラベルに顔を向けた。「どうやら、きみたちはジェダイのグループがそこで何をしているか知らないようだな？」

「ジェダイは、ひとり残らずよく訓練されています」ルークはツウェックに答えた。「あなたが言う五人は、経験を積んだ者ばかりです。彼らがどんな行動を取っているにせよ、相応の理由があると、われわれは確信しています」

ツウェックの赤い目にぎらりと疑惑が光った。「これまでのところ、われわれは七人のジェダイを確認している」彼はオマスを見た。「どうやら、ここに来たのは無駄足だったようだ。この件にかかわっているジェダイたちは、彼ら自身の判断で行動しているらしい」

「この件というのは？」キップが尋ねた。

「それは銀河同盟には関係のないことだ」ツウェックは鋭く言い返し、カウンシルの全員に向かって頭を下げた。「邪魔をして、すまなかった」

「謝罪の必要はありません」

おれがチャフォーンビントラノを知っていることを知らせようか？　ルークはちらっとそう思った。フォーンビは、彼とマラが数年まえの任務で知りあいになったアリストクラだが、この男がそれをどう受け取るか予測がつかなかった。チスの社会構造は、きわめて複雑だ。しかもフォーンビは、銀河の残りがユージャン・ヴォングと戦っているあいだに、なぜか姿を消したチスの五大ファミリーのうちのひとつに所属している。

「われわれのジェダイ・ナイトがかかわっている件は、このカウンシルにもかかわりがあります」

「では、今後は彼らをもっとよく監督するのだな」ツウェックは言い返した。そしてルークが自分の行く手をあけようとしないと、オマスを振り向いた。「ここに来た用件はすんだよ、チーフ」

「もちろんですとも」オマスは、わきによりたまえという目でルークを見て、それからこう言った。「テンプルの入り口にいるエスコートがお送りします。わたしはジェダイとひとこと、話す必要がありますので」

「では、ご機嫌よう。きみの寛大さに感謝する」ツウェックは銀河同盟の元首に頭を下げ、ドアに向かった。「一時間後には、帰途につくつもりだ」

オマスはアリストクラが部屋を出ていくのを待って、難しい顔でルークを見た。「どういうことだね？」

ルークは両手を広げた。「いまの時点では、あなたのほうがわれわれよりご存じですよ、オマス元首」

「残念だが、そうらしいな」オマスは不機嫌な声で言った。「明らかに、ジェダイのチームがチスの国境紛争に介入しているらしい」

「そんな、ばかな」マラが言った。これは文字どおり、そんなことは不可能だ、という意味だった。アンノウン・リージョンにたつまえに、ジェイナはなぞの呼びかけの源をほかのジェダイと三角測定で算出し、その座標を送ってきた。宙図で調べたかぎりでは、その周囲には惑星はひとつもない。その座標にチスが関心を持ちそうな理由も、ひとつもなかった。「彼らが向かった場所は、アセンダンシーの領域から一〇〇光年以上も離れているのよ」

「では、われわれのジェダイはそこにいるのか」オマスは言った。「そんなところで、何をしているのだ？　ひとりのジェダイでも余分に必要なときに。それが七人も――」

マラの緑の目がブラスター・ビームを放つかのようにきらりと光った。「われ、い、い、われわれのジェダイですって、オマス元首？」

「失礼」オマスは謝ったものの、この失言を悔いているというより、なだめるような調子だった。ルークにはわかっていた。オマスは内心、ジェダイも自分と同じように銀河同盟のしもべだと思っているのだ。「たんなる言葉のあやだよ。深い意味はない」

「ええ、もちろん」マラは、さもなければ許さない、という声で答え、カウンシルのメンバーを見た。「ミッツウェックはジェダイの数が七人だと言ったわ。どういうことかしら？」

「この者が数えたのは五人だけです」サーバは片手を上げると、鉤《かぎ》づめのある指を伸ばしはじめた。「ジェイナ、アリーマ、ゼック、ローバッカ、ティーザー」

キップがそれに二本つけくわえた。「テクリとタヒーリかな？」

オマスは顔をしかめた。「どうしてわかるんだね？　そのふたりはアンノウン・リージョンのゾナマ・セコートにいるのだと思ったが」

「そのはずですが、ほかの五人同様、彼らも惑星マーカーの生き残りですからね」

「わからんな」オマスは首を傾げた。「これが、マーカーの任務とどんな関係があるのかね？」

「それがわかればいいんだが」ルークは答えた。

ユージャン・ヴォングとの戦いのさなかに行なわれたこの任務は、成功したとはいえ、大きな犠牲をジェダイに強いた。アナキン・ソロと彼の率いる奇襲チームは、ジェダイを狩り、殺すためにつくられた敵の生物、ヴォクシンをほろぼした。だが、そのために、アナキン・ソロを含めて六人の若いジェダイが命を落とし、ひとりは行方不明になり、死んだと推定されている。

「この何週間か、あのときの奇襲チームで生き残ったジェイナやほかのジェダイ・ナイトは、アンノウン・リージョンから〝呼びかけ〟を感じると報告していた。そして彼らが持ち場を離れた日は、その呼びかけが助けを求める叫びに変わった。わかっているのはそれだけだ」

「テネル・カーはまだヘイピーズにいることがわかっているから」マラがそのあとを引き取った。「あとのふたりはおそらくテクリとタヒーリね」

ジェイナの双子の弟ジェイセンがそのひとりである可能性は、だれも口にしなかった。彼は銀河の反対側でファラナッシと引きこもっているといううわさを聞いていたからだ。

「ゾナマ・セコートはどうだ？」オマスは尋ねた。ゾナマ・セコートは、敗北したユージャン・ヴォングを引き受けている、〝生きた惑星〟だ。「その呼びかけが、ゾナマ・セコートから来た可能性はないのかね？」

ルークは首を振った。「ゾナマ・セコートが助けを必要としていれば、直接おれに接触してくるはずだ。これはマーカーの任務に関係があるにちがいない」

オマスは黙ってその先の説明を待っていた。だが、ルークが知っているのはそれだけだった。

ルークはこう尋ねた。「ミッツウェックレオーニはなんと言ってきたんだい？」

オマスは肩をすくめた。「銀河同盟は、なぜきみたちのジェダイを――これは彼の言葉だよ――アンノウン・リージョンに送りこみ、チスの国境紛争に介入しているのか、と説明を要求してきた。そしてわたしが驚くのを見て、きみと直接話したいと要求したんだ」

「まずいわね」マラが言った。「とてもまずい展開だわ」

「ああ、そのとおりだ。彼はわたしたちがひとり残らずうそをついているか――」

「七人のジェダイ・ナイトがオーダーの統制からはずれた、と思っている」オマスの言葉をサーバが引き取った。「いずれにせよ、結果は同じです」

「彼らは問題を解決しようとしているのだろうな」オマスは薄くなりかけている髪をかきあげた。

「大丈夫だろうか？」

「ジェダイ・ナイトたちは、自分たちの面倒くらいみられる」ルークは言った。

「それはわかっているさ！」オマスはどなった。「わたしが心配しているのは、チスのことだ」

ルークはマラの怒りを感じた。だが、彼女はオマスの口調を大目に見ることに決めたらしく、黙っていた。この状況でジェダイはあなたの部下ではない、とたんかを切るのは、あまりよいタイミングとは言えない。

「チスの攻撃を受けても、ジェイナやほかのジェダイは解決の方法を探ろうとするはずだ……少しのあいだは」ルークは言った。「そのあとの展開は、チスの紛争がどんな性質のものかによるな」

「でも、攻撃がつづけば、彼らはためらわずに応戦するわよ」マラはきっぱりそう言った。「あたしたちもそれを止めないわ。チスが強引な手段を取れば、遅かれ早かれ、ジェイナは彼らの鼻をパンチするでしょうね」

オマスは青ざめてルークを見た。「それは困る。一刻も早く止めてもらわねばならん。殺しあいになるのはまずい」

ルークはうなずいた。「いいとも。だれかを送って――」

「いや、きみに行ってもらいたい」オマスはほかのジェダイに顔を向けた。「ジェダイには、ジェダイのやり方があることは、わたしもわかっている。しかし、ジェイナ・ソロが若いジェダイを率いているとなると、彼らを連れ戻せるのはルークだけだ。ジェイナは、親父さんそっくりの頑固者だからな」

これに異議をさしはさむ者は、ひとりもいなかった。

2

　銀の矢のようなものが、いきなり〈ファルコン〉の船首を横切ったかと思うと、三キロ先の雲のすぐ下にぶらさがり、ハン・ソロがそれの正体に気づいたときにはほぼ霧のなかに消えていた。

「いまのを見たか？」ハンは両手で操縦桿《かん》を握ったまま、かたわらのレイアに尋ねた。灰色のきばのような霧が、空の下に低くたれこめ、ツタのからまるヨリク・コーラルの塔が波打つ森の地面からそびえている。ボラオの測量は危険な仕事だった。ああ、そうとも。命を落とす危険すらある。

「こんなところで、ほかの宇宙船が何をしてるんだ？　この惑星にはだれもいないと言ってなかったか？」

「ええ、だれもいないわよ、ハン」レイアは副操縦士席のまえにあるコンソールに目をやり、空電に乱されたディスプレー・スクリーンにうんざりして首を振った。「このイオン化した雲のなかでは、計器がまともに働いてくれないけれど、あれがどんな種類の宇宙船かはわかってるわ」

「ふん、いつもおれに結論に飛びつくなと言ってるのは、どこのだれだ？」ハンはこの口調とは裏腹に、気が滅入った。放棄された惑星《DPRA》の再生法案が元老院で可決してからというもの、銀河には星の数よりも多くの測量船がうろうろしている。「密輸業者か海賊かもしれんぞ。こういう場所はいい隠れ家になる」

レイアは少しのあいだスクリーンを見つめ、それから首を振った。「その可能性はゼロね。ほら、よく見て」

船尾のヴィドカムがとらえた光景がハンのディスプレーに現れた。でこぼこの小さな円錐形――コーンセイヤー測量スキッフだ。それは彼のスクリーンのど真ん中に居座っている。

「おれたちを追跡してくるぞ！」

「そうらしいわね。でも、ずっとあそこにいたわけじゃないわよ。さもなければ、もっと早く見つけたはずだもの。長距離センサーはどれも役に立たないから、船外カムに映ったものを順番にディスプレーに映しだしていたの」

「いい思いつきだったな」ハンはコクピットのキャノピーに映ったレイアの顔に笑いかけた。レイアはこれまで果たしてきたあらゆる役割と同じ真剣さで、〈ファルコン〉の副操縦士の役割に取り組んでいた。いまではＹＴ１３００に関するかぎり、これ以上の副操縦士を見つけるのは、銀河広しといえどもまず不可能だ。とはいえ、褐色の目に浮かぶ落ち着きのなさが、この役目が彼女には小さすぎることを語っている。ハンには、彼女の気持ちがよくわかった。育ちのよいレイアはけっして口に出しては言わないが、反乱軍を率いて帝国を倒し、よちよち歩きだった銀河政府を立派に成長させたレイアにとっては、決まった港もなしに銀河を飛びまわる小型貨物船は、少しばかり狭すぎるのだ。「おれはそこが気に入ってるんだ」

レイアはにっこり笑った。「美しいばかりか、お利口さんだから？」

ハンは首を振った。「ぴか一の副操縦士だからさ」彼はスロットルを押しだした。眼下の緑の峰がにじみ、矢のように飛びすぎていく。「後部シールドの出力を最大にしてくれ。リプラネットハブは、コーンセイヤー社から武装した測量スキッフをひと艦隊分買ったばかりだからな。少々荒っぽくなるかもしれん」

レイアはスロットルを見つめた。「ハン、いったい何をしてるの？」

「リプラネットハブのパイロットたちに好き放題されるのはうんざりなのさ。自分が年寄りに思えてくる」

「ばかなことを言わないで。あなたはまだ六〇代のなかばに差しかかったばかりよ」

「おれが言いたいのもそれさ。こめかみのあたりが少しばかり白くなると、世間の連中は活気がなくなったと決めてかかる。そして自分たちの言いなりになると——」

「ハン、あなたに活気がなくなったとは、だれも思わないわ」レイアの声はやさしくなった。「あなたはまだ、少なくとも四〇年は元気でいられるわ。健康に気を配りさえすれば、五〇年でも大丈夫よ」

気取った電子的な声が、レイアの後ろにある通信ステーションから聞こえた。「それに、ひとこと申しあげますと、ほかの宇宙船から、船長の髪にまじった白髪を見分けるのは至難の技でございます」C－3POは身を乗りだし、金色の頭をハンの視界の端に突きだした。「ほかのパイロットたちが、船長は活気がなくなったと考える理由がなんであれ、間違いなく髪の色とはまったく関係はございませんよ」

「ありがとよ、3PO」ハンはうなるように言い返した。「ひょっとすると、だれかがプラズマ・トーチで焼くまえに、その音声回路を取り外したほうがいいかもしれんな」

「プラズマ・トーチでございますか、船長！」3POは恐怖に駆られて叫んだ。「いったい、だれがそんなことをしたがるでしょうか？」

ハンはドロイドの質問には答えずに、〈ファルコン〉を低い雲のなかに入れた。いつもなら、ユージャン・ヴォングが惑星のいたるところに残した奇妙な形の塔にぶつかる危険を避け、雲のかたまりを迂回《うかい》するのだが、そうすると、雲の反対側をもう一度測量のために飛ぶ必要がある。だが、あのハゲタカのようなリプラネットハブの連中を出し抜くためには、そんな悠長なことはしていられない。

〈ファルコン〉は塔に激突することもなく、雲の反対側に出た。〈ファルコン〉の〝ゲスト〟は、この幸運に感謝しながら安堵《あんど》のため息をつき、T字型の頭をふたつの操縦席のあいだに入れてきた。

「ソロ船長、この宇宙船を危険にさらすのは無意味ですよ」エザム・ノアは訴えた。鶴のように曲がった首の両側に口があるため、アイソリアンの声には、哀愁をおびたステレオ効果がある。「DPRAの規則では、ふたつのグループが同時に権利を主張した場合には、再建局は大きな財源のあるほうを選択すべし、とあるのです。わが同胞の財源は、小規模の復興企業にすらかなわない。まして、リプラネットハブのような大企業には、とうてい太刀打ちできません」

「あんたは若い。だから知らんだろうが、おれはたいていの場合、規則なんてものには従わないんだ」

アイソリアンはのどの両側から、不安そうな音をもらした。

レイアはハンの手に、自分の手を重ねた。「ハン、この惑星をあの強欲な連中に渡すのはわたしもいやよ。でもエザムの言うとおりだわ。アイソリアンには――」

「なあ、うまくやれるさ」地平線に広くたなびく霧が見えた。そのすそのほうは梢《こずえ》のなかまで入りこんでいる。「ボラオは簡単に測量できる惑星じゃない。それに、おれたちは、ずっと早くはじめたんだ」

「だから？」

「再建局は、提出された申請書をすべて記録する義務がある」ハンは操縦桿をゆっくり引きながら、近づいてくる霧を越えるために上昇しはじめた。小さな雲なら、塔にぶつかる確率は低い。だが、計器が満足に働かない状態で、何キロつづくかわからない濃い霧のなかに飛びこむのは自殺行為だ。「ランドに話して資金を出してもらえば、チャンスはあるさ。測量の結果を、やつらより早く送信すればいいだけだ」

レイアは何も言わなかった。

「わかったよ。たしかにその望みは薄い。だが、ゼロってわけじゃない。それに、確率の悪い勝負をするのは、いつものことだ」

「ハン——」

「それに、ルークがカル・オマスから多少の援助を取りつけてくれるかもしれん。そうすりゃ——」

「ハン——！」レイアは彼に手を重ね、操縦桿を再び押しだし、上昇を中止させた。「だったら、高度を変えて、地形スキャナーの目盛りを修正している時間はないわ」

「気がヘンになったのか？」彼は前方の霧に、心配そうな目を向けた。「そうだろ。頭がイカれたんだな」

「あなたはこれに勝ちたいんだと思ったけど？」

「勝ちたいさ。だが、そのためには、生きてる必要がある」

「まさしく、ソロ船長のおっしゃるとおりでございます」後ろで3POが言った。「センサーが正常に働いていない状態では、この雲のなかで廃墟《はいきょ》となった監視塔にぶつかる確率はおよそ——」

「少し黙ってちょうだい、3PO。集中する必要があるの」

彼女は前方の視界をふさぐ灰色のカーテンをじっと見つめた。すると霧の渦がその中心から剝がれはじめた。気象を自在にできるジェダイを副操縦士に持つのは便利なものだ。ハンはそう軽口をたたこうとしたが、レイアが3POに黙れと言ったことを思い出し、おとなしく口をつぐんでいることにした。レイアがジェダイの訓練を受けるのは、いまでもほんのときたまだ。集中する必要がある、と本人が言うなら、それを信じるべきだろう。

彼らが霧に達するころには、レイアは、その中央に長い通り道をつくっていた。きわめて細い、〈ファルコン〉がようやく通れる程度の通路だ。

3POのかん高い声が、張り詰めた沈黙を破った。「おやまあ、なんともすばらしい！」

「静かにしろ、3PO！」ハンはどなった。「レイアは集中する必要があるんだ」

「それは存じております、ソロ船長。ですが、レイア様がイオン化された空気のなかに通路を開いてくださったおかげで、マスター・デュロンからの星系内通信を受信できたようです」

「伝言を受け取っておけ」キャノピーに映ったレイアの顔には、眉間《みけん》に深いしわが刻まれている。せっかく開いた通路を、毛布のような霧が再び覆いはじめるのを見て、ハンは短く命じた。「おれたちの邪魔をするな！」

「申しわけございません、ソロ船長。ですが、伝言を受け取るのは不可能でございます。また空電がひどくなったようでして。受信したメッセージはひずみがひどく、わたくしには記録できません。あと二、三〇〇メートル上昇していただければ、静電気除去器を使って、受信シグナルを強化できるのですが」

「いいから黙れ！」霧が完全に行く手を閉ざし、コクピットの向こう側はまったく見えなくなった。ハンはレイアを見た。「もしも無理なら――」

「無理ではないわ。わたしの気を散らさないでくれればね！」レイアは鋭く言い返した。「あなたはこれに勝ちたいんじゃないの？」

「わかったよ。そう怒ることはないだろ」

ハンは前方に目をやった。霧が再び分かれる。

「はるかによくなりました」3POが言った。「ありがとうございます、レイア様、マスター・デュロンは、たいへん取り乱しておられるようです」

通信機のスピーカーから流れてくるキップの声は、雑音まじりのうえ、ひずんでいた。「……回路が溶けたのか？」

「落ち着けよ、坊主。ちゃんと聞こえてるさ」ハンはキップをなだめた。「大事なことなんだろうな」

「いつになったら、〝坊主〟と呼ぶのをやめてくれるんだ？」キップがこぼした。

「そのうちな」ハンは約束した。「なあ、ちょいと取りこみ中なんだ。だから、そいつが知りたいだけなら——」

「悪い。待てるといいんだが、おれはラモーディに行く途中でここを通過してるだけなんだ」

「あのバラディィウム・リングに？　あそこにはティーザー・セバタインが行ってるはずだが」

「ああ、そのはずだが」キップはためらった。「問題が起こった」

「バラディィウムの密輸よりもでかい問題か？」

「どうかな。とにかく、ここが終わったら、カウンシルは、あんたとレイアにマルトリアン星系の件を引き継いでもらう必要がある」

「こっちの都合を聞いてくれて、ありがたいな」ハンは通信器のマイクに向かって皮肉った。

「ああ、そうしてるのさ。カウンシルは命令しない。とくにあんたたちふたりにはね」

「そうか？　命じられてるのかと思ったよ。ゼックはどうしたんだ？　大丈夫なのか？」

長い沈黙がつづき、ハンは接続が切れたのかと思った。

「キップ？」

「ゼックは元気さ。だが、ちょっとした問題が起こって、マルトリアンを離れなきゃならなかったんだ」

ハンの頭のなかで警報が鳴りはじめた。そういえば、マーカーの奇襲チーム全員がアンノウン・リージョンから得体の知れない呼びかけを受けている、とジェイナが話していた。

「なあ」キップの声は空電にかき消された。「またあんたたちに頼むのは気がひけるんだが、これは重要なんだ。リプラネットハブは、スリー＝アイに金を払う気でいる」

「レイアと相談させてくれ」リプラネットハブは、このボラオを横から引ったくろうとしている巨大複合企業だ。ハンは、彼らの抱えている問題を解決するのに、喜んで馳せさんじる気持ちにはなれなかった。これはおそらくレイアも同感だろう。「レッドスターの裁判が、そろそろ終わるころだ。ジェイナがまたどこかに行くまえに、何日か一緒に過ごそうと思っているんでな」

またしても長い沈黙がつづいたが、今度は辛抱強くキップが答えるのを待った。レイアが開いている霧の通路のはずれに、どろどろの緑がかすかに見えた。レイアはまっすぐ前方を見つめている。ハンはあの緑がレイアの目に入っていることを願った。フォースのなかに深く沈みこんでいるせいで、あれを見逃していたら……。

ようやくキップが言った。「……ジェイナに会うのは、無理かもしれないな」

「よせよ、おい。ちょっと問題が起こった、と言うつもりじゃないだろうな」前方にぼんやりと見えているものが、突然はっきりした。「アンノウン・リージョンに？」

「ああ……そのとおりだ」

「知らせてくれてありがとうよ」ハンは鼻を鳴らした。ふだんの彼は、ジェイナの任務を心配しないように努力している。すご腕の宇宙戦闘機《スターファイター》パイロットであり、若いジェダイ・ナイトのリーダー格でもある彼の娘は、銀河が投げてくるほとんどの問題に対処できるからだが、アンノウン・リージョンとなると、話はべつだ。あそこには想像もつかぬほど恐ろしい敵がうじゃうじゃいる。少なくとも、彼はそう聞かされていた。「どういう状況なんだ？」

「正確なことは、おれたちにもわからない。だが、心配する必要はないさ。マスター・スカイウォーカーがマラとサーバを連れて調べにいった」

ルークとマラとサーバが？　ハンはそれを聞いたとたん、本気で心配になった。そうでなくてもジェダイの数が足りないときに、三人のマスターが出かけたとなると、よほど深刻な問題にちがいない。

「いいだろう、坊主」霧のなかの通路のはずれに見える黒いものが、さらにはっきりと見え、ヨリク・コーラルの尖塔《せんとう》になった。「何を隠してるんだ？」

「何も」

ハンは黙って待った。ようやく、キップが尋ねた。「チスのことを話したかな？」

感心なことに、レイアは前方のビューポートから目を離そうとはしなかった。だが、完全に集中が途切れたとみえて、霧が再び〈ファルコン〉の前方をふさぎはじめた。尖塔が見えなくなり、ハンはスロットルを鋭く引いて減速した。とたんに何かが〈ファルコン〉の後部にぶつかり、彼は首に刺すような痛みを感じた。損傷を知らせる複数の警報が一斉に鳴りだす。ハンは最も重要なシステムの状況ライトに目をやった。

「いまのはなんです？」ノアが後ろから言った。「わたしたちは墜落しているのですか？」

「いや」ハンは答え、通信機に向かって言った。「待っててくれ、坊主。ちょいとばかり邪魔が入った」

「了解」キップは答えをまとめる時間ができて、ほっとしているようだった。「急ぐ必要はないぜ」

主要な装置がまだ機能しているのを確認すると、ハンは船尾のヴィドカムの映像を呼びだした。だが、ちらつくスクリーンには何も映らない。

「後ろに何かがぶつかったぞ」

「測量スキッフかしら？」レイアが尋ねた。

「ああ、おれたちを追跡していたな。いやなやつらだ」

「なんとまあ」3POが叫んだ。「死傷者がないとよろしいのですが！」

「おれはあったほうがいいな」ハンはうなるように言い返し、船内通話機のスイッチを入れて、レイアのボディガードであるノーグリ、カクメイムとミーワルに、砲座に入れと命じた。「何も撃つな。そこから何が見えるか、それだけ報告しろ」

ハンはちらっとレイアを見た。キップとの会話をひとこともらさず聞いていたと見えて、唇をかんで考えこんでいる。彼は船内通話機を切り、通信機のマイクのスイッチを入れた。

「よし、坊主。チスがなんだって？」

「話だけ聞くとずいぶんまずいことになってるようだが、それほどでもないんだ」キップはそう断ってから、アリストクラ・ツウェックの訪問と、ルークがみずから対処すべきだというカル・オマスの〝提案〟について説明し、こうつけくわえた。「マスター・スカイウォーカーは、あんたが心配することがわかっていたから、マルトリアン星系に関する資料を送るときに、すっかり話すようシルガルに頼んでいった。おれがここで――」

〈ファルコン〉が激しく揺れ、またしても警報が鳴り響いた。カクメイムは、さきほどの追突で損傷したにもかかわらず、後部の測量スキップが発砲してきた、と報告した。

「だったら、撃ち返せ！」ハンは命じた。「キップ、少し――」

「待ってるよ」キップが応じた。「気をつけろよ」

「いい考えがある」ハンはスロットルを前方に押しだし霧のなかで加速しながら、レイアに尋ねた。「またあれを分けられるか？」

「ええ」レイアは答えた。ミーワルとカクメイムが四連レーザー砲を撃ちはじめると、〈ファルコン〉の船体が振動した。「でも、なぜ上昇して、視界の利く場所で戦わないの？」

ハンはにやりと笑った。「さっきの尖塔が見えなかったのか？」

「見えたわ」レイアはハンと同じような笑いを口もとに浮かべた。「あなたのそういう考え方、大好きよ、フライボーイ」

「彼は何を考えているのですか？」ノアが尋ねた。「われわれは何をするんです？」

「すぐにわかるさ」ハンはそう答え、忠告した。「しっかりつかまってろよ」

レイアは霧に注意を戻した。まもなく霧のはずれにある、緑のツタに覆われた尖塔が見えてきた。ハンが最後の瞬間までこのコースを飛びつづければ、追跡してくる測量スキッフには、あれをよける時間はない。

ノアはようやくふたりの計画を見てとった。

「やめてください！」彼は両方の口から悲鳴のような声をあげた。「いけません！　砲手にも撃つのをやめさせてください！」

「撃つのをやめろだと？」ハンは聞き返した。前方の尖塔がてのひら大になり、ツタのあいだからのぞく黒いヨリク・コーラルが見えはじめた。「頭がおかしいんじゃないか？　あいつらは撃ってるんだぞ」

「だからなんです？」ノアはパニックに駆られたかん高い声で叫んだ。「わが同胞は、殺人をおかして手に入れた惑星で暮らすことはできません」

「殺人じゃないさ。やつらが先に攻撃してきたんだ。これは正当防衛だ」

「防衛と殺しには、違いがあります」

ハンはいらだたしげにうなった。「いいか、そういうことにこだわってたら、アイソリアンが住める惑星は、いつまでたっても見つからんぞ」尖塔は彼の腕大になった。あと五秒も飛びつづければ、くそいまいましい測量スキッフはあれに激突する。「この銀河じゃ、必要なものは戦って手に入れるしかないんだ」

「わが同胞は、すでに戦いはあまりに多く行なわれたと考えています」ノアは言葉を切り、それからつけくわえた。「これはあなたが選択すべきことではありませんよ、ソロ船長。あなたがわれわれのライバルを殺せば、アイソリアンはここには来ないでしょう」

「ハン、エザムの言うとおりよ」ハンは霧をにらみつけていたが、レイアは手を伸ばして、彼の腕をやさしくつかんだ。「この戦いには勝てないわ」

ハンはレイアの声にいらだちを聞き取った。彼女も彼と同じくらい、後ろのスキッフを片づけたがっている。戦いがふたりを非情にしたのだ。ふたりとも昔のように寛大ではなくなり、なんとしても勝ちたいと思うようになった。結局のところ、ユージャン・ヴォングは勝ったのかもしれない、ときどきハンはそう思う。そうとも、彼らは二〇〇〇か三〇〇〇の惑星を変えただけではない。この銀河を根底から変えたのだ。

「わかったよ」ハンは操縦桿を引き、ボラオの雲のなかから飛びだした。「くそ、貪欲《どんよく》な連中がまた勝つのか」

「残念なことだな」キップが言った。「だが、マルトリアン小惑星帯はふたりの天下さ。スリー＝アイに関しちゃ、あいまいな状況はない」

「まだ決めるのは早いぞ、坊主」

「だが、ジェイナは――」

「アンノウン・リージョンにいる」ハンは引き取った。「問題はそこさ。ちょっと待ってくれ」

レイアがマイクの音量をしぼり、尋ねた。「どうするつもりなの？」

「わかってるだろ」ハンは一度も口にしたことはないが、アナキンのあとを追ってマーカーに行けばよかった、といまでも後悔しているのだった。おそらく、彼が行っても結果は変わらなかったろう。ひょっとすると彼も殺されたかもしれない。だが、それでも、アナキンのそばにいて、できればあの子を助けてやりたかった。「同じことを考えてるくせに」

「ええ、そうね」レイアはため息をついた。「ジェイナたちのあとを追っても無駄なだけよ」

「ジェイナたち？　つまり、ジェイナとローバッカと――」

「ジェイセン」レイアは目を閉じ、頭上の星に顔を向けた。「ジェイセンもアンノウン・リージョンに向かっているわ」

「それも行く理由になる。あいつには、もう五年も会ってないからな」

「わかってる？　わたしたちが行くのは、自分たちのためよ。こういうことはもう、子どもたちのほうがうまく対処できる。ふたりともわたしたちの助けは必要としていないわ」

「ああ。だが、ほかに何をするんだ？　リプラネットハブのために危険をおかすのか？　だれもアイソリアンの鼻の下からかすめ取れないような、ほかの惑星を探すのか？」

レイアは目を閉じた。たぶん、フォースのなかで子どもたちに触れているのだろう。それとも、自分の心を探り、導きを求めているのかもしれない。やがて彼女は目を開き、通信チャンネルを再び起動した。

「悪いわね、キップ。あなた方の助けにはなれないわ。ハンとわたしには、ほかの予定があるの」

3

〈ジェイド・シャドウ〉の前方には、彼らの目的地が浮かんでいた。ここからだとまだ人間の親指大にしか見えないが、センサーの読み出し《リーディング》によれば、湾曲した楕円《だえん》形のその〝物体〟は、氷と同じくらい密度が高い岩のかたまりだ。星系間宇宙にそういうかたまりが漂っているのは、まったくありえないことではないが、きわめて珍しい。しかも、赤外線による測定では、あの黒いかたまりの核はあたたかいと熱いの中間で、分光写真は大気のもれを表す霞《かすみ》をとらえている。これは生物が居住していることを示していた。

マラはすでにフォースを通じてそれを感じていた。前方のかたまりには、奇妙な存在がある。惑星全体に拡散した、きわめて古い、とてつもなく大きな存在が。それからまた、もっとなじみのある生命形態もあった。それは小さく、個々に分かれていると同時に、この巨大な存在の霞に包まれている。

しかし、ジェイナやほかの奇襲チームのメンバーがいる気配は、どこにもなかった。彼らがこの座標から受けていると報告してきた、助けを求める呼び声も感じられない。

マラはコクピットのまえに描かれている、起動十字線をちらっと見た。プレクスアロイ製キャノピーの一部が不透明になり、鏡の役目を果たす。マラはそこに映っているルークとサーバ・セバタインに目をやった。サーバは副操縦士の席の後ろにある一段高くなったナビステーションについていた。

「偵察《リコノイター》が必要かしら？」

「リコ……リコイン……リコイ……って？」この問いは、ルークの座席の後ろから聞こえた。赤い髪にあざやかな青い目の、そばかすのある少年が、フライトデッキの戸口から顔をのぞかせている。

「なんなの？」

「リコノイターよ、ベン。様子を見にいくこと」息子を見たとたん心のなかに笑みが広がったが、マラは厳しい声を保った。「ナナと遊んでいなさい、と言われたでしょう？」

「ナナのゲーム・モジュールは、小さい子ども用なんだもん」ベンは口をとがらせた。「ぼくに、『ティークとイウォークス』をやらせようとしたんだよ」

「それなのに、どうしてここにいるんだい？」ルークが尋ねた。

「ナナのスイッチを切ったからさ」

「どうやって？」マラは口をはさんだ。「ナナのスイッチは、首の装甲パネルの下に隠れているのよ」

ベンは子どもができる精いっぱいのさりげなさで目をそらした。「ナナがかがみこんで、それを見せるようにしむけたの」

「ナナのスイッチを切るのは、あまりよいことではないわね。ナナの回路はパルス＝シールドされているのよ。突然スイッチを切られたあと、どんな気持ちがすると思う」

「自分のことを、ばかだな、って思うんだって」ベンは半分うれしそうに答えた。「まだ三回しかやってないけど」

マラの後ろで、サーバ・セバタインがうろこのついた唇から愉快そうにヒッヒッという声をもらした。この恐ろしげな笑い声に、ベンはあわてて戸口から顔をひっこめた。

ルークが驚いて聞きなおす。「三度もやったのか？」

ベンはサーバのごつごつした顔を見つめたまま、うわのそらでうなずいた。ルークは戸口の外に手を伸ばし、息子をフライトデッキに引き入れた。

「二度としないと約束しなさい」ルークは厳しい声で言った。

マラはベンのいたずらをルークが心配しているのを感じた。戦争が終わったあとも、ジェダイ・マスターとしての任務を果たすため、ふたりは銀河のあちこちに赴くことが多い。だが、そういう旅にできるかぎりベンを連れていこうと決めたのだった。とはいえ、そのためには、ベンにさまざまな規則を守らせなくてはならない。

「スイッチを切られていては、ナナはおまえを守れないぞ」

「でも、スイッチを切られるほどばかだったら、どうやってぼくを守るのさ？　子どもを守るドロイドは、その子より賢くなきゃいけないんだよ」

完全な献身プログラムの複雑さをベンに理解させるのは難しい。そこでマラはこう言った。「ベン、お父さんに聞かれたことに答えなさい。それとも、この次は、アカデミーで留守番するほうがいい？」

ベンは少し迷ったあとで長いため息をつき、ルークを見た。「わかった。もうしない、って約束する」

「よし。ナナを再起動しにいったほうがいいかもしれないな」

「でも、もうすぐ着くんだよ！」ベンは遠くに見える闇《やみ》に隠された黒いかたまりを指さした。「早くジェイナに会いたいな！」

「ジェイナはもうあそこにはいないわ」

「どうしてわかるの？」

「フォースで」マラは短く答えた。「ジェイナがいれば、あなたのお父さんもあたしも感じるはずよ」

「そうかな。母さんだって、全部感じるわけじゃないよ」

「ジェイナのことは感じるさ」ルークが言った。「ここにはいない」

「さあ、お父さんに言われたとおりになさい」マラは、親指でメイン・キャビンのほうを示した。

「ナナを再起動して、ジェイナの居所がわかるまで一緒にいるのよ」

ベンはいやだとは言わなかったが、その場を動こうともしなかった。

「この者と一緒にいますか？」サーバがくるっといすを回し、瞳孔《どうこう》の細い目でベンにウインクした。

「ひざに座らせてあげますよ」

ベンは大きく目を見開き、きびすを返してアクセス通路に消えた。

サーバはゆっくり、低い摩擦音を発した。たぶん笑ったのだろうが、ひょっとすると気分を害したのかもしれない。

サーバはキャノピーに映っているマラに、二度つづけてまばたきした。「あの子はフォースから隠れていますね。あなたもマスター・スカイウォーカーも気づいていないとは、驚きました」

「気づいてるさ。なぜなのかはわからないが。戦争が終わってから、フォースに心を閉ざしはじめたんだ」

「ベンは、ハンおじさんみたいになんでも自分の力でやりたいんだ、と言ってるわ。でも、理由はそれだけじゃないわね。一時的なものにしては、長くつづきすぎているもの」

しかも、ベンはフォースから隠れるのがすっかりうまくなっていた。マラがそこまで言わなかったのは、たぶん、この事実がとても恐いからだろう。息子のなかにあるフォースを見つけるために、長いことと必死に集中しなくてはならない。ルークですら、ときどきフォースのなかにベンの存在をまったく感じられないことがあった。

「興味深いこと」サーバは長い舌で空気をなめ、通路に目をやった。「戦争の感触がいやだったのかもしれませんね」

「ああ、そうだな。おれたちはできるだけ守ろうとしたんだが……」

「銀河にはあまりに多くのことが起こりすぎ、フォースはたくさんの苦悩に満ちていたもの」マラはそう言いながら、自分が言い訳がましい気持ちになっているのに気づいて驚いた。

「おれたちも苦悩していた。心配なのは、そのことなんだよ、サーバ……あの子はおれたちから隠れているのかもしれない」

「だったら、心配することはありません」サーバがきっぱり言った。「ベンが永遠にあなた方から隠れつづけることはありませんよ。あの子が両親をどれほど慕っているかは、この者ですらわかります」

ルークはサーバの励ましに感謝し、それからR2‐D2に、未知のかたまりの赤外線映像を表示してくれと頼んだ。

マラのディスプレー・スクリーンには、激しく脈打つ血球のようなものの集まりが現れた。どの球にもピンクの光輪に囲まれた不規則な形の白い中心がある。すべての球が複雑にからみあい、交錯した、流れる赤い線でつながっていた。

「ハウジング・モジュールのネットワークみたい」マラはつぶやいた。

「感触はランギの山に似ていますね」サーバが言う。

「ようやく多少はつかめてきたな。ところで、ランギというのはなんだい？」

「とてもおいしいものですよ。ランギのほうも、こちらをそう思っていますが！」ヒステリックな笑いを発し、サーバはフライトデッキを出ていこうと、立ちあがった。

「ステルスXで偵察してきます」

「待って」マラが止めた。赤外線のディスプレー上では、未知のかたまりの中央付近で、ひとつなぎの小さな白い環《わ》がひらめいている。「少なくとも、あれがなんだかわかるまではね」

その環は渦巻きながら、大きくなっていく。マラはその数を数える手間すらかけなかったが、明らかに一〇〇を超えているにちがいない。小さな白い環は次々に現れ、先に生まれた環を追ってくる。彼女は〈ジェイド・シャドウ〉の戦闘回路の準備をするために、一連の自動システム・チェックを開始した。

「下部の――」

マラの指示を予測したルークが、〈ジェイド・シャドウ〉の船体に収納されているレーザー砲を迎撃位置につける。マラはプロトン魚雷を装塡《そうてん》し、発射管のふたを開いた。

「R2、ナナにベンをクラッシュ・コーチに座らせるように言ってくれないか」ルークは相棒のアストロメクに命じた。

R2はかん高い電子音を発して抗議した。

「彼らが撃ってくるとは、だれも言ってないさ」ルークはなだめた。「万一の場合に備えているだけだ」

R2がべつの警告を発した。

「ほんとかい？」ルークが応じた。「そんなにいるのか？」

マラは自分のディスプレーの片隅をちらっと見た。そこに表示された数字は、急速に増えていく。

「五〇〇ですって？」彼女は、息をのんだ。「たった一隻の宇宙船を調べるのに、いったいだれが五〇〇機も送ってくるの？」

R2が鋭くさえずった。マラのスクリーンに、〃その答えはもう少し待ってください〃というメッセージが表示される。こちらに向かってくる乗り物に関する情報はまだ収集中だから、だれがあれを送ってきたか突き止めるのは、それが終わるまで待ってもらわねばならない、と。

「ごめんなさい」マラは謝りながら、ちらっと思った。あたしときたら、いつからアストロメク・ドロイドにびびるようになったのかしら？「わかるまで待つわ」

R2はビーッと鳴いて了解し、それから、未知の乗り物の推進器に関する情報をつけくわえた。

「ロケットだって？」ルークが驚いて聞き返す。「核エネルギーを使った、昔のロケットかい？」

R2はいらだたしそうにさえずった。マラのディスプレーには、こう表示された。

〃メタンと酸素の化学反応のエネルギーを使ったロケット。固有推進力インパルスは380です〃

ルークは低い口笛を吹いた。「少なくとも、必要とあれば、振りきって逃げられるな」

「ジェダイが逃げるのですか？」サーバがまたしても笑いはじめた。

マラのまえにあるディスプレーの映像が、ひとつの赤外線のしみになった。

ビューポートの外では、〈ジェイド・シャドウ〉と未知のかたまりのあいだに、きらめく星からなる小さな雲が見えた。渦巻くこの雲は、しだいに大きく、明るくなってくる。まもなくこの星のかたまりはふたつの部分、ロケットの排熱を示す黄色い線と、ストロボ・ビーコンによく似たあざやかな緑の点滅点に分かれた。

マラはイオン・ドライブを起動した。

「これはどういうことかしら？　だれかわかる？」彼女は〈ジェイド・シャドウ〉の船体を回し、動けるスペースを多少とも確保した。「あの回避飛行からして、あれはファイターの――」

R2が緊迫した、口笛のような音を放つ。

マラはディスプレーをちらっと見て、尋ねた。「どの古いブリンク・コードのこと？」

ビーッといらだたしげな電子音が返ってくる。

「帝国の？」

マラは横のキャノピーから外を見た。星の群れはさきほどより近づき、緑の機首とロケットの黄色い排熱のあいだに、矢の形をした小型スターファイターの機体が見えた。いちばん近いファイターの、低いコクピットの内部には、キャノピーにはりついた二本の触角と、こちらをじっと見ている丸い黒い目が見てとれた。

「パルパティーンの帝国、ってこと？」

怒ったような電子音を発して、R2はこれを肯定した。

「彼らはなんと言ってるんだ?」ルークが尋ねた。「それにマラにそういう態度を取るのはよせ」

R2はうわのそらで謝罪し、マラのディスプレーにメッセージを表示した。

〝ライジルは、あなた方を歓迎する……どうか、すべての到着船は、中央ポータルからお入りいただきたい〟

4

〈ファルコン〉が目的地に近づくにつれて、レイアは、ますますわけがわからなくなった。ルークの不在中、彼の代わりを務めているコラン・ホーンから聞きだした座標で、ハイパースペースから飛びだしたときに、〈ファルコン〉の前方に見えた親指大の楕円《だえん》形の闇《やみ》は、黒い壁となり、コクピットのキャノピー全体に広がって視界をさえぎっている。

スキャナーによれば、その向こうにはたくさんの小惑星や、氷の球や、ほこりのかたまり――直径わずか一〇〇メートルのものから、数千にわたるものまで――があり、そのすべてがクモの巣のように張りだした金属の支柱と石の管でつながっていた。この構造物は、いまのところは重力で崩れてはいないが、おおざっぱに推測しただけでも、レイアが心配になるほど大きい。

〈ファルコン〉のエスコート、アンテナのような触角と球根のような目の何かが操縦している小型のダートシップは、突然剝がれるように離れ、周囲の闇のなかに散っていった。

前方にギザギザの一列の光が現れた。その列のはずれには、金色の光がひとつ見える。

「ダートシップが言った誘導シグナルは、あれにちがいないわね」

ディスプレー上の地勢図では、この光が、奇妙な構造物の外縁にある炭素質の小惑星の地平線上で弧を描いていた。

「琥珀《こはく》色の光に従ってちょうだい……速度を落としてね。あそこは危険かもしれないわ」

「あそこって、どこのことだ？」

レイアはハンのまえにあるディスプレーに、同じ地勢図を送った。ハンが急に速度を落としたせいで内部緩衝補整器が補整しきれず、レイアの体はまえに飛びだして、衝撃緩衝網《クラッシュ・ウエブ》に食いこんだ。

「ほんとにこのまま進んでも大丈夫なのか？　なんだかランカーののどみたいだぞ」

ディスプレーに見えるのは、小惑星帯の割れた縁に囲まれた直径五キロのギザギザの口だけだった。黒いほこりのかたまりと石がその口のなかへゆっくりと転がり落ちていく。スキャナーが感知できるのは、その口からせいぜい二〇〇〇メートル。その読み出し《リードアウト》によれば、あちこち岩が突きだした、しだいに細くなるよじれたシャフトと暗い穴だけだ。

「ええ、確かよ」

レイアはこの小惑星帯の奥深くに、兄の存在を感じた。ルークは落ち着いているし、好奇心をそそられている。

「ルークはわたしたちに気がついているわ。入ってこいと言ってる」

「ほんとか？」ハンは〈ファルコン〉を光の列に向け、前進しはじめた。「おれたちはあいつに、こんな恐しいところに誘われるようなことをしたか？」

炭素質の小惑星は、何メートルも黒いほこりで覆われているのが普通だ。しかし、光の列の上を通過する途中で、ときどきちらっと見える粒子の粗い黒い表面からは、注意深くほこりが除去されていた。一度だけ、何かが光の輪をさっと横切ったような気がしたが、ハンが小惑星のはるか上の高度を保っているため、ほんとうに見えたのかどうかはわからなかった。

もっと近づいて、と頼むのは危険すぎる。レイアはヴィドカムを地表に向け、その映像を拡大しようとしたが、シャフトのなかのほこりが多すぎるのと、暗すぎるせいで、はっきりした映像は得られない。見えるのは、空電でちらつくセンサー・スクリーンとたいして変わらない灰色の粒子だけだ。

彼らが最初の列を通過するかしないうちに、さらにふたつの列に光がつき、〈ファルコン〉を深《しん》淵《えん》のなかへと導いた。落ちていくほこりのかたまりをよけようとして、〈ファルコン〉は突然跳ねたが、完全にはよけられなかった。

それから、ふたつの小さな岩のとがったシルエットが前部ビューポートのなかで大きくなりはじめ、レイアは驚いて思わず息をのんだ。

「驚いてないで、何がまずいのか教えてくれ」ハンはディスプレーに目を凝らしたまま告げた。そこにある地勢図では、どちらの岩もはっきりとは見えない。

「あれよ！」レイアはビューポートを指さした。「ほら、そこ！」

ハンはディスプレーから顔を上げた。

「わかったよ。そんなに心配する必要はないさ」彼は落ち着いて〈ファルコン〉を横にすると、ふたつの岩がぶつかる直前にそのあいだを滑るように通過し、それから再びディスプレーに目を戻した。「ちゃんと気づいてたんだ」

彼の自信たっぷりな声に、レイアはつかのま、昔、彼女をあれほどいらだたせた、生意気でうぬぼれ屋の密輸業者を思い出した。彼のゆがんだ笑みと、憎いほどの決めゼリフは、いまでも彼女の情熱をかきたて、またあるときは激怒させる。ハンは昔より賢くなり、悲しみを抱えている。そしてたぶん、皮肉な外見の裏に隠していたやさしさを、昔よりも表に出すようになった。

「あらそう、フライボーイ」レイアはさきほど、調べるのは危険すぎると判断した光の列を指さした。「あのひとつのそばを通過してもらえる？」

ハンは目を見開いた。「なんのために？」

「ここのテクノロジーを知っておきたいの」レイアはハンの気を引くように口をとがらせ、無邪気な声で尋ねた。「それとも、あなたには危険すぎるかしら？」

「このおれに？」ハンは唇をなめた。「とんでもない」

レイアは微笑し、粒子シールドを強化した。ハンは光の列へと降下しはじめた。いたるところに何かが漂っているくねくね曲がった暗いシャフトを、表面をかすめるようにして飛んでいれば、ハンの気持ちも少しはまぎれるかもしれない。

彼が一ダースばかりの障害物を縫うように飛びすぎ、ふたつめの列に向かって深淵を横切っている最中に、3POがジャンプ後のハイパードライブ点検から戻ってきた。

「わたくしどもは墜落しているのでございますか?!」

「いまんとこは大丈夫さ」ハンがうなるように答える。

「万事順調よ、3PO」レイアはライトが点滅しはじめた前方の小惑星に目をはりつけたまま、このプロトコル・ドロイドをなだめた。「向こうに戻って、整備点検を監督したらどう?」

「とんでもございません、レイア様!」3POはハンの後ろのナビステーションに座った。「このコクピットには、わたくしが必要です」

ハンが言い返そうと口をあけたとき、凍ったガスのかたまりが、〈ファルコン〉の前方に漂ってきた。

「ほら、ごらんください。ソロ船長は、あれをもう少しで見逃す《ミスする》ところでしたよ!」

「ああ、ちゃんとはずし《ミス》たよ。さもなきゃ、おまえはいまごろ、キャノピーにはりついてる」

「わたくしが申しあげたのは、最後の瞬間まで気づかなかった、ということです」3POはむきになって説明した。「どうか、お気をつけください。47・668の方向から、大きな物体が近づいてまいります——」

「うるさい!」ハンは3POを一喝し、それからくるっと向きなおって、大型クルーザーほどもある矩形《くけい》の巨石をよけた。「気が散るじゃないか」

「では、神経細胞連接部《シナプス》の点検をお勧めいたします。判断する速度が遅くなるのは、回路が老化している徴候です。32・878の方向にもうひとつ障害物があります。傾きは5・——」

「3PO！」レイアはくるっと後ろを向き、金色のドロイドをにらみつけた。「あなたの助けは必要ないわ。メイン・キャビンへ行って、スイッチを切りなさい」

3POはうなだれた。

「承知いたしました、レイア様」彼は立ちあがり、出口へと半分体を向けた。「わたくしはお役に立とうとしただけです。このまえの健康診断では、ソロ船長の反射時間は〇・八秒遅くなっておりました。わたくし自身も気づいておりましたが——」

レイアはクラッシュ・ウェブをはずした。

「——ソロ船長は——」

立ちあがって、ドロイドの回路ブレーカーを切った。

「——以前よりも、少しばーか——り——ー」

3POの声がしだいに低く、間のびして、話している途中で途切れた。

「服従ルーチンの誤りを見つけて、取り除く必要がありそうね」レイアは3POをナビステーションの席に押しこみ、金色の体をウェブで留めた。「このごろ、とくにしつこくなったわ」

「その必要はないさ」〈ファルコン〉は右に飛び、それから激しく揺れた。ほこりのかたまりがシールドにぶつかって砕ける。「そいつの言うことは、どうせだれもまともに聞いてやしないんだ」

「そうね——3POに何がわかるの？」

レイアはハンのうなじにキスし、自分の席に戻った。

ハンはパルパティーンが皇帝だったころからレイアのみぞおちを震わせてきた、独特の笑みを浮かべた。

「ああ」

彼の操作で、〈ファルコン〉は光の後ろに回り、小惑星の表面へと急降下しはじめた。光の列がさらに明るくひらめき、金属からなる小惑星のごつごつした銀色の地表を照らしだす。

最初の光の陰にある地表の上に、閉じた絞り状《アイリス》ハッチの渦巻く線が見えた。丈夫な細胞膜のようなものでつくられたハッチは、小惑星内部の大気で、どれもみなやや外側に膨らんでいる。光自体は長さ一メートルの円錐《えんすい》形の台上に高く保たれているが、その台は、六本の棒のような足で小惑星の地表を横切って這《は》っているように見えた。

この照明器具の遠いほうの端では、大きな卵形のヘルメットのレンズが、次のビーコンの光を反射している。

「昆虫だ！」ハンがうめくように言って首を振った。「どうしてよりによって昆虫なんだ？」

「まったくね」レイアはハンに同情してそう言った。

ハンは昆虫が大嫌いで、ふだんはできるかぎり避けている。これは昔、砂漠の惑星カマーで、彼が見せたホロ映画がきっかけではじまった〝水の宗教〟と関係があるらしい。ハンが大急ぎで惑星を離れた何か月もあと、怒った昆虫種族カマリアンたちが彼を捕まえ、カマーを彼が示したような水の楽園に変えろと要求した。この件に関して、レイアが知っているのはこれだけだった。どうやって逃げだしたのか聞いても、ハンはがんとして話そうとしないのだ。

「でも大丈夫よ。ルークは彼らに不安を感じていないようだわ」

「ああ、まあな。あいつは昔から少しばかり変わってるからな」

「ハン、ここに入らなくてはならないのよ。ジェイナたちは、まずここに来たんですもの」

「ああ。そいつを考えると、背筋が寒くなる」

彼らは光の列の終わりに達し、琥珀色の光を高く掲げている昆虫の上を通過した。ふたつめのアイリス・ハッチがちらっと見えたあと、彼らはその小惑星を通過していた。どんどん細くなっていく通路の壁をゆっくり回りながら降下していくと、そのずっと先で、さらに三列のビーコンがぱっとついた。

ハンはレイアに誇示するように壁のそばにとどまり、予測のつかない凹凸をなめるように飛んでいく。

しばらくすると、光の列が霞《かす》みはじめた。弱い重力でゆっくり内側へ引き寄せられてきたほこりの霧が、灰色の雲のように厚くなっているせいだ。ハンはまだ壁ぎわにはりつくようにして飛びつづけていたが、いまではレイアに見せるためというより、そのほうが地形スキャナーが粉霧を貫きやすいからだった。

まもなく、金色にきらめくディスクが、シャフトの底に見えてきた。その明るさが増すと、昆虫の形をした与圧スーツ姿でシャフトの壁沿いに作業している、身長一メートルほどの生物の姿が見えはじめた。彼らは巨大な包みを引きずって、小惑星の地表を横切りながら、寄せ集めの構造物をまとめた石の管を修理していく。あるいは浅い盆地に立って、透明な膜の向こうから彼女を見つめている。

「ここはほんとに気味の悪いところね、ハン」

「はさみをカチカチ鳴らすのを聞けば、もっとぞっとするぞ。あの音ときたら、背筋が凍りつく」

「はさみをカチカチ?」レイアはちらっと操縦席を見た。ハンは、わたしに内緒にしていることがあるのかしら?「ねえ、あの――」

ハンがさえぎった。「いや――おれは、ただ……」

彼は肩を上げ、ぶるっと体を震わせた。長い結婚生活のあいだも心の底にしまったままだった記憶がよみがえったのかもしれない。

「あれは経験したいようなことじゃない、と言ってるだけさ」

ほこりの雲がようやく薄くなりはじめ、下の円盤状の光は、直径一〇〇メートル以上もある膨らんだハッチ膜であることが見てとれた。何十という昆虫が、与圧スーツの背面にあるバルブから緑の粘液を分泌しながら、ハッチの端へと急いでいく。

ハンはスロットルをゆっくり引き、それから――そのハッチが開く気配がないと――ハッチの中央からおよそ二〇メートル上で停止した。

昆虫たちはハッチのはずれに達し、振り向いた。黒いヘルメットのレンズが〈ファルコン〉を見るように上を向く。まもなく、ゼリー状の液が緑の霧になりはじめた。

「彼らは何を待ってるんだ？」ハンはてのひらを上に向け、いらだたしげに身振りで訴えた。「早くそこを開けろ！」

ゼリーがすっかり蒸発すると、昆虫たちはハッチの中央に戻り、目的もなくそこをうろつきはじめた。

「通信チャンネルに何か連絡が入ってるか？」

レイアはチャンネル・スキャナーを確認し、もう一度確認しなおした。

「雑音しか入ってこないわ。それもたいしてないわね」

レイアは〈ジェイド・シャドウ〉に連絡を取ろう、とは勧めなかった。昆虫には、通信機が発する周波にきわめて敏感な種族もあるからだ。ヴァーパインと残りの銀河が接触した当初、そのせいで悲劇的な誤解が起こった例もある。

「3POを起動しましょうか？　彼ならあの種族のことを、多少知っているかもしれないわ」

ハンはため息をついた。「ほかに方法があるか？」

「ここに座って、何かが起こるまで待つこともできるわよ」

「断る」ハンはうんざりして首を降った。「昆虫と根競べして、勝てるわけがない」

レイアは立ちあがり、3POの回路ブレーカーのスイッチを入れた。光受容器《フォトリセプター》が明るくなったあと、金色のドロイドは周囲の様子をつかむように首をぐるっと回してから、ようやくレイアに目を向けた。

「どうか、レイア様、こういうことはおやめください。非常に混乱いたします。こんなことがつづきますと、そのうち、ファイル配分テーブルが壊れ、わたくしの個性が失われてしまうかもしれません！」

「そんなに悪いことじゃないさ」ハンがぼそりとつぶやいた。

「3PO、あなたの助けが必要なの」レイアは、ハンの皮肉を分析する暇を与えずにそう言った。

「この惑星の種族に、こちらの要請を伝えてほしいの」

「承知いたしました！」3POは、はりきって答えた。「レイア様、スイッチを切られるまえに申しあげておりましたように、わたくしはどんな場合でも、喜んでお手伝いいたします。すでにご存じとは思いますが、わたくしは六〇〇万語以上の言語に精通しており――」

「口上はいいから」ハンがさえぎり、外を指さした。「あの虫どもに、こっちの頼みをどう伝えればいいか教えてくれ」

「虫？」3POは立ちあがり、たくさんの昆虫へと目を向けた。「お言葉を返すようですが、ソロ船長、あれはただの虫ではないと存じます。どうやら鞘翅目《こうちゅうもく》と膜翅類《まくしるい》をかけあわせた知性のある生物のようでございますね。この種族は、しばしば意志疎通の手段として、複雑なダンスを用います」

「ダンス？　冗談だろ！」ハンは両手を操縦桿《かん》とスロットルに戻した。「で、彼らはなんて言ってるんだ」

３ＰＯは昆虫たちをしばらくじっと見てから、のどを鳴らすような神経質な音を発し、制御コンソールのまえに移動した。

「それで？」ハンは促した。

「なんと奇妙なことか」３ＰＯはまえにいる生物を観察しながらつぶやいた。「こういう動きは、わたくしのメモリーにはまったく記録されておりません」

「どういう動きのこと？」レイアはドロイドの横に並んだ。「彼らはなんと言ってるの？」

「残念ながら、それは申しあげられません、レイア様」３ＰＯは伏し目がちになった。「さっぱり見当もつきませんから」

「なんだと？　見当もつかんとは、どういうわけだ？」ハンは食ってかかった。「おまえはいつもあれほど、銀河の言語に精通してるのを自慢しているじゃないか！」

「お言葉ですが、ソロ船長、それは不可能です。ドロイドは自慢することなどできません」３ＰＯはレイアに目を戻した。「いま説明いたしましたように、わたくしのメモリー・バンクには、この特定の言語の記録はひとつもございません。しかしながら、統語的に分析し、逐語的に比較し、パターンを検索いたしますと、これが言語であることは、間違いないようでございます」

「ほんと？　ただ、うろついているだけではないの？」

「いえ、とんでもございません、レイア様。あの動きのパターンと停止には、きわめて重要な統計的通信が含まれております。また、繰り返し頭を傾けるのは、ベーシックよりも、シリウーク語よりも、はるかに進んだ系統的配列をほのめかしております」3POはビューポートに目を戻した。

「ええ、これは絶対的な自信をもって申しあげられますとも」

「だったら、彼らはなんと言ってるんだ？　こいつらはだれだ？」

「さきほどからそれを説明しようと努力しているのでございます、ソロ船長。わたくしには見当もつきません」

ふたりと一体はともに黙りこんだ。3POはこの神秘的なダンスを注意深く記録し、レイアとハンは、マーカーの奇襲チームの生き残りがここに呼ばれたなぞと目のまえの光景がどうつながるのか、理解しようとした。だが、ふたりとも、筋の通った説明は見つからなかった。どんな形にせよ、この昆虫たちがマーカーの奇襲チームとつながりを持っているとは、とうてい信じがたい。それに、ジェイナやほかの若者たちの報告にあったような呼びかけを送れるほど、この昆虫たちのフォースが強くないことは、レイアにすらわかった。

3POは突然キャノピーからあとずさった。「基本的な統語上のユニットがわかりました！　まったく単純です。腹部が三つのうちどのレベルに位置しているかがわかれば、そのときのステップが――」

「3PO！」ハンがさえぎった。「彼らがなぜあのドアを開けようとしないのかわかるか？」

3POはかすかに首を傾げた。「いえ、ソロ船長、わかりません。それを知るためには、彼らがなんと言っているか、理解する必要があります」

ハンはうめいた。「こいつらは、どうしてさっきのダートシップみたいに、帝国の点滅信号を使わないんだ？」

「不幸にして、彼らの与圧スーツには、ストロボシグナル器が装備されていないようです」3POがすぐさまこの疑問に答えた。「ですが、わたくしはこのダンス言語がしだいにわかってまいりました。たとえば、彼らは同じメッセージを何度も繰り返しております」

「まったく同じメッセージを？」レイアが尋ねた。

「はい、レイア様。さもなければ、わたくしは〝似たような〟と申しあげたはずで――」

「そのメッセージは長いの、短いの？」

「それはまったくわかりません」3POはすまして答えた。「ひとつの概念を表現するのに必要なユニットの、標準的な数がわかるまでは――」

レイアは膨らんだハッチと、膜でできたその分節を見ながら、言い方を変えた。「メッセージを繰り返すのに、どれくらいの時間がかかっているの？　数秒？　それとも数分？」

「標準的には、三・五四秒です」今度は即座に答えが返ってきた。「しかし、前後の意味がわからなくては、この情報はまったく役に立ちません」

「そうでもないわ」レイアは副操縦士の席に戻った。「もう少し近づいてちょうだい、ハン。確認したいことがあるの」

ハンがこれに従うと、レイアは膨らんだハッチに目を凝らし、自分の推理に間違いを見つけようとした。昆虫たちは突然ハッチの中央に集まり、それからはずれへとちょこちょこ歩いていって、緑のジェルを排出しはじめた。

「そのまま進んで。彼らがなんと言っているかわかったわ」

「そんなことはほぼ不可能です！」3POが抗議した。「わたくしですら、正確な翻訳を行なうどころか、文法を確立するだけのデータもまだ収集できないのですから！」

レイアは黙って〈ファルコン〉のシールドを制御するスイッチへと手を伸ばした。ハンは横目でその手を心配そうに見ながらも、レイアの指示に従ってまえに進みつづけた。ハッチが内側にへこみはじめると、レイアはシールドを切った。一瞬後には、しなやかな膜が〈ファルコン〉に吸いついていた。これはハッチの外に空気がないためだ。

ハンは息を吐きだし、レイアに言った。「いい勘だな」

「ええ、レイア様。これはたいへん優れた翻訳でした」3POはすっかり意気消沈した声で言った。「いくつの言語に精通していると、おっしゃっておいででしたか？」

5

ルークは、まるで水差しいっぱいの小魚をのみこんだような気がした。ベンの顔色も、心配になるほど緑色に近い。いつもなら、小さい重力のなかでも平気で長いこと動きまわれるマラですら、胃のなかのものが飛びだすのをこらえているとみえて、ぐっとあごをかみしめている。

スカイウォーカー一家は無重力を何度も経験しているが、この植民小惑星の小さな重力がもたらすなんともいえぬ奇妙な感触に、彼らの胃は反旗をひるがえしていた。通路のあらゆる表面を覆っているべたつく金色の蠟《ろう》、昆虫が発する絶えまない音、たえず壁や天井を横切っていく六本の細い足に身長一メートルの労働昆虫……。

サーバは、しかし、申し分なく居心地がよさそうだ。彼女は四本の手足を使って壁にはりつき、かなりの速さで進みながら、頭を左右に大きく振り、長い舌で甘い空気をなめている。おそらくこの暑さと湿気がバラブIによく似ているにちがいない。それとも、手足が蠟を押す音とその感触が好きなだけか？　バラベルはおかしなことに喜びを見いだすからな、ルークはちらっとそう思った。

彼らは傾いた交差点に差しかかった。ルークはそこで足を止め、傾いているほうのトンネルからかすかに聞こえてくる奇妙なパルス音に耳を傾けた。ひどくかすれた耳慣れない音だが、明らかに一定のメロディとリズムがある。

「音楽だな」

「タトゥイーンの出身なら、そう聞こえるのかも」マラが皮肉る。「あたしたちには、ランカーのげっぷに聞こえるけど」

「この者は好きですよ」サーバが口をはさんだ。「尻尾《しっぽ》を振りたくなります」

「ふん、キーキー鳴る推進羽根車にも尻尾を振るくせに」マラは憎まれ口をたたきながら、音が聞こえてくるトンネルの床を示した。たくさんのブーツに踏まれているとみえて、蠟が石にへばりついている。「でも、ここは人気があるようね。調べてみましょうよ」

そちらに歩きだすとすぐに、ベンが尋ねた。「ジェイナはこっちにいるの？」

「いや」ベンはハイパースペースを出たときから、同じ質問を繰り返している。「さっき言ったろう？　ジェイナはこの植民小惑星のなかにはいないんだよ」

「だったら、どこにいるの？」

「さあ」ルークは肩越しにベンを見た。「これからそれを突き止めるんだ」

ベンは少し考えたあと、言い返した。「どこにいるかわからないんでしょ。だったら、ここにいるかもしれないよ。父さんにはわからないだけかも」

これを聞いて、サーバがヒッヒッと笑った。

「この子の言うことにも一理ありますよ、マスター・スカイウォーカー」

ベンは母の陰に隠れた。ルークはサーバに対する息子の奇妙な不安にかすかな懸念を感じた。幼いころから両親の友人たちを見慣れているベンは、どんな種族に会っても、日頃はまったく人見知りしないのに、サーバのことだけはまだ怖がっているようだ。

ルークはほほえんで、こう説明した。「ベン、もしもジェイナがここにいれば、父さんはフォースでそれを感じるよ」

「そうか」

ベンがあっさり引きさがったことに内心驚きながら、ルークは言った。「だが、レイアおばさんのことは感じる。ハンおじさんとここにいるよ」

サーバは前方の壁で止まり、ルークを見下ろした。「ソロ夫妻がここにいるのですか？ ふたりはスリー＝アイを狩りにいったのだと思っていましたが」

「おれもそう思っていたさ」ルークの声にはつい内心の不満がにじんだ。「どうやら、おれたちに合流するほうが重要だと思ったらしいな」

「その権利はあるわよ」マラが取りなした。「この一年、あたしたちのほうがジェイナに会っているくらいよ。それにジェイセンはまだフォース伝承を追いかけてるし……ハンとレイアは寂しいにちがいないわ」彼女はベンの髪をくしゃくしゃにした。「あたしなら、寂しいもの」

「わかってるよ」

たしかにそのとおりだ。ルークは自分のいらだちを恥じながら答えた。みんながジェダイ・カウンシルの要請に従う状態に慣れて、カウンシルには公式の権限などないことをつい忘れてしまうが、彼らはみな自分たちの判断で仕えているのだ。ジェダイではないレイアとハンはとくにそうだ。

「ふたりとも、これ以上頼むのは気がひけるほど働いてくれたからな」

「スリー＝アイはどうなるのです?」サーバが尋ねた。「だれがあの海賊どもを止めるのですか?」

「おれたちがジェイナを探すまでは、再建警察に任せるのも悪くないかもしれないぞ。ジェイナたちが見つかったら、ジェイナとアリーマとゼックを送ればいい。三人が行けば、スリー＝アイを退治するのにそれほど時間はかからないさ」

「彼らがおとなしく帰ることを承知すれば、ですが」サーバは頭を左右に振りながら、壁を進みつづけた。「この者は、ジェダイ・カウンシルの知恵に疑問を抱きはじめています。群れには必ず長いきばが必要です。さもなければ、ハンターが勝手に行動し、好きな獲物を追うことになります」

「ジェダイという群れは、ほかの群れとは違うんだよ」ルークは彼女のあとに従いながら言った。

「全員が長いきばなんだ」

「長いきばの群れですか?　まあ、マスター・スカイウォーカー……」サーバはヒッヒッヒッと笑いながら、角の向こうに消えた。

さきほどの音楽が、しだいにはっきりしてきた。不安定な鳥のさえずりのような音は、おそらく歌声だろう。ガリガリというリズミカルな音はパーカッション、笛に似た耳ざわりな音はたぶんメロディだ。それは驚くほど朗らかな曲で、まもなくルークも心がうきうきしてきた。

五〇メートルばかり進むと、天井の高い、照明の薄暗いホールに出た。そこは宇宙空間を行き来する、見るからにタフな連中でこみあっていた。

音楽はホールの中央にある明るいスペースから漂ってくる。そこでは、三人の棒のようなヴァーパインが一ダースばかりのシャイン゠ボールの青白い輝きの下で演奏していた。ルークは彼らの楽器をまじまじと見ずにはいられなかった。三人でたった一本の弦しか使っていないのに、あれほどたくさんの音をどうやってつくりだすのか？

「すごい！」ベンがマラのそばを離れ、カンティーナに入ろうとした。「楽しそう！」

マラがその肩をつかんだ。「いいえ、だめよ」

ベンはにやっと笑った。ナナはR2と一緒に〈ジェイド・シャドウ〉で留守番しているからだ。

「でも、ぼくはひとりじゃここにいられないよ。まだ八歳だもん」

「ひとりにするとだれがいったの？」マラはルークを見て、カンティーナにあごをしゃくり、それからベンに言った。「あなたは母さんとここで待ってるのよ」

ルークとサーバはカンティーナのなかに入った。宇宙港のカンティーナは、どこもたいしてかわらない。ギヴィン、ボサン、ニクト、クオレン——雑多な種族の、社会の底辺にうごめく人々がたむろしている。彼らは店の中央に集まり、合成石のベンチに座って、飲み物をひざにのせていた。

〝黒い生霊《シャドウ・レイス》〟と異名をとる真っ黒なデフェルのように、そのなかでもとくにタフな連中は片隅にひっそりと座っていた。見るからに恐ろしげなジェネットがひとり、ほかの客から離れて奥の壁ぎわに座っている。客のほとんどがほろ酔い加減で体を傾けているのは、べつに珍しいことでもなんでもないが、不思議なことに通常こういう場所に満ちている隠れた敵意が、ここではまったく感じられない。

ルークはサーバに従い、サービス・エリアへと向かった。そこではデュロスがひとり、ずらりと並んだ飲み物ディスペンサーの列の端っこにぼんやりと立っていた。カウンターもなければ、注文を受ける場所も、支払いをする場所すら見当たらない。だが、中央のディスペンサーの下の暗がりから、カチカチという低い音が聞こえた。彼らが近づくと、その音が止まり、労働者昆虫がその暗がりから姿を現した。それはつかのま、ルークとサーバをじっと見て、からのマグをふたりに渡し、再びアルコーブに引っこんだ。

ルークとサーバは少しのあいだ、なんのしるしもないディスペンサーを眺めた。やがてサーバがいらだたしげな音を発し、所在なげに立っているデュロスに近づいて、自分のマグを彼の手に押しつけた。

「ブラッドサワー」

デュロスは鼻のない顔をさっと振り向けたが、話しかけてきたのがバラベルだとわかると、青い顔から血の気がうせた。

「ブラッドサワーはないんだよ」彼はデュロス特有の、抑揚のない声で答えた。「ここにあるのはメンブロージャだけだ」

「この者も好きになれる飲み物？」

デュロスはうなずいた。「メンブロージャはだれでも好きさ」

「では、おれも同じものをもらうよ」ルークはそう言って、自分のマグを差しだした。

デュロスはルークの顔をじっと見た。よれよれのフライト・ユーティリティを着たこの男はだれだ？　そう思っているのは明らかだ。

「ただのパイロットさ」ルークはそう言いながら、フォースで自分の姿に重ねている幻を強めた。

「のどの渇いた、、、、パイロットだ」

「そうかい」

デュロスは手近なディスペンサーに向かい、ふたつのマグをどろりとした琥珀《こはく》色の液体で満たし、彼らにマグを返した。だが、ルークが一〇クレジットのバウチャーをポケットから取りだすと、それを片手で払った。

「ここじゃ、だれも払わないのさ」

「だれも払わない？」サーバがオウム返しに尋ねた。「そんなばかな」

ふたりはフォースを通じて腹立ちを感じたが、デュロスはすぐに肩をすくめ、ヴァーパインのミュージシャンに目を戻した。

サーバは少しのあいだ彼を見てから、ルークに顔を戻した。「この者は疲れました。座る場所を探します」

サーバはマグの中身をひと口飲み、カンティーナの奥へと向かった。デュロスはルークにもそうしてもらいたそうだったが、ルークはディスペンサーのまえに立ったまま、フォースのなかに仲間意識と善意を送った。デュロスはしばらく黙っていたが、サーバが座った席のまえにいるイウォークが、怒ったように早口にまくしたてるのを見て、こう言った。

「おもしろいことになりそうだな」デュロスはにやっと笑った。「あのチビ・イウォークは一〇もの星系で死刑を宣告されてるお尋ね者だぜ」

「おやおや」ルークはメンブロージャを飲んだ。甘くて、どろっとしたかなり強い飲み物だ。足のつまさきから耳の先までいっぺんにあたたかくなる。しばしほろ酔い気分を味わったあと、彼はデュロスに尋ねた。「ここには長いのかい?」

「長すぎるほどさ。ライジルじゃ、プロセッシング・チップは使わねえんだ。代わりを仕入れていけなくなっちまったのさ」

「それは、ここにいるみんなの共通の問題なのかい?」

「共通だが、問題ってわけじゃねえぜ」デュロスはメンブロージャ・ディスペンサーのほうに、あいまいに片手を振った。「ここじゃ、あらゆるもんがただだし、好きなだけいられるからな」

「ずいぶん寛大なんだな。だが、その代わりに?」

「そんなのはねえよ。ただ、それに慣れちまうと、こっから出ていきたくなくなるだけさ」

「それが問題に聞こえるが」

「まあ、見方によっちゃな」デュロスはうなずいた。「どっかでだれかが待ってる場合はとくに」

「どうしてチップを持って、既知銀河《ノウン・リージョン》に戻らないんだ？　戦争であれだけたくさんの産業惑星が破壊されたんだ。銀河同盟はプロセッシング・チップを少しでもよけいに必要としてるだろうに」

「危険すぎる」デュロスは大きな頭をルークのほうに傾けた。「そういうチップを持ってるところを、どっかのくそったれ《クリッファイング》賞金稼《バウンティハンター》ぎに捕まりたくねえからな」

「ああ」そういえば、ランドとテンドラは、テンドランド・アームズの新しいリハブ・ドロイド工場に輸送される途中で盗まれたプロセッシング・チップに、一〇〇万クレジットの懸賞金をかけていた。「なるほど」

「そういうこった。五人のジェダイがおれを追ってきやがった。だから、船荷を捨てることにしたのさ」

ルークは貴重なチップが失われてしまったことにたじろぎ、それを抑えた。

「そのジェダイたちが、あんたを追ってきたのは確かなのか？」

「ほかのだれを追ってくる？」デュロスは首を振り、それから言った。「カルリジアンはジェダイに顔が利くからな。だが、これほど利くとは知らなかったね」

「ほんとだな」ルークはデュロスに近づき、声を落とした。「そいつらは、かなり若かったかい？　人間が何人か、それにバラベルとウーキーがまじってやしなかったか？」

「トワイレックもな」デュロスは疑り深い声になり、ルークから離れはじめた。「どうして知ってるんだ？」

「その連中とは、おれも少しばかりわけありなのさ。次の立ち寄り先で、そいつらに出くわすのはごめんだからな。どこへ行ったか知ってるか？」

デュロスは少しのあいだ、ヴァーパインのバンドを見ていた。おそらく、この件で多少ともうまい汁を吸える方法はないか思案しているのだろう。ルークはフォースのなかにもう少々善意を送った。デュロスはようやく首を振った。

「すまねえな。そいつはライジルに聞いてくれ」

どこへ行けばライジルに会えるのか聞きだそうとすると、だれかが後ろから近づいてきた。ルークはフォースのなかに、その女の存在だけでなく、この植民小惑星全体に浸透している大きな、拡散したエッセンスを感じて振り向いた。

近づいてくるのは、目の覚めるようなファリーンの美女だった。うろこのある肌は、ファリーンの男と同じくらい濃い緑色だ。彼女はルークに礼儀正しく会釈し、デュロスのまえで足を止めた。

「ターニス、あんたに運んでもらいたいものがあるの」

デュロスはメンブロージャをひと口飲み、落ち着いた顔を保とうとした。「どこへだい？」

「ホロー・ネストよ。もちろん、故郷に持って帰る積み荷もあげるわ」

ターニスの目が丸くなった――少なくとも、デュロスの基準からすれば丸くなった。

「いいとも」

デュロスがすぐに歩きだそうとしないと、ファリーンは言った。

「急いでたってもらいたいの。ライジルはもう〈スターソング〉に積みはじめたわ」

「よしきた」ターニスはマグを床に置いた。「乗員を集めて――」

「彼らにはすでに召集をかけたから」ファリーンは出口に向かいはじめた。「格納庫に来るはずよ」

「わかった！」ターニスは驚きをこめて首を振りながら、ファリーンのあとに従った。「ようやくここをたてるぞ！」

すっかり興奮したデュロスが自分のことなど忘れてしまったのを見てとり、ルークはフォースを使って引き止め、せきばらいをひとつした。

「ああ、そうだったな」ターニスはファリーンの腕を取り、片手でルークを示した。「この男が話があるそうだぜ。格納庫はおれひとりでも行けるよ」

ファリーンは肩越しに振り向いたものの、足取りをゆるめようともせず、ルークと目を合わせようともせずに言った。「わたしたちはとても忙しいの。ネストを楽しんでちょうだい」

それとなくこの美女の気持ちを探ると、ルークは深い懸念を感じた。美しいうろこがぴりぴりして波打っている。それから巨大な、黒い存在が彼女の頭のなかで大きくなり、ルークを押しだした。それがあまりにも手荒だったので、ルークはよろめき、メンブロージャのディスペンサーにぶつかった。

ターニスとファリーンはカンティーナを出ていった。フォースのなかでひらめいたルークの驚きが、警戒を要するものではないことを確かめようと、マラが戸口の端から顔をのぞかせる。ルークはばつが悪そうに笑い、くるっと向きを変えて背中にできたメンブロージャのしみを見せると、通路を遠ざかるターニスとファリーンを見つめた。

彼らとの距離がじゅうぶんあき、尾行を気づかれるおそれがなくなるのを待って、マラはベンの手を取り、乗り物に戻るごく普通の母子のように、他愛ないやりとりを交わしながら通路を歩きだした。

ルークはカンティーナの中心へと進み、ふたりのイシ・ティブが座っているベンチに腰を下ろした。少しのあいだ音楽を聞いているふりをしながら静かに座っていたが、実際はフォースのなかで盗聴器を探した。さきほどメンブロージャ・ディスペンサーのところで起こったのは……あれはどういうことなのか？　いずれにしろ、ファリーンの登場が偶然の出来事でないことは確かだ。ライジルは、それがだれにせよ、ジェイナやほかのジェダイのことをターニスにしゃべってもらいたくなかったのだ。

数分後、ルークはようやく周囲に波風を立てずに質問を再開できると感じ、仲間意識と善意を送りはじめた。まもなく隣のイシ・ティブが彼に顔を向けた。

「あたいの名前はゼララよ」それから連れを指さした。向こう隣に座っているイシ・ティブが眼柄をくるっと回し、穏やかにくちばしを鳴らす。「こっちはリアリ。あんたが好きだってさ」

ルークは微笑を返した。「ありがとう」

ゼララは黄色い目の上でまつげをひらつかせた。「あたいも好きよ」

「それはうれしいな」ルークは気のいい喜びを送った。「じつは、友人を探してるんだが――」

「あたいらが友だちになってあげる」リアリがそう言ってルークの反対側に移り、ずんぐりした手でルークの腕を取った。リアリの息はかなりメンブロージャくさい。「人間にこんな気持ちになったのは、生まれて初めてだけど」

「あたいもさ」ゼララがルークのもうひとつの腕を取る。「でも、この男はキュートだもん。目が窪《くぼ》んでるけどね」

「おいおい、お嬢さんたち、酔ってるらしいな」

ルークはマラがカンティーナへと戻ってくるのを感じた。怒りも不安も感じていないがデュロスとファリーンを見失い、いらだっている。

「ここに立ち寄った、若い旅行者を探しているんだが。少なくともふたりの人間と、トワイレックと、バラベルと――」

「ウーキーも？」リアリが尋ねた。

「すると彼らを見かけたんだね」

リアリはくちばしをあけて、にっと笑った。「どうかしら？」

「たぶんね」ゼララはルークのフライト・ユーティリティの胸のファスナーに手をかけた。「このなかを見せてくれたら、教えてやってもいいけど」

ルークはその手をつかんだ。「それはあまりよい考えじゃ――」

「いい子だからさ」リアリがそれよりも下のファスナーへと手を伸ばす。「楽しもうじゃないの」

「だめだ」ルークはリアリが彼のユーティリティを引き裂くのを防ごうと、この言葉をフォースで強めた。「うまくいきっこない」

「どうしてさ」ゼララが食ってかかる。

「おれは唇で、あんたたちはくちばしだし……」

ゼララは眼柄を広げた。「あたいがくちばしで何ができるか知ったら、きっと驚くよ」

「見せてあげる」リアリがルークの鼻をはさんで引っぱった。

「いた！」ルークはあわててくちばしから鼻を救出した。ほかの人々がこちらを見はじめた。最悪の事態だ。「頼むよ、お嬢さんたち、さっさと知っていることを教えてくれ」

ゼララは胸のファスナーを一気に下ろし、ルークのアンダーシャツをあらわにした。

「まず見せとくれ。そしたら――」

マラの驚きがフォースのなかでルークを一撃し、彼はゼララの残りの言葉を聞きもらした。入り口に目をやると、マラが息子の目を覆うところだった。

「あれはだれなの？」リアリがルークの視線をたどった。

「おれのかみさんさ」

「かみさん？」イシ・ティブは声をそろえて聞き返し、ぱっと立ちあがった。

ゼララが叫ぶ。「連れあいがいるなんて、言わなかったじゃないか！」

「おまけに子どもまでいるよ！」リアリもわめく。

この声にヴァーパインのミュージシャンたちがつづけざまに音をはずした。個人的なやりとりは店の隅でこっそりやれ、と言わんばかりに、近くの客が彼らをにらむ。

マラがあきれてくるっと目玉を回し、その場を離れたがらないベンを引きずるようにして、首を振りながら通路の向こうに消える。

これにはちゃんとしたわけがあるのだ、とルークはフォースのなかでマラをなだめた。笑いを含んだ懐疑的な気持ちが返ってきたとき、サーバが店の奥でヒッヒッヒッと笑いだした。どうやら、これはみんなの笑い話になりそうだ。ルークはうんざりして首を振り、ユーティリティのまえを閉じながらイシ・ティブを見上げた。

「座ってくれないか」

「あたいたちのことは忘れるんだね、この浮気男」リアリが舌を鳴らしながら出口に向かって手を振った。「連れあいとあのチビを追いかけたほうがいいよ」

「きみたちが答えてくれたらそうするよ」ルークはイシ・ティブたちの手首をつかみ、ふたりをベンチに座らせた。「彼らを見たのはいつのことだ？　ウーキーとバラベルとほかの連中を？」

「彼らがここにいたときさ」ゼララが冷ややかに答えた。

「それはいつだったんだい?」ルークは答えを引きだそうとこの質問をフォースで強めた。

「さあね」ゼララはリアリと顔を見合わせた。「いつだっけ?」

「覚えてるわけないだろ。あの子たちは、一日しかここにいなかったもの」

ルークがリアリに思い出してくれるよう頼もうとすると、またしてもだれかが近づいてきた。ターニスを連れ去ったファリーンと同じように、いま近づいてくる相手にもふたつの存在がある。だが今度は、ファリーンよりはるかに危険で強そうな男だ。ルークは反射的にライトセーバーをつかみそうになった。

そのデフェルは、ルークがわきに落とすまで彼の手をにらみつづけ、そこから目を離さずに、しゃがれた声でイシ・ティブに言った。「新しいティブリン塩がひと樽《たる》着いた。浸沈タンクを準備してるところだ」

「あたいたちのために?」ゼララが驚いて息をのんだ。

「どこで?」リアリが問いただす。

デフェルは黒い体毛に覆われた腕を、ふたりに一本ずつ差しだした。「エスコートするよ」

「そのまえに、おれの質問に答えてもらうぞ」ルークはこの命令にフォースの重みをこめた。

リアリが足を止め、振り向こうとしたが、デフェルが赤い目を光らせ、彼女をまえに引っぱった。

「来いよ、お嬢さんたち。浸沈タンクが冷たくなってもいいのか?」

さきほどと同じ黒い存在が、ルークのまえに立ちはだかった。これは攻撃とまではいかない。たんなる意志の壁だ。その気になれば、このイシ・ティブたちを引き止める手立てはあるが、そうなると、いまでさえこのなぞめいた存在の注意を引きすぎているのに、もっと目立つことになる。

　毛むくじゃらのイウォークを横に従え、サーバがこちらにやってきた。ずんぐりした体を白いしまが一本だけ斜めに横切っているほかは、宇宙空間のように真っ黒なそのイウォークは、さきほど向かいに座ったサーバに食ってかかった男だ。ふたりは、ヒッヒッ、ケッケッと笑いながらルークのまえで足を止めた。

「ああ、いいとも。好きなだけ笑ってくれ。で、この友人はだれだい？」

「ター……ヒッヒッ……ファングです」サーバは笑いながら答えた。「友人を見つける手助けができる、と言ってます……あなたがあのイシ・ティブたちをあきらめたら、ですが」

6

あらゆる場所に塗られた金色の蠟《ろう》と天井にはりついたシャイン＝ボールの列、まるでいきあたりばったりにつくったようなトンネルの入り口、上なのか下なのか漠然とすらわからない点を除けば、球形の格納庫の内部は、昔ハンがあちこちの辺境の惑星で見てきた名もない宇宙港と、たいして変わらなかった。そこには、おなじみのぼろ船が並び、盗品の積み荷が無造作に置かれ、それぞれの種族のくずである密輸業者たちが、せかせかと自分たちの船を出入りしながら、違法行為でまっとうな仕事よりも少しでも多く稼ぐために、せっせと働いている。

ハンの胸には、なつかしさがこみあげてきた。昔は相棒のチューバッカとふたりで、よくこういう場所に降りたものだった。彼らにちょっかいを出す者はひとりもいなかった。もちろん、いまもジェダイ・ナイトの妻ばかりでなく、ノーグリがふたり、それに改造されたバトル・ドロイドという後ろ盾がいる。しかし、昔と同じではない。

あのころはチューバッカがいた。親友で、相棒で、銀河一優秀なウーキーの副操縦士が。彼らは一緒に作戦を立て、それを実行に移したものだった。チューバッカはやっかいな良心でもあったが、まだハンがレイアと知りあい、目的のない人生に別れを告げるまえ、彼を用心深い、皮肉な男にした裏切りや苦い失望の数々をわかってくれた同志でもあったのだ。

「少なくとも、なぞのひとつは解けたわね」

レイアが〝再建局――衛生用品〟というラベルが貼ってある荷箱でいっぱいの、デュラプラスト製パレットを指さした。

「再建局《RA》の供給品がどこに消えたか突き止めるのが、あれほど難しかった説明がついたわ」

「そいつはどうかな」ハンはまるであらゆる表面を這《は》っているような巨大な昆虫たちに目をやった。

「この岩のかたまりは、目減りする供給品のすべてが必要なほど大きくないぞ」

貨物船の周囲の活動に目をやったハンは、背筋を虫が這うような嫌悪を感じた。昆虫たちはどの宇宙船にも自由に出入りして、積み荷や、食料品や、宇宙船になくてはならない道具すら下ろし、それを昇降ランプのすぐ下に積みあげている。あきれたことに、それを止めるどころか、乗員たちも同じことをしていた。巨大な陶器の計時器《クロノ》や、多彩色の蠟の玉、それに昆虫が下ろした道具や食料品の大部分を、せっせと船に積みこんでいる。

しかも、このばかげたやりとりに腹を立てている者はひとりもいないようだ。実際、おたがいにぶつからないように気をつけている以外は、乗員と昆虫は相手の存在にすらほとんど気づいていないように見える。

ハンは丸いドッキングエリアの〝壁〟を半分上がったところに停泊している宇宙ヨットに目をや

った。つややかな灰色のくさび型ホライゾン級ヨットの着床脚は、この広い格納エリアを覆っている蠟のようなものに、〝くるぶし〟まで埋まっていた。昇降ランプは下ろされたままで、テンドランド・アームズ社の大きなディフェンダー・ドロイドがその横に立っている。がっしりした分厚い上半身、さまざまなシステムがびっしり詰まった手足が、天使のような顔とにこやかにほほえんでいる口もととは、ひどくちぐはぐな印象を与える。

「〈ジェイド・シャドウ〉だ」ハンは〈ファルコン〉の船首を回し、マラの宇宙船の隣の空いている場所に向けた。「あいさつしにいこうぜ」

　レイアは首を振った。「だれもいないようだわ」

「そうか？」ハンは顔をしかめた。

〈ジェイド・シャドウ〉のハッチを開けたまま、留守番も置かずに残していくのはマラらしくないことだ。もっとも、ナナがあそこにいるのは留守番のためなのだろう。ランドが開発し、戦争中に大活躍したYVHバトル・ドロイドと、TDL子守り《ナニー》ドロイドを合体させたボディガード・バージョンであるディフェンダーには、宇宙船を守る能力はじゅうぶんある。昆虫たちもそれがわかっているとみえて、ときどき一匹が脚を止め、昇降ランプめがけて触角をさっと振るものの、それを上がろうとはしない。

「もうカンティーナにいるのかもしれんな」

　ハンは〈ファルコン〉の船尾を壁沿いに〝上〟向け、空いている場所にうまく入りこんだ。着床脚が即座に蠟のなかに沈む。しっかり船体を支えているようだが、念のため錨《いかり》ボルトを撃ちこんだ。極小重力はやっかいな場合もあるのだ。どちらの方向に引かれているのか、滑りだすまでわからない。

ハンは立ちあがってブラスターをつけた。「とにかく、ナナに会いにいこう。ルークたちがどこにいるか、わかるかもしれん」

彼らは昇降ランプを下ろし……蒸し暑い空気に打たれてよろめいた。甘すぎるにおいの空気が、開いたハッチからうねるように押しよせ、たちまちハンの背中には玉の汗が流れはじめた。格納庫のなかは耳ざわりな大きな不協和音でわんわんしている。

すぐに六匹ばかりの昆虫が現れ、昇降ランプを上がりはじめた。濃いオレンジ色の胸部、青白い腹部、一メートルの長さの羽根ような触角がある。ハンは胃がむかつくのをこらえ、彼らを止めに下りていった。

レイアが彼の腕をつかんだ。「ハン、どうしたの?」

「べつに」彼はごくりと生つばをのみこみ、ランプを下りつづけた。カマリアンの記憶におじけづくのはごめんだ。だいたい、この昆虫たちは彼の腰ぐらいの高さしかない、四本のやせた腕も細い足も先の丸いくちばしも、肉を引き裂くより荷物を安定させるのに適している。「なんでもない」

ハンは昇降ランプの途中で足を止め、両腕を胸のまえで組んで、ランプを上がってくる昆虫たちをさえぎるように大きく足を開き、彼らをにらみつけた。緑の玉のようなふたつの主な目に加えて、この昆虫たちの頭の上には、三つの接眼レンズがある。いったいどれをにらめばいいのか？　まったく、まぎらわしいやつらだ。

「どこへ行くつもりだ？」

先頭の昆虫が顔を上げ、神経質にくちばしをカチカチ鳴らしながら、胸から低い太鼓のような音を発した。

「ブルッブッブールー、ルッブ」

彼らは二本の足に加えて四本の手もつくと、ハンのひざの高さになり、彼が開いた足にぶつからないように礼儀正しく触角を下げ、さっと足のあいだをくぐり抜けた。

「おい！」ハンはくるっと向きを変え、昆虫の背中にある小さな羽根をつかんだ。こいつらは、ところかまわず卵を産みつける。それに〈ファルコン〉に病原菌をまき散らされるのもごめんだ。

「待て！」

その昆虫は、くるっと振り向いてハンの目を見た。それからハンの両手を指さし、またしてもくちばしを穏やかにカチカチいわせた。「ウッブルー・ブール・ウブ」

「ソロ船長」3POが助け船を出してくれた。「この昆虫は、羽根を離してくれと頼んでいるようでございますよ」

「こいつの言葉がわかるのか？」

「残念ながら、いまのところは、たんなる知識に基づいた推測でございます。彼らの言語形態は、さきほどのダンスのようにあいまいで——」

「だったら、わかるわけがないな」

「ハン」レイアが口をはさんだ。「危険はなさそうよ。３ＰＯがこちらの意図を伝える方法を思いつくまでは——」

「おれは意図を伝えてるんだ」ハンは相手のいちばん近い目を見てこう言った。「おれのことをだれだと思ってるか知らんが、この〈ファルコン〉には、だれひとりおれの許可を得ずに入ることはできんぞ」

ほかの五匹もみな六本脚をつき、ランプの下側へと滑るように回りこんでハッチへと向かっていく。

「だめだ！」ハンは自分がつかんでいた昆虫をランプからはじき飛ばし、ほかの五匹のあとを追った。「あいつらを捕まえろ！」

ノーグリがレイアのまえに立ち、ドアをさえぎって戦う姿勢を取った。昆虫たちは昇降ランプの上側へするっと戻り、なんとかすきまを見つけて、〈ファルコン〉に入ろうとする。最初の二匹は、ノーグリのすばやいけりに倒された。

残りの三匹は、その場で六本脚のすべてをランプにつけ、触角を頭にぺたりとつけて、胸の奥から「ルルルル」と低い音を発しはじめた。恭順の意を示していると思う者もいるだろうが、ハンはだまされなかった。昆虫の頭は、ほかの種族の頭と同じようには働かないのだ。

ソロ家のバトル・ドロイド、BD‐8がノーグリの後ろに姿を現し、ミーワルの肩越しにブラスター砲を構えた。

「怖がらないでください！」骸骨《がいこつ》のような顔に赤いフォトリセプターをきらめかせ、ラミナニウム装甲の長いジャケットを着たBD‐8は、原形であるユ《Y》ージャン・ヴ《V》ォング・ハ《H》ンター・ドロイドの面影を色濃く残している。「侵入者を確認しました。攻撃してもよろしいですか？」

「だめよ！」レイアが叫んだ。「銃を下ろし、遊戯室に戻りなさい」

「遊戯室に？」BD‐8の声が懐疑的になった。「しかし、敵が侵入してきます！」

昆虫たちはランプをじりじり上がっていく。

「だれも侵入していないわ！」レイアが否定する。

「おれが防げればな！」ハンはつけたした。

彼はもう一匹つかんで放りだした。重力が小さいせいで、それはくるくる回りながら格納庫を横切り、二〇メートルも離れた場所に落ちた。カクメイムとミーワルがくちばしをつかみ、すばやくひねって残った二匹をランプから落とす。

ハンは満足そうにうなずいた。「よし」

近くの床から、いやなにおいが立ち昇りはじめた。ちらっと下を見ると、落ちた二匹が四本の腕で昇降ランプのそばに立ち、腹を持ちあげて緑がかった汁をランプの横に浴びせている。

「あれはなんだ？」ハンが叫んだ。

「ウブッブブ・ブッブルー」昆虫たちが胸をたたく。

「好きなだけブッブルしてろ！」

ハンはあっちへ行け、と両手を振って昆虫たちを追い払った。だが、彼らはまだ緑の液体を浴びせつけている。

3POが口をはさんだ。「ソロ船長、どうやらべつのお客さまが見えたようです」

金色のプロトコル・ドロイドは、ハンの肩越しに後ろを指さした。

彼が振り向くと、昆虫のような大きな目に太い角が一対ある、長身にスキンヘッドの男が、〈ファルコン〉の搭乗ランプへと近づいてくるのが見えた。その男は、ぼろ布とスプレー缶を手にしている。

「やれやれ、今度はアクアリッシュか」

「まずいわね」アクアリッシュは、争いとみれば飛びこんでくる好戦的な種族だ。「なんの用かしら？」

「ビューポートの掃除でもしにきたんだろ」ハンはそっけなくつぶやいた。

アクアリッシュは昇降ランプの下にやってくると、昆虫たちに近づいていく。

「なんの用だ、きば野郎《ファングフェイス》」ハンは挑《いど》むようにそう言った。

アクアリッシュはこのあだ名を忌み嫌っているが、彼らを相手にするときは下手に出てはだめなのだ。簡単に脅せそうな相手だと見くびられたら最後、とんでもなくやっかいなことになる。

「用はないよ、友よ」アクアリッシュはこの種族特有のしゃがれ声で答えた。「あんたを助けにきただけさ」

ハンとレイアはけげんそうに顔を見合わせた。見知らぬアクアリッシュから〝友よ〟と呼びかけられたことは、ふたりともただの一度もない。

「おれたちは友だちじゃないぞ」

「すぐにそうなるさ」

アクアリッシュは昆虫が緑の汁を浴びせ終わるのを根気よく待ち、それからランプの自分の側にいる昆虫をシッシッと追い払って、緑の汁の上に、なにやらきついにおいの泡を吹きつけた。

「そいつはまさか、腐食剤じゃないだろうな」ハンが脅すような声で言った。

アクアリッシュは笑みを浮かべることはできない。おそらく進化の過程で笑う必要が生じなかったのだろう。だが、この男は頭を傾け、笑顔によく似た表情をつくった。

「違うよ」彼はスプレー缶をひょいとハンに投げた。「この汁はきれいに落とす必要があるんだ」

アクアリッシュは、ランプの反対側の、ほかの昆虫たちが緑の粘液を浴びせた箇所を、ハンに示し、自分はすでに泡で覆ったところを拭《ふ》きはじめた。ハンは腐った果物のにおいと合成毛《シンファー》が焼けるにおいがまじったような悪臭を放つ泡を、自分の側にもたっぷり吹きつけた。

「これはなんのためだ?」

「こいつらを落としたときに、あんたはしるしをつけられたんだ」アクアリッシュは説明し、ハンにぼろを投げた。「だが、これで最初からはじめられる。さもないと、やつらは兵隊を呼んで、あんたが何を隠してるか見るためにこの船をばらばらにするぞ」

「最初からはじめる、というと？」レイアは尋ねた。

「取引を、さ」アクアリッシュは説明した。「そのために、ここに来たんじゃないのか？」

「まあな」ハンはあいまいにごまかした。「つまり、貿易、ってことか？」

「それより、勝手に取る、と言ったほうが近いな。彼らは自分が欲しいものを取る。あんたは自分が欲しいものを取る。みんなが満足する」

またしても昆虫がランプを上がってきた。

「侵入してきます」BD‐8が報告した。「攻撃許可を――」

「だめよ！　銃を下ろしなさい！」レイアが即座に命じた。

ハンは泡をよく拭いて、体を起こし、昇降ランプを一列になって上がってくる新たな六匹に目をやった。

「卵を産みつけるとか、そうことはやらんのだな？」

「しないとも。卵を産みつけるのは、ハートコームのなかだけだ」アクアリッシュは請けあった。

「彼らに好きなものを取ってこさせ、それから残しておきたいものを船のなかに戻すんだな。そのほうがずっと簡単だし――安全だ」

「あんたがそう言うなら――」ハンはわきに寄って昆虫たちを通した。「これでいいか？」

先頭の昆虫がカチリとくちばしを打ちあわせた。残りの五匹もそれに倣《なら》う。

「いまのはたぶん、〝よい〟という意味でございますね」3POがわかりきったことを説明する。

昆虫たちは昇降ランプを上がってきた。

ハンはアクアリッシュのそばに飛び下り、スプレー缶とぼろ布を返した。

「ファングフェイスなんて呼んで、悪かったな」彼はポケットに手を突っこみ、クレジットを取りだそうとした。「いまの助けはいくらだ？」

「ただささ、友よ」アクアリッシュは、そんなものはしまえ、と片手を振った。「初めて来たときは、みんな同じ経験をするんだ」

「そうか？」ハンは、目まぐるしく頭を働かせた。このアクアリッシュは、いったい何をたくらんでるんだ？「気を悪くしないでもらいたいが、あんたはアクアリッシュにしちゃ、ずいぶんと親切だな」

アクアリッシュはしんがりの昆虫が〈ファルコン〉のなかに消えるのを見ながらうなずいた。

「ああ、自分でもそいつが不思議なのさ」彼はきびすを返し、自分の宇宙船へと、戻りはじめた。

「だが、ここにいると、人助けをしたくなってな」

ハンとレイアとノーグリたちは、それから一時間、昆虫たちが欲しいものを外に運びだすたびに、その大半を〈ファルコン〉のなかに戻して過ごした。最初はわけがわからず、いらいらした。プロテインの包みが入った荷箱など、一〇回近くも戻さねばならなかった！

が、やがて昆虫たちの行動に、ある種の秩序のようなものが見えてきた。ハンたち四人は、なくてもすますことができるものを昇降ランプの下に残し、船に残しておきたいものは、前部船倉に積みあげた。やがて昆虫たちは、蠟の玉と、甘いにおいのする琥珀《こはく》色の飲み物が入った瓶を〈ファルコン〉の船倉に加えた。

ようやく、合意に達しないのは、『キリック・トワイライト』だけになった。これはその昔オルデランでオーガナ家の宮殿にかかっていた小さな苔画《モス・ペインティング》だった。オルデランの有名な画家、故オブ・カッドーがデザインしたこの絵は、激しい嵐《あらし》に追われ、山頂の街から逃れるなぞの昆虫種族を描いている。

ここの昆虫たちがなぜこの絵をこれほど欲しがるのか見当もつかないが——同じ昆虫を描いているからか？——ハンがこれを船倉に戻すたびに、一匹が飲み物のびんかつややかな蠟の玉をそこに置いては、絵を運びだす。ハンはうんざりし、六匹とも撃ち殺したくなってきた。この絵はレイアが何より大切にしているもので、その昔、タトゥイーンでこれを取り戻すために、彼はあやうく命を落としかけたのだ。

一匹が『キリック・トワイライト』を四本の腕で抱えて昇降ランプの途中で止まり、枠の上からハンを見た。腕組みして下で待ちながら、ハンはため息をついた。

「来いよ、さっさと終わらせようぜ」

だが、その昆虫はランプを下りてくる代わりに、そこから床に飛び下り、〈ファルコン〉のすぐ横に乱雑に山積みになった荷箱や道具箱の陰に逃げこんだ。

「おい！」

ハンは反対側に回りこんで逃げ道をふさいだが、昆虫の姿はどこにも見えない。ハンはこの〝取引〟が終わるのを待っている仲間の昆虫たちをちらっと見た。だが、五匹は長い楕円《だえん》形の目をそらし、自分たちの仲間が絵を持って逃げたことに気づかないふりをしている。ハンは鼻を鳴らし、ひざをついて〈ファルコン〉の着床脚の後ろをのぞきこんだ。

何も見えない。

「くそ《ブラスト》！」

脈が速くなるのを感じながら、ハンは絵を持って逃げた昆虫を探し、ゆっくり見まわしていった。格納庫の壁の半分ほど上がったところを、スカイウォーカー一家がサーバ・セバタインと黒い毛のイウォークと歩いてくる。だが、あの盗人昆虫の姿はどこにもない。

「くそったれ《ハットスリム》！」

「ハン？」ノーグリたちと携帯食糧をなかに戻していたレイアが、昇降ランプの上に姿を見せた。

「どうしたの？」

「なんでもないさ。こいつらが、こそこそしてるんだ」

レイアは抱えていたものを下ろした。「〝こそこそ〟って、どういう意味？」

「心配することはない」昆虫たちが積んだ品物の山から、柔らかい衣ずれのような音がした。プロテインの包みの列越しにのぞきこむと、細い脚がエンドリアン・ブランデーの荷箱の陰に隠れるのが見えた。「こっちは順調さ」

ハンは包みの荷箱を回りこんで、その荷箱を横にずらし、『キリック・トワイライト』を抱えてうずくまっている昆虫を見つけた。

「ウーブ・ウルー」それは、胸をたたいた。

「そうか？　おまえがその気なら、こっちにも考えがあるぞ」

ハンが昆虫の腕から絵をもぎ取り、〈ファルコン〉へ戻ろうとすると、ベンがルークたちのところから走ってきた。

「ハンおじさん！」ベンは片方のひじを上げた。ハンが教えた古い密輸業者のあいさつだ。「父さんが、おじさんがここにいるって！」

「しばらくだな、坊主」ハンはベンとひじを合わせた。「再会を喜びたいのは山々だが、ちょいと取りこみ中でな」

ほかの昆虫たちとルークをレイアに任せ、ハンは『キリック・トワイライト』を〈ファルコン〉のなかに運びこみ、床にひざをついて秘密の仕切りを開けた。

「へんなの、レイアおばさんの絵をそんなとこにしまうの？」あとについてきたベンが言った。

「ああ、まったくへんだな」ハンはその絵を仕切りに入れ、パネルをもとに戻して立ちあがった。

「これでよし、と。おまえの母さんや――」

さきほどの昆虫が通路に現れ、床沿いに触角を動かしはじめた。それは礼儀正しい音を発してハンの横を通過すると、秘密のパネルのところでぴたりと止まり、それをこじ開けようとした。だが、仕切りは開かない。昆虫は仕切りのまえに腰を下ろし、くちばしを鳴らしはじめた。

「わかったよ！　仲間を呼ぶ必要はないぞ」ハンは昆虫の隣にひざをついた。「ほら、そこをどけ」

ハンはパネルを開けた。昆虫は仕切りから『キリック・トワイライト』を取りだし、〈ファルコン〉を出ていこうと、きびすを返して……サーバとイウォークに出くわし、驚きの声をあげた。イウォークは昆虫の手から絵を引ったくり、それを裏返して後ろにつばを吐いた。

「なんてことをするんだ《ホワット・ザ・ブレイジズ》！」ハンはサーバを見た。「こいつはあんたの友人か？」

「ターファングとこの者は、ともに獲物を殺したことはありませんが、ターファングはジェイナたちを見つける手助けをしてくれます」

「そうか？」ハンは半信半疑で、イウォークがモス画を床に置くのを見守った。「どうやってだ？」

イウォークはハンをにらみ、この種族の特徴であるきしむような声でわめきたて、それからハンとほかの者たちに昇降ランプを下りろと指さした。

「いいか、この縫いぐるみ。自分をだれだと思ってるのか知らんが、この〈ファルコン〉じゃ——」

「ハンおじさん、見て！」

ベンが『キリック・トワイライト』を指さした。さきほどの昆虫がその絵を抱えて立ち、イウォークがつばを吐いた裏側を触角でスキャンしている。それはこのしぐさを何度か繰り返したあと、悲しそうなうなりを発して手にした絵を秘密の仕切りのなかへと戻した。

ハンはターファングを見た。「いったいどうやったんだ?」

イウォークは腹立たしげに鼻を鳴らしただけで、くるっときびすを返し、昇降ランプへと向かいはじめた。ハンやほかの者たちがあとに従ってくるかどうか、もはや気にしていないようだ。

「短気な野郎だな」

「たしかにターファングは、愛想のよい男ではありませんね」サーバはそう言いながらも、イウォークのあとに従った。「ですが、彼の船長はジェイナたちを見つける手伝いができます」

ハンは船の外でサーバに追いついた。ルークたちはひと足先にターファングに従っていった、と3POが報告する。もうほかの者がつばをつけたから、『キリック・トワイライト』のことは心配ない、とサーバは言ったが、ハンは念のためふたりのノーグリに、〈ファルコン〉に残って絵を見張るように頼んだ。

彼らはベンを〈ジェイド・シャドウ〉のナナのもとに残し、それからへこみだらけ、焦げだらけの円盤形小型貨物船、YT1000の外でルークとマラとレイアに合流した。ハンのYT1300のいとこであるYT1000のコクピットは、〈ファルコン〉の砲座が取りつけてある位置にのっている。下部砲座はなかった。この船の防衛火器は、船体の縁沿いに等間隔に取り付けられた四基の短距離用ブラスター砲だけだ。

「あれでここまで飛んできたのか?」ハンは驚いて尋ねた。

貨物船の陰った入り口のなかから、イウォークの怒った声が聞こえた。

「この船はリーゲル・エイトからまっすぐここに来たそうです」3POが通訳した。

ターファングは明るいところに出てきて、ハンに向かってさらにわめきたてた。

「わたくしどもがこの宇宙船に乗らずにすむのは、なんと喜ばしいことでしょうか!」3POが言った。「彼は、なかには修理に費やすクレジットのない者もいるのだ、と申しております!」

レイアがハンの横に並んだ。

「ごめんなさい、ターファング」レイアはそう言って、昔、外交官だったころによくしたように、白い歯をちらっと見せ、どんな意味にも取れる笑みを浮かべた。「ハンはあなたを侮辱するつもりはなかったのよ」

「ああ」ハンも口を添えた。「あんたたちの勇気に感心しただけさ」

ターファングはじろりとハンを見て、のどの奥でうなり、片手を振って上がってこいと合図した。

ハンはルークとマラを見た。「自分が何をしてるか、ちゃんとわかっているんだろうな?」

「そうでもないんだ」ルークは答え、にやっと笑ってハンの肩をつかんだ。「あんたとレイアにここで会うことも、まるでわかっていなかったしね」

「まあ……海賊の組織を一網打尽にするのは、だれでもできるが、ジェイナは——おたくの手にあまるかもしれんからな」

「その可能性はあるわね」マラが笑い、ハンのほおにキスをした。「会えてうれしいわ、ハン」

彼らはあいさつを交わし、昇降ランプを上がって、おんぼろの外見からは想像もつかないほど整頓されたエア・ロックへと入った。そこには必要な非常用装備が、トランスパリスチール製の救助ロッカーにきちんと収納されているが、ハッチの先にある通路を照らしているのは、ふたつの蠟でできた玉、ここの昆虫たちが照明として使っているシャイン＝ボールだけだ。その緑色の光で、ハンはデュラスチールの床パネルが少しばかりきれいすぎるほどぴかぴかなのを見てとった。密輸用仕切りの〝見えない〟継ぎめは、いかにもそれらしい影に隠れている。

通路の二、三歩先で待っていたターファングが、不機嫌な声でメイン・キャビンに入れと招いた。こんなに薄暗いのは、船長がデフェルのような暗がりを好む獰猛《どうもう》な種族だからか？ ハンはちらっとそう思った。

だが、パネルを取り外した機関部のまえにひざをついているのは、煤《すす》で汚れたフライトスーツを着た、目と耳の大きい小柄な種族、サラスタンだった。どうやら、操縦席の新しい制御ボードに動力供給線を溶接しているらしいが、いくらサラスタンでも、頭上の壁にぺたんとはりつけたシャイン＝ボールひとつで、どうして手もとが見えるのか、ハンには想像もつかなかった。

ターファングはサラスタンの横に行き、気をつけの姿勢を取って、せきばらいをひとつした。

「どうした？」サラスタンは動力線から目を離さずに尋ねた。「何があった？」

サラスタンの目は制御ボードにはりついたままだったが、ターファングは片手でサーバとルークを示しながら長々と説明しはじめた。ようやく船長は溶接を終わり、訪問者たちに顔を向けた。

「XR808gの船長、ジャイ・ジューンだ」

「XR808gだと?」ハンが言った。「いったいどういう名前だ?」

「もちろん、銀河同盟の登録ナンバーだ」

ジューンは顔をしかめ、声がしたほうに顔を向けて目を細めた。サラスタンはたいてい並はずれて視力がいいが、濃い影のなかに立っているハンの姿を光のなかからみきわめるのは無理だった。

「XR808gの名前を知らないのかね?」

「知っているべきかしら?」レイアが尋ねた。

ジューンは鼻を鳴らした。「わたしがちゃんとした仕事をしてれば、知っているはずはない」

「ああ、あんたは自分で思ってるより、はるかに〝ちゃんとした〟仕事をしてるよ」ハンは言い返した。

レイアが彼のひじをつかみ、警告するようにぎゅっと握ったが、サラスタンはこの皮肉に気づいたふうもなく、誇らしげに顔をほころばせた。

「ターファングの話では、友人を捕まえる手伝いをしてもらいたいそうだが」

「見つける、だ」ルークが訂正した。

「そうか。しかし、どっちでも同じだな」ジューンはいらだたしげにターファングのほうをちらっと見た。「わたしの第一航宙士は、ときどき自分の権限を越えることがある」

ターファングが信じられないという調子で何かを尋ねた。

「金を集めるのは、第一航宙士の仕事ではないぞ」ジューンは答えた。「渦動安定機のことは、わたしが心配する」

「ワープ用渦動安定機のことか?」ハンは尋ねた。「こんな古いYTの? そいつがここで簡単に手に入るとは思えんな」

「普通の値段では、たしかに無理だ」ジューンは同意した。「じつは、ここに届けてもらったんだが、輸送代金が二〇〇クレジット足りなくてな」

「おれたちを助けてくれれば、その問題は解決できるぞ」ハンは光のなかに出た。「二〇〇クレジット払おうじゃないか」

ジューンはあんぐり口をあけた。「やっぱりな。あなたの声だと思いましたよ!」彼はターファングを見た。「なんだって、ハン・ソロが彼らと一緒だと言わなかったんだ?」

ターファングはハンのほうに向かって鼻を鳴らし、ぺちゃくちゃとさえずった。

「ああ、だが、彼はハン・ソロだぞ!」ジューンは立ちあがって、ぱっと片手を差しだした。「XR808gは、あなたのあらゆる手順に従ってます。それにあなたの戦い方は、歴史ヴィドで見て、ひとつ残らず覚えてますよ」

「おれがあんたなら、ああいう歴史ヴィドの記録は信用しないな」ハンはサラスタンが自分の手を取って、激しく振るのを許しながら言った。「で、さっきの手助けのことだが……」

「お役に立ちたいのは山々だが」ジューンは落胆した声で言って再びしゃがみこんだ。「それは適切な行動ではないんですよ」

「〝適切〟じゃない？」このひとことは、ハンがサラスタンについて嫌いな点のすべてを表していた。「なぜだ？」

「わたしはここのホストたちと取り決めを交わしている。そして明らかに、彼らはあなた方にその友人たちを見つけてほしくないからです」

ターファングがうなり声を発し、額をぴしゃりとたたいた。

「ビジネス・パートナーの意向を無視することはできないさ」ジューンはイウォークをたしなめた。「これは取引だからな」

「だが、二〇〇クレジット都合できなきゃ、その取引とやらは実行できんのだぞ」ハンは言った。

「彼らはいつまで待ってくれるかな？」

「たしかに、それは困った問題だが……」ジューンは認めた。

「きみたちの宙図の写しを、おれたちが買うと言ったら？」ルークが尋ねた。

ジューンは首を振った。「わたしの宙図は役に立たないね。あんた方の友人たちはヨゴイに行ったんだからな」

「あんたはヨゴイがどこだか知らないのかい？」ルークは尋ねた。

「だれも知らないのさ」ジューンは言った。「ヨゴイは非常に誇り高くて秘密主義なんだ。彼らはネストの位置を外部の者には明かさないんだ」

サーバが恐ろしい目でターファングをにらみつけた。「だったら、なぜこの者に、手伝えると言ったのです?」

ターファングが鋭く答えた。

「XR808gが、ヨゴイに積み荷を運ぶことになっているからです」3POが通訳した。「ヨゴイに積み荷を運ぶ船には、ヨゴイがひとり、航宙士として同行するそうです」

「なるほど」レイアが口をはさんだ。忍耐強い彼女もさすがにいらだちはじめたようだ。「では、わたしたちもヨゴイに積み荷を運べるように口添えしてちょうだい。コンサルタント料を払うわ」

ターファングが長々と答え、3POが通訳した。「ターファングはこう提案しております。それよりジューン船長に必要なクレジットをいますぐ渡してはどうか。船長とふたりでわれわれの友人たちのことを調べ、ヨゴイから戻ったらその結果を報告する、と」

「ふん、その手は食わんぞ」ハンはきびすを返し、ドアにあごをしゃくった。「ここにいても時間の無駄だな」

ルークはハンを制し、ターファングを見つめた。ハンはこのとき初めて、いつのまにかマラの姿が消えていることに気づいた。こういう状況でこっそり抜けだすのは、マラの得意中の得意だ。

ようやくルークはハンを見た。「ターファングにはおれたちをだます気はないよ、ハン。彼はまともな取引を望んでいるんだ」

ターファングはジェダイ・マスターに鋭く食ってかかった。

「ルーク様は、あなたの思いを盗んだわけではございませんよ」3POが抗議した。「ルーク様を泥棒呼ばわりするとは、なんと失礼な！」

　ターファングはくるっとドロイドを振り向き、鋭く命じた。

「よろしゅうございますとも。ですが、そういう態度では、ルーク様があなたにライトセーバーを使ったとしても驚きませんね！」３ＰＯはルークに顔を向けた。「ターファングは、もう一度思いを盗んだら、あなたの目玉をえぐり取る、と脅しています」

「ああ、ルークはぶるぶる震えてるよ」ハンは皮肉った。「おれたちと取引をしたいのか？　だったらこうしよう。おれたちが運ぶ積み荷を見つけてくれたら、二〇〇クレジット払う」

　驚いたことに、これに答えたのはサーバだった。「彼には無理ですよ」

「なぜだ？」

「ライジルがそんなことを許さないからさ」ルークが言った。「彼はジェイナたちを見つけられたくないんだ」

「彼らだよ」ジューンが訂正した。

「なんだって？」ルークがけげんそうに尋ねた。

「彼ら、だ」

　ジューンはメイン・キャビンの出力場に後部船倉の動力供給線のようなものを溶接しはじめた。

ハンはひとこと助言してもよかったのだが、人の宇宙船の修理や整備に口をはさんで、喜ばれたためしはない。それに、〈ファルコン〉の制御ボードを見た者は、おそらくいまのハンと同じように、船長の修理の腕を疑いたくなるにちがいないのだ。

「ライジルは彼らのリーダーじゃない」ジューンは溶接機の熱い先端で流動抑制回路をなぞりながら、ちらっと顔を上げた。「ライジルが彼らなんだ」

「全員がひとつの名前を持っているということ？」レイアが尋ねた。

「ある意味じゃそうだが、ただ名前を共有しているだけじゃない。彼らの考え方からすると、彼らは全員がライジルなんだ。ライジルはネストだが、そこにいるすべてがネストでもある」

「つまり、個々の意識はない、ということなの？」

「たぶん。まあ、違う種族に関するわたしの生物学的な知識は、それほど深いわけではないが」

ターファングが得意そうにつけくわえた。

「マスター・ターファングが言うには、ライジルはネスト全体を指していることもあれば、その個々のメンバーを指していることもある、それを覚えていればいいそうです」

ターファングはいらだたしげに、つづけた。

3POがこれも通訳する。「しかも、どっちを指しているかは、けっしてわからない」

「ずいぶん便利だな」ハンは皮肉った。「だが、なんだってライジルは、ジェイナたちを見つけてもらいたくないんだ？」

ジューンが答えをためらうと、ターファングが早口でまくしたてた。

「だが、それが秘密じゃないとも言ってないぞ」ジューンは言い返した。

サーバがしゃがれた声で脅しをかけた。「いいですか、秘密というのは――」

「待て」ハンはサーバを制した。サラスタンは頑固かもしれないが、物事を秩序だって考える種族だ。バラベルがへたに威嚇《いかく》すれば、それだけ答えが手に入るのが遅くなる。「たしかに、少しばかりあいまいだな」

サーバは黒い目のひとつでじろりとハンをにらんだ。

「さっき言った取り決めのほかにも、暗黙の義務ってやつがある」ハンはジューンを見た。「そうだろ?」

サラスタンは勢いこんでうなずいた。「この種の事柄は、船長だけにしかわからないものだ」

「ああ、まったくだ」ハンは同意した。「だが、あんたは密輸業者じゃないのか?」

ターファングが〝そうだ〟というようにうなる。

「だったら」ハンはジューンに顔を戻した。「おれに答える義務があるぞ」

「そうかね?」

「ああ」ハンは自分が感じているいらだちを少しばかり声ににじませた。「密輸業者の倫理規定《スマグラーズ・コード》ってもんがあるからな」

ジューンは作業から目を離し、さりげなく尋ねた。「スマグラーズ・コード?」

「第七条だ。ほら、〝自腹を切らずにすむかぎり、同業者には手を貸せ〟ってやつさ」

「ああ、あれか」ジューンは大きな丸い目で制御ボードをちらっと見た。

このサラスタンが、スマグラーズ・コードを知っているはずはない。これはハンがたったいまでっちあげたものだからだ。だが、サラスタンにとっては、適切な手順を知らないと認めるほど恥ずかしいことはないのだ。

「第七条だな。忘れてたよ」

「思い出してくれてよかったわ」レイアがハンにあたたかい笑みを投げ、ジューンのそばにしゃがみこんだ。「で、ライジルは何を隠そうとしているの？」

ジューンは前部船倉のドアの動力供給線を、そのドアの制御回路に溶接しはじめた。「加入者《ジョイナー》たちに会っただろう？」

ハンはレイアが首を振るのを予測していたが、彼女はルークから何か感じたらしく、ルークにバトンタッチした。

「ライジルの通訳者たちのことかい？」ルークが尋ねた。

「彼は通訳ではないよ、ジョイナーだ。彼らもライジルなんだ」

サーバが、うろこに覆われたまゆを片方だけ下げ、しゃがれ声で尋ねた。「どうしてそんなことが？　ほとんどは六本脚すらないのに！」

「足の数は問題ではない」ジューンが言った。「彼らは吸収されてしまったんだからな」

「吸収された？」まだひとりも〝ジョイナー〟に会っていないハンには、さっぱりわけがわからなかった。「どうやって?」

「精神的に、だ」ルークがジューンを見たまま答えた。「これは一種の洗脳なのかい?」

ジューンは肩をすくめた。「わたしにわかっているのは、ネストのひとつで長いこと過ごした者は、吸収されるということだけだ」

「つまり、おれの娘は自分が昆虫だと思ってると言うのか?」ハンは一歩まえに出て尋ねた。「きさまはそれを黙ってるつもりだったのか?」

ジューンはぱっと立ちあがって、レイアの後ろに隠れた。「わたしのせいではないぞ!」

「落ち着けよ、ハン」ルークが言った。「まだそうなったと決まったわけじゃないんだ」

「なってないと言えるか?」

「ほらほら」サーバが口をはさんだ。「まだ何もわからないのです。彼らがどこにいるかすらも」

ハンはサーバの言葉に、子どもが危険な状況にあるのは、自分とレイアだけではないことを思い出した。サーバの息子ティーザーも、ジェイナと一緒にアンノウン・リージョンに来たジェダイ・ナイトのひとりなのだ。

「すまない。どうかしてたよ。ときどき、あいつらがジェダイだってことを忘れちまうんだ」ハンはサーバの背中に触れ——ごくりとつばをのんだ。バラベルの体に触れた者は、片腕を失う可能性があることを思い出したのだ。

「いいのですよ」サーバはうろこに覆われた手を彼の肩に置いた。「この者もときどき忘れます」

つかのまの沈黙が訪れ、彼らはそれぞれに惑星マーカーで失った者たちに思いを馳せた。あの任務では、アナキンのほかにも、ベラやクラゾーヴたちが犠牲になった。ハンはサーバがフォースのなかで自分の心に触れ、娘を信じろと励ますのを感じたような気がした。ジェイナはジェダイ・ナイトで、銀河でも指折りのパイロットだ、ハンとレイアがその昔、自分たちの戦いで名を馳せたように、ユージャン・ヴォングとの戦いで大活躍した英雄だ、と。父親が娘のことを心配せずにいるのは難しいが、レイアがいつも言うように、たしかに真実には力がある。

「いいだろう」ハンは片手を振って、制御ボードに戻れとジューンに合図した。「作業をつづけろよ。おれは落ち着いた」

レイアが彼にウインクし、ジューンに顔を戻した。「ライジルは、なんのためにジェダイ・ナイトたちが必要なのかしら？」

「さあな。だが、彼らはユヌとここをたった」

「ユヌ？」

「中央のネストだ。お嬢さんとその仲間たちはユヌ・ガードたちにエスコートされていったよ」

「くそ、そいつらも昆虫か？」

「すると、複数のネストがひとつの組織になっているのね？」レイアはジューンに尋ねた。

サラスタンの船長はうなずいた。「コロニーと呼ばれている」

ハンにもようやく全体像がつかめてきた。「どれくらい大きいんだ？」

ジューンはフライトスーツの下からデータパッドを取りだし、キーをたたきはじめた。「わたしは三七五の名前を聞いたことがある」

ルークは口笛を吹いた。「ここからチスの国境まで達するほどの数だな。そうか、それで筋が通りはじめたぞ」

「つまり？」ハンは尋ねた。

「それほど複雑ではないわ」レイアが言った。「コロニーがチス帝国の国境に達しかけているとすれば、中央ネストがジェダイ・ジョイナーのチームを味方につけておきたい理由は、かなりはっきりしているわ。とくに、ジェイナたちをね」

「ジェダイのコマンドは、たしかにでかい戦力になる」ハンも同意した。「しかし、そもそもどうやってコロニーはジェイナたちを呼び寄せたんだ？」

少しのあいだ、沈黙がつづき、やがて全員の目がジューンへと集まった。ターファングはひとりひとりに落ち着きなく目を走らせ、それから怒ったように否定した。

「ターファングは、そういう目で彼らを見るのをやめてほしいそうです」3POが通訳した。「彼はこの一件への関与を否定しています」

「あなたたちの関与を疑っているわけではないのよ」レイアが言った。

「しかし、きみたちの助けが必要だ」ルークはジューンに言った。「ハンはきみの助けを必要としてる。おれたちはジェダイ・ナイトたちを見つける必要があるんだ」

ジューンはルークの言葉を考え、それからこう言った。「方法がないことはない。前部船倉には空きがあるから、そこに隠れて――」

「冗談だろ」ハンは即座に答えた。「おれたちは自分の宇宙船で行く」

「いや、この方法しかないと思う」ジューンは言い張った。「わたしもライジルが送ってくるガイドに頼るしかないのだからな」

ハンは首を振った。

「ハン、少々窮屈な思いをすることになるだろうが、その方法がいちばん――」

「いや、ルーク」ハンはそれとなく制御ボードを見ながら首を振った。「そうは思えんな」

ルークはほんの一瞬ボードを見ただけだが、ジューンに気づかれた。

「なんだって制御ボードを見ているんだ?」サラスタンの船長は食ってかかった。「わたしは自分の船をちゃんと維持している。それを信頼できないのか?」

「まあ、うっかり溶接し忘れたところはあったぞ」ハンはかがみこんでボードを斜めに横切っている銀の線が曲がっている箇所を示した。「これじゃ、流動抑制機がすぐにイカレちまうな」

ジューンはその線をじっくり見てから言った。「心配することは何もない。ちゃんと適切な手順に従ったんだからな」

「ああ、しかし、そこの溶接は――」

「これでじゅうぶんだ。見ているがいい」ジューンはマスター・プラグを供給フォークの上に起き、ターファングに手を振ってキャビンの反対側に行くように指示した。「メイン・ブレーカーを切ってくれ」

「ジューン、そいつはあまり――」

パチパチと鋭い音がキャビン全体に響き渡った。ハンが目を閉じる暇もないほど早く、YT1000のなかは破裂するランプや、シュウシュウ音を立てて焼ける回路でちょっとした嵐のようなありさまになった。レイアやほかの者たちが、思わず驚きの声をあげる。パチパチいう音がいつまでもやまないと、ハンはブラスターを引き抜き、目をあけた。まるで稲妻が走っているようだ。彼はマスター・プラグのすぐ上のワイヤ・アレイを撃ち抜いた。

ポンポンという爆発の音や、ブーンというううなりは即座におさまり、メイン・キャビンはこれまでと同じ緑色の弱い光だけになった。ジューンが制御ボードのまえにがっくりひざをつく。

「またか!」

「だから、言ったろ」ハンがつぶやく。

戻ってきたターファングは、少しのあいだ肩を落としている船長を見ていたが、それからハンをにらみつけ、鋭くまくしたてた。

「たったいま値段は倍になった、ターファングはそう申しております、ソロ船長」3POが通訳した。「あなたがもたらした損傷の代金を払ってもらう、と」

「おれ《ヽ》が《ヽ》もたらした、だと? おれはやめろと――」

「ハンがXR808gを救うために撃ったワイヤ・アレイは弁償するわ」レイアが、さえぎった。「それに、ジューン船長がすべての修理を終えるのに必要な、ほかのあらゆる手助けもするわ……スマグラーズ・コードの第七条に従ってね」

「ああ、そうとも」ハンはレイアの機転に感心しながら、すぐさまフォローした。「音のわりには、たいした故障じゃないぞ。さもなきゃ、もっと煙が出てるはずだ」

大きな丸い目に驚きを浮かべ、ジューンが彼を見上げた。

「これも第七条でカバーされるのかね？」

「もちろんだ」ハンは気のいい調子で答えた。「だが、おれたちは自分たちの船で行く」

「ジューン船長のあとに従う方法は、あると思う」ルークが言った。彼の口調からすると、この問題の答えは、すでに見つかっているようだ。「ワイヤ・アレイの修理をするときに、二、三部品を取り付けさせてもらえれば――」

上唇をわずかに上げ、ターファングが何か言った。

「どんな部品だ、と尋ねておりますが」

「秘密の部品さ」ルークはイウォークをにらみながら言った。

ターファングはもじゃもじゃのまゆ毛を下げ、しばらくにらみ返したあとで、再び脅すように言った。3POはそれをこう通訳した。「ジューン船長は、大きな危険をおかすことになる。その代価もちゃんと払ってもらうぞ」

「いいとも」ルークはジューンとターファングに近づき……突然、ランカーのように大きくなった。

「しかし、きみたちはわれわれがだれだか知っている。もしも裏切ったら、どういうことになるかわかっているな？」

ターファングはあとずさったが、ジューン船長は少しも恐れていないようだった。

「ハン・ソロを裏切るだと？」サラスタンは言った。「そんなばかなことをする者がどこにいるかね？」

7

谷の底では、ジュリオの霞《かす》んだ光のなかで胸部を緑にきらめかせ、タートが洪水に浸かったあとの野原で食料をあさっていた。ほかの地域はチスの枯葉剤で茶色に変色してしまったために、労働昆虫たちはルージの刈り株と泥以外は根こそぎにしていく。これでは将来の飢饉《ききん》をつくりだしているようなものだが、いま飢えている幼虫を助けるには、ほかに方法がないのだ。

こういう貧しさと苦難のただなかで緑のサキティロを食べるのは少し気がひけるわ。ジェイナ・ソロはそう思ったが、今夜のメニューはそれしかないのだからしかたがない。ひょっとすると明日も、ブロットのリブかクレイト・ドラゴンの卵みたいな珍味かもしれない。どれも野営地の夕食というより、国賓を迎えた晩餐会《ばんさんかい》にふさわしいようなメニューだが、ジェイナはそれも食べるだろう。さもないと、タートたちを侮辱することになる。

ジェイナは凝乳状の料理をスプーンですくって口に運び、ベランダにいる仲間を見まわした。彼らはみな、粗末なスピットクリート製のベンチに座り、ひざにのせた器にほこりが入るのを小さなフォースバブルで防いでいた。クオリブ——ジュリオの主星、環《わ》のかかったガス巨星——の干潮がつくりだす小石まじりの強い風にもかかわらず、彼らはほとんどの食事を戸外で取ることにしていた。だれひとりネストのじめつく暗い洞窟《どうくつ》のなかで、必要以上に長い時間を過ごしたくないからだ。

凝乳が溶けたあと、ジェイナはスプーンで器をたたいた。

「いいわ。これはだれの責任なの?」

ほかのジェダイがひとりずつ顔を上げる。この一週間ばかりの行動を顧みる彼らの表情には、さまざまな程度のうしろめたさが浮かんでは消えていった。ここに到着してからまもなく、彼らは自分たちが特定の食べ物を話題にするたびに、二、三日後にそれが用意されることに気づいた。彼らのホストであるタートたちの限られた食料源のことを心配したジェイナは、タートのまえで食べ物の話をしないように告げ、それからタートがいない場所でもいっさい食べ物のことには触れないように、とこの指示を訂正したのだった。

ようやくティーザー・セバタインが鉤《かぎ》づめをひとつはじいた。「ひょっとすると、この者のせいかもしれないな」

「ひょっとすると?」ジェイナは鋭く突っこんだ。「何か言ったの? 言わなかったの? そのどちらかしかないわ」

ティーザーの背中のうろこが立った。これはバラベルの場合、赤面したのと同じことだ。「この者は何も言わなかった。考えただけさ」

「まさか、わたしたちの思いまで盗み聞きできるわけがないわ」ジェイナは言った。「ほかのだれかがうっかり口をすべらせたのよ」

ジェイナはひとりひとり仲間を見ていきながら、待った。チームのメンバーは再び記憶を探りはじめたが、だれひとり食べ物の話をしたことを覚えていなかった。

ようやくゼックがこう言った。「まあ、スカルラットみたいなものじゃなくて、サキティロでよかった」ジェイナと同じベンチに座っているゼックは、子どものころと同じように、黒い髪を伸び放題にしているが、昔と同じなのはそれだけだ。一〇代の後半からぐんぐん伸びた身長が、いまでは二メートルに達し、ローバッカと同じくらい肩幅も広くなっていた。「バラベルは自分で食料を探すのが好きだと思っていたよ」

「それができればね。でも、この者は〈レディ・ラック〉で最後に食べた食事のことを考えていたんだ。ベラとクラゾーヴや……ほかの仲間のことを思い出すと、いつもサキティロの味を思い出すから……」

ティーザーはマーカーの任務を通じて分かちあうようになった共通の悲しみを読み取ったように、ちらっとジェイナを見た。

七年たったいまですら、弟の死をほのめかされるだけでも、ジェイナはうつろな痛みを感じた。ふだんはジェダイ・ナイトとしての義務を果たすのに忙しくて、思い出にひたっている時間はないが、こういう静かなひとときには、あの恐ろしい悲劇の記憶がよみがえり、ニクロンの火嵐《あらし》のように胸を引き裂く。

「ひょっとすると、タートはあたしたちの思いを盗聴してるのかもしれない」タヒーリの声が、ジェイナをこの場に戻した。「だれも何も言った覚えがなければ、原因はそれしかないわ」

ローバッカがウーキー特有の尾を引くようなうめき声をもらす。

「ええ、食べ物のことを考えないようにするしかないわね」ジェイナは同意した。「あたしたちはジェダイよ。タートの幼虫が飢えて死んでいくのに、自分たちだけハットみたいな食事を取りつづけるわけにはいかないわ」

「ええ、せっかくのご馳走《ちそう》もだいなしだもの」アリーマ・ラーはサキティロをスプーンで口のなかに入れ、凝乳をかみながら背中に垂れている長いレックの端を丸めた。「まあ、ほとんどはね」

ゼックがもうひと口食べ、それから尋ねた。「彼らがおれたちの思いを盗んでることが、だれも気にならないのかい？」

「気にすべきね」ジェイナは答えた。「少しは不快になるべきだわ。侵害されたと怒るべきよ、そうでしょ？」

アリーマは肩をすくめた。「そう思うのは考えが狭いからよ。あたしは平気。歓迎されてる気分だわ」

ジェイナはつかのま考え、うなずいた。「そうね、敬意を払われている気がするわ。あなたは、ゼック？　この件を持ちだしたのはあなたよ」

「ただ、聞いただけさ。ぼくも気にならない」

「わたしも」体毛に覆われた小柄なチャドラ＝ファンのテクリは、象のような鼻をひくつかせた。

「でも、わたしたちは自分の気持ちを分かちあいたくなくて、バトル＝メルドを避けているわね」

「それは違うわ」タヒーリが言った。「あたしたちが、おたがいの神経に障るのよ」

「ええ、控えめに言ってもね」ジェイナが同意する。「ラロップを初めて見たティーザーの血の飢えを感じた瞬間のことは、けっして忘れないでしょうね」

「この者もさ。アリーマがあのローディアンのロープ＝レスラーと巣にこもりたくなったときは、みぞおちがよじれそうになった」ティーザーがうろこを震わせた。「また狩りができるようになるまでに、一週間もかかったよ」

アリーマはそのときのことを思い出して、にやっと笑った。「巣にこもりたかったわけじゃないわよ」

ローバッカが音を立てて器をベンチの自分の横に置き、嫌悪とあきらめのいりまじったうなりを発した。

ユージャン・ヴォングとの戦争が終わったあと、ジェイナもほかのメンバーも、一緒にいると心が揺れるのを感じはじめた。シルガルは彼らを診て、すぐにジェダイのバトル＝メルドの後遺症だと診断した。マーカーの任務で長時間バトル＝メルドに浸った彼らのあいだでは、心と思いの境が弱まり、近くにいると、おたがいの感情がフォースを満たし、まじりあってしまうのだ。

ときどきジェイナは、マーカーの奇襲チームの生き残りがなかなか戦争の痛手から立ちなおれないのは、この副作用のせいだと思うこともあった。テネル・カーはヘイピーズでクイーン・マザーとしての務めを立派に果たしている。テクリと夕ヒーリはゾナマ・セコートを友人兼わが家とみなしているようだ。だが、残りのジェダイ・ナイト、ジェイナ、アリーマ、ゼック、ティーザー、ローバッカは——あのしっかり者のジェイセンですら——まだ失われ、奇襲チームに参加していなかった人々とのつながりを維持できずにいる。

少なくとも、ジェイナがジャグド・フェルとうまくいかなかったのはそのせいだ。彼がまだチスと銀河同盟の連絡担当将校だったころ、ふたりはあちこちの惑星でときおり落ちあい、つかのまの情熱を分かちあった。ジェイナはジャグを愛していたが、どうしてもすっかり心を開くことができず、しだいに彼と疎遠になっていった。実際、彼ばかりでなく、ほかのみんなともどんどん距離を置くようになっていった……。

自分の暗い気持ちが、ほかの仲間の気持ちを暗くしているのを感じて、ジェイナは無理やり笑顔をつくった。

「朗報もあるのよ」彼女は言った「ジェイセンが来るわ」

彼女が望んだように、みんなの気持ちは即座に明るくなった。夕ヒーリはとくに喜んでいた。ユージャン・ヴォングに拷問された経験があるジェイセンとは特別な親しみを分かちあっているのだ。

「いつ来るの?」こう尋ねたのは、男性にはひと一倍関心を示すアリーマだった。

「さあ」ジェイナはあいまいに答えた。いつジェイセンと話したの? そう聞く者はひとりもいない。アンノウン・リージョンではホロネットはまったく使えないからだ。たとえ使えたとしても、こんなにチスの国境に近いところで送受信を行なえば、チスが情報収集のために配置している前《ぜん》哨《しょう》施設に盗聴される危険がある。「でも、どうやら彼を引き留めていた障害を突破したみたい」

「コロニーが見つかるかしら?」タヒーリが尋ねた。アリーマのジェイセンに対する関心は、彼女も感じているにちがいないが、いらだつよりもそれをおもしろがっているようだ。「テクリとあたしは、ゾナマ・セコートの助けがなければ迷うところだったわ」

「ジェイセンあてにライジル・ネストの座標を残してきたの」ジェイナは答えた。「だから、あたしと連絡を取ろうとすれば……」

ふいに警告を感じ、ジェイナは途中で言葉を切った。それは波打ちもしなければ、それ以上大きくもならなかった。いきなり強烈な、まるで爆発するような恐れに打たれたのだ。最初は、双子の弟の気持ちを分かちあっているのかと思ったくらいだ。それからスピットクリートのベンチに置いたサキティロの器が震え、割れはじめた。仲間が立ちあがり、ライトセーバーに手を伸ばす。

「みんなも感じるの?」ジェイナがだれにともなく尋ねた。

「恐怖だ」ゼックがいまの衝撃を言葉にする。「驚きだ」

ローバッカが低くうなった。

「ええ、かたい決意もまじっているわね」ジェイナは同意した。

「まるで……」タヒーリが尋ねた。「タートがメルドの一部になったみたい」

「彼らは思っていたより、フォースに敏感なのかも」アリーマがつぶやく。

いまのショックは、フォースを通じて感じるほかのだれかの感情なのか？　ジェイナは仲間の顔に手掛かりを探したが、そこには混乱と疑いが浮かんでいるだけだった。

おなじみの音がネストの奥深くから聞こえ、格納庫代わりの洞窟の上に開いている排気口から、黒い煙が尾を引いて立ち昇りはじめた。つづいて大量のダートシップが谷の上空へと発進し、環のあるクオリブのディスクへと上昇していく。

「また敵が枯葉剤をまきに来たようね」ジェイナはまるでほっとしたようにそう言い、自分たちの格納庫へと向かいはじめた。いきなり頭のなかで警告が炸裂《さくれつ》したのは、もっと悪いことが起こったからではないかと恐れていたのだ。「彼らを追い返しましょう」

8

その残骸《ざんがい》はコレリアン・エンジニアリングのＹＶ８８８ストック軽貨物船だった。高い船体と、後部機関室の機動フィンの上にある溶けた名残《なごり》を見ただけで、ジェイセンにはそれがわかった。墜落でできたぎざぎざの穴の縁から花の咲き乱れる斜面をふわふわと舞ってくる灰と鉱滓《こうし》のかすかなにおいからすると、墜落したのはこの一〇年のあいだだろう。だが、船体は大量の昆虫に覆われているせいで、これが彼の思っている船かどうかは、外から見ただけでは確認できなかった。しかし、これがその船なら、彼やジェイナやほかのジェダイたちが、アンノウン・リージョンのこれほど奥深くに呼ばれた理由には説明がつく。

ジェイセンは親指大の昆虫の列が、墜落跡を囲んでいる塀の上を通過するのを待って、その塀に片手をかけ、そこを飛び越えた。ほかの、もっと大きな訪問者たちがこの行動に異を唱え、彼の後ろで羽根を震わせる。ジェイセンはそれを無視してフォースで花のなかを探り、そのなかにいる小さな虫たちを踏まないように気をつけながら、斜面を上がりはじめた。コロニーの種族は、驚くほどさまざまな大きさと形をしているから、彼がうっかりこの遺跡で踏みつぶす虫は、食料を探しているただの虫ではなく、墜落跡を見にきた昆虫たちである可能性が強い。

　航宙士を務めるためにライジル・ネストでジェイセンを待っていた、彼の胸までしかないガイドが、あわててそばにやってきて異議を唱えた。

「並んで待つ時間がない、と言ったのはきみだよ」

「ルブブ・ウブル」黄色い胸部に緑の下腹部、真っ赤な頭と目のこのガイドは、ジェイセンがこれまで見た昆虫のなかでも、最もカラフルな種類に入る。「ウルブ？」

「さっき言ったはずだぞ。ぼくはこの船を知っているかもしれないんだ」

　ジェイセンは墜落でできた穴に達し、その縁によじ登った。一〇メートル下の穴の底に、熱で柔らかくなり、よじれた、デュラスチールのかたまりが見える。だが、昆虫がその上をびっしり這《は》いまわっているせいで、それが小型宇宙船のブリッジだとわかるには、少し時間がかかった。宇宙船は逆さまに墜落していた。

　ガイドがいらだたしげに胸をたたく。

「まだだ」ジェイセンは、船首に近い場所を指さした。そこでは、ジャワぐらいの大きさの昆虫が一〇匹あまり、ねじれて剝がれた船体の継ぎめに触角を突っこんでいる。「あの裂けめのそばにいる連中に、あそこをあけてくれるように頼んでくれないか。名前がわかるかどうか見てみたい」

「ウブ・ルール」「墜落だ」

「ぼくが知りたいのは、あの貨物船の名前さ。船体の横に、文字で書いてあるはずだ」

銀河に生息するほとんどの知性を持つ節足生物と同じく、コロニーの昆虫たちは文字ではなくフェロモンで言語を記録する。だが、〝文字〟の概念はたくさんの種族のジョイナーから聞いているはずだ。

「ウー」ガイドは前方に向けて触角を丸めた。「ブルブ・ル？」

「たぶんね」ジェイセンはあいまいに答えた。彼はガイドの言葉そのものがわかるわけではなく、フォースとほかの生命体との共感から生まれるきずなに頼ってその意味を推測しているのだった。したがって、必ずしもすべてのニュアンスを理解しているとは限らない。「でも、彼らの脚のあいだから見える文字をつなぎあわせなくてはならないとなると、もっと時間がかかるぞ」

ガイドはいらだってカチカチくちばしを鳴らし、大きな音をさせて胸をたたいた。すると、裂けめの近くにいる昆虫が混乱して離れはじめた。彼らがなぜ宇宙船の残骸を這いまわっているのかジェイセンには理解できなかったが、昆虫の触知能力はきわめて大きい。ひょっとすると、残骸となんらかのつながりを確立しようとしているのかもしれない。

ようやく、ジェイセンが要請した場所から昆虫がいなくなりはじめた。デュラスチールはひどく焦げているせいで、かろうじて読めるのは、真っ黒な、逆さまの文字がいくつかだけだった。

……キ……オン・フ……ヤー

「〈タキオン・フライヤー〉」ジェイセンは声に出してそれを読んだ。これは奇襲チームが惑星マーカーから脱出するのに使うつもりだった宇宙船だ。だが、彼らがユージャン・ヴォングから助けたふたりのダーク・ジェダイが裏切って、さっさとこれで逃げだした。ジェイセンはガイドに尋ねた。「あの船に乗っていた人々はどうなったんだい？」

「ブ・ループ・ウブ・ブーブ」

「でも、いまの質問の答えがわかるまでは、彼を待たせることになるぞ」

「ウブ・ブーブ・ル・ループ」［ユヌを待たせてはいけない」

「それはきみたちのルールだ」ジェイセンはそっけなく答えた。「ぼくには関係ない」

簡単に下りる方法はないことを見てとり、ジェイセンはフォースを使って滑り落ちる速度をゆるめながら、墜落で生じた穴の縁から離れた。船体の裂けめをつかんで勢いのついた体を止める彼を、〈フライヤー〉のこちら側にいる昆虫たちが驚いて見つめる。

ガイドが頭上で質問を発した。

「この宇宙船をここに持ってきた人々は、ぼくの友人と一緒だった。彼に何が起こったかわかるまで、ぼくはここを離れるつもりはない」

「ルー・ルルー・ウブ・ブーブ・ブブ！」ガイドは胸をたたいた。

「いますぐユヌに会わなくても、ぼくはかまわないよ」

ジェイセンはこの返事が無礼であることはわかっていたが、ファラナッシは彼に、権威という幻に惑わされずに物事を見る術を教えてくれた。意味のない──少なくとも、自分には理解できない──要請に従うべきだという観念から自分を解き放ち、自分の願いを優先させる術を。

「ユヌが待てないとしても、ぼくには関係ない」

ジェイセンは体を持ちあげ、船体の亀裂《きれつ》からなかをのぞいた。彼をここにもたらしたなぞの呼びかけは、間違《まちが》いなくこの〈フライヤー〉と関係がある。だが、それだけでは、ほとんど何もわからない。この流れにさらに引きこまれるまえに、墜落した宇宙船に乗っていた三人がどうなったかを知る必要があった。だれが奇襲チームの生き残りをここに呼び寄せたのかを。

船体に走る亀裂から射しこむ細い光しかない宇宙船のなかは、暗く、つんと鼻を突くにおいがした。いくつかの亀裂は大きくよじれている。船体の名前がある部分の裂けめもそのひとつだった。おそらくそのすべてが墜落の衝撃によるものだろう。周囲に小さなへこみがある小さな楕円《だえん》形の穴は、ユージャン・ヴォングのプラズマ砲が当たった跡にちがいない。

どうやら〈タキオン・フライヤー〉は、惑星マーカーを離れるときにかなりひどい攻撃を受けたようだ。アンノウン・リージョンへ迷いこむまでばらばらにならずに飛びつづけたのは、奇跡だったのかもしれない。

なかの暗がりに目が慣れると、ジェイセンは自分が船倉を見ていることに気づいた。広さを調整できるデッキが、墜落の衝撃で船の天井へと落ち、ブリッジも乗員のキャビンも、よじれて半分溶けたデュラスチールの下に埋まっている。船のなかに一匹の昆虫もいないのを見て、ジェイセンは目を閉じ、彼らがなかに入りたがらないなんらかの〝ざわめき〟をフォースで感じようとした。とうに消えた猛火のささやきと、よじれた金属があげる悲鳴のようなきしみがかすかに聞こえるものの、いまの時点で彼を警戒させるようなものはひとつもなかった。

ジェイセンは片足を振りあげ、〈フライヤー〉の船倉に滑りこんだ。とたんに刺激臭が強くなる。灰のにおいに、燃えて炭素になったシンスプラスと溶けた鉄、焦げたファイバークリートのにおいがまじっている。彼はフォースの助けを借りながら、壁にはりつくようにしてゆっくり下りていった。三分の二ほど下りたところで、デッキの瓦礫《がれき》に達し、そこで停止すると、ダソミアの魔女から教わったフォースの呪文《じゅもん》を使い、明るい光の球をつくりだした。

頭上でピシピシという鋭い音がした。目を上げると、大小取りまぜ、たくさんの昆虫が彼のあとを追って、羽根のような触角で周囲のデュラスチールをスキャンしながら、壁を伝い下りてくる。ぼくがこの聖なる遺跡に踏みこんだことを怒っているのか？　ジェイセンが不安になってフォースを通じて彼らの思いに触れると、驚いたことに、そこにあるのは好奇心とほんの少しの警戒心だけで、怒りはまったく感じられない。

「気をつけたほうがいいよ」なぜ昆虫たちが自分に従ってきたのかわからぬまま、ジェイセンは声をかけた。「ここにある瓦礫は、一か所に重みがかかりすぎると、崩れるかもしれない」

昆虫たちは胸をたたき、さえずるような音や低いうなりを発して答えた。

ジェイセンはフォースを使って重いデッキを安定する位置へと滑らせ、その端まで歩いていって、昆虫たちがこれまで残骸のなかに入りたがらなかった理由を見つけた。大きな殻がいくつか、よじれた筋交いの下でつぶれているのだ。残りの部分も上から見たときと同じようにもつれあっているものの、近くでみると、デッキの多くはぶつかりあい、テントのような効果をつくりだしていた。ひょっとすると、ブリッジは、少なくとも上からはつぶされていないかもしれない。

彼は昆虫たちを見た。「きみたちは、少しのあいだ、ここにいてもらえるとありがたいな」

昆虫たちはカチッとくちばしを鳴らし、この要請を了解した。ジェイセンはフォースの光でまえを照らしながら、足もとに気をつけてブリッジの下だった場所に下りていった。そこの金属はそり返り、下からの炎に焼けて色あせている。

ジェイセンは最悪の結果を恐れはじめた。

都合よく近くに出入り口が見つからないと、彼はライトセーバーを起動し……突然、後ろでくちばしが鳴る音に驚いた。ちらっと肩越しに振り向くと、金色の目がリボンのようにつらなり、フォースの光と緑のライトセーバーの光を反射している。

「待つように頼んだはずだよ」

「ウー・ルルルーブ」低い音が頭上の残骸と共鳴し、デッキの端が下部支柱を滑り落ちてきて、長い金属のきしみ音をもたらした。「ブルー・ブルル！」

「ちゃんと気をつけているさ」ジェイセンはフォースを使って頭上のよじれた金属を安定させた。

「いいから静かにして」

昆虫の群れは衣ずれのような音をさせて同意したものの、彼がブリッジの床に光刃《こうじん》を突き刺すと、狂ったようにくちばしを鳴らしはじめた。

「遺跡を冒瀆《ぼうとく》して申しわけないが、友人がこの下にいるかもしれないんだ」

「ブル・ブール・ルー」幽霊のような青白い昆虫が、わかりきったことを指摘した。

「もちろんさ」ジェイセンは床を切りつづけた。「それでも見つける必要がある」

ほかの昆虫たちが騒々しく胸をたたき、くちばしをカチカチと鳴らす。

「いや」ジェイセンは吐き気を感じた。これは溶けた金属のにおいのせいか、下から立ち昇ってくるよどんだにおいのせいか、それとも、昆虫たちの質問のせいだろうか？「友人の遺体を食べるつもりはない」

昆虫たちは胸をたたき、くちばしを鳴らしつづけた。彼らは、ジェイセンが友人を〝歌〟に戻すつもりがなければ、床を切り裂くのをこれ以上許してもいいものかどうか討論しているようだ。しかし、ジェイセンの理解の半分が、推測から成り立っていることや、コロニーに関してはまだ知らない部分が多いことを考えると、彼らがジェイセンを食べようと相談している可能性もある。彼は昆虫たちのやりとりを頭のなかから締めだし、セラン・リスナーズから教わったように、フォースを通じて聞こうとした。そして自分たちが遺体を食べるべきかどうかを議論しているのを感じ、ほっとした。

ジェイセンは床を切り終え、フォースを使って二枚の丸い金属板を持ちあげた。とたんに灰のにおいが顔を打った。後ろの昆虫たちがシャカシャカと近づいてくる。ジェイセンは光の球を穴から下ろし、そこから見えた光景にがっかりした。

下のキャビンはすっかり焼け焦げていた。遠くの壁に逆さまにぶらさがっている、溶けてよじれた二段ベッドの列で、そこが乗員のキャビンだったことがわかる。ほぼ二メートル下にあるかつての天井は真っ黒に焦げ、灰と曲がった金属が散乱していた。簡易寝台の下の隅には、半分焼けて、黒いかびに覆われたマットレスの燃えかすがかたまっている。

ライトセーバーの熱でまだ白く焼けている端に触れないように気をつけながら、ジェイセンは穴から飛び下りた。手近なマットレスを持ちあげると、割れたトランカレストの容器がいくつか落ちていた。べつのマットレスの下には、かつてローバッカの通訳ドロイドだったエム・ティーディーのケーシングと回路の名残が見つかった。拾いあげようとしたが、溶けて床にくっついている。

さらにべつのマットレスの下には、奇襲チームがマーカーの任務で着たモリテックス製のジャンプスーツが焼け焦げていた。胸のところに交差した四本の筋を見て、ジェイセンは〈フライヤー〉に運びこまれるまえにレイナーが受けた傷を思い出した。

キャビンの中央から、低い足音のようなものが聞こえ、〝床〟にも壁にも昆虫が這いまわりはじめた。彼らは寝台やほかの破片に触角を這わせ、盛大に灰ぼこりを舞いあげている。ジェイセンは厨房《ちゅうぼう》と食堂兼談話室を通過した。崩れた天井ともとの床のあいだが狭くなり、まっすぐ立ったままでは通れなくなると、しゃがむようにして進んだ。キャビンの壁、床、天井は、消火泡の名残であるピンクの粉に分厚く覆われている。

ブリッジでは、この泡があまりに厚いので、動くたびにピンクのほこりが雲のように舞いあがった。かつてはフライトデッキの三方を囲んでいたキャノピーは、湾曲し、壊れて、トランスパリスチールに入った長い亀裂から泥が入りこんでいる。前部ビュースクリーンには、灰色の非常用パッチが斜めに走っていた。この線は、ナビコンピューター、亜光速ドライブ制御中継機、ハイパースペース誘導装置を焼き尽くした破壊の跡とほぼ平行に走っている。これだけの損傷を受けては、墜落したのも無理はない。ダーク・ジェダイたちが、この宇宙船で惑星マーカーを脱出できただけでも、驚きに値する。

フライトデッキの各ステーションには、溶けてもつれたクラッシュ・ウェブが座席の下からぶらさがっていた。だが、パイロットの席と副操縦士の席からは、機関室のほうへ何かを引きずった跡がまだピンクの粉のなかにかすかに残っている。ジェイセンはひざをついて、斜めに傾いた戸口からのぞきこみ、焼け焦げた骨のにおいを吸いこむはめになった。

彼はゆっくりと呼吸した。ひどい刺激臭は最初のうち鼻の粘膜を焼き、吐き気をもたらしたが、フォースに浸り、心を鎮《しず》めて、感情を離れると、さほど強くなくなり、それがもたらす苦痛も和《やわ》らいだ。彼は壁に片手を置き、それがてのひらの下で熱くなるのを想像した。

残骸のなかのよどんだ空気が熱くなり、古い煤《すす》のにおいが、ひどい煙のにおいに変わっていく。フォースを通じて過去にさかのぼった彼の目がうるみはじめ、肺が痙攣《けいれん》した。キャビンが熱くなり、オレンジ色にそまった。壁に触れているてのひらが刺すように痛みだし、火ぶくれができた。だが、激しいせきの発作に襲われながらも、彼は片手をそこに置きつづけ、肩越しに後ろを見た。

フライトデッキは、もうもうとあがる煙とすさまじい炎の向こうにあった。天井のノズルから消火剤が間欠的に噴きだし、ピンクの霧をつくりだす。苦痛に満ちたほえるような声が、湾曲する金属の音をかき消す。

だれかがその煙のなかから這いだしてきた。髪がすっかり燃え、ひどくせきこんでいる。ひどいやけどを負った顔はだれとも見分けがつかないが、胸に受けた斜めの傷の肉をはりつけた糊《のり》が熱で溶け、傷口が半分開いていた。レイナーか？　その人物は片手を後ろに伸ばし、ふたつの浮揚しているものの外套《がいとう》の襟をつかんで引っぱってくる。ふたつともまだ燃えながら、空中でもだえ、苦痛のあまり手足をばたつかせていた。

ジェイセンのてのひらから煙があがりはじめ、焦げた肉のにおいが立ち昇った。が、彼はその手を壁に押しつけつづけた。痛みはもう彼を悩ませることはない。痛みに使われず、痛みを使う、彼はヴァーゲアからそれを学んだのだ。

デッキを這ってきた人物は、戸口に達し、そこでふとジェイセンのほうを見た。黒く焦げて腫《は》れあがった顔は、とうてい見分けがつかないが、その目はレイナーのものだった。誇りに満ちた、とても傷つきやすいその目が、問いかけてくる。ふたりはつかのま、見つめあった。それからレイナーは混乱したように首を傾げ、口を開こうとした。

ジェイセンは壁から手を離した。レイナーと空中のふたりは即座に消え、彼はよどんだ灰のにおいとピンクのほこりに満ちたフライトデッキに戻っていた。

昆虫の一匹がやけどした彼のてのひらを触角でなで、心配そうに胸部をたたいた。「ルールウ。ウルブーウ？」

「ああ、痛いよ」ジェイセンは微笑した。「だけど大丈夫だ」

彼は多目的《ユーティリティ》ベルトから小さな容器を取りだし、てのひらに合成肉《シンスフレッシュ》をシュッと吹きつけた。ヤヴィン4で学んでいたころ、レイナーははみだし者で、仲間に入ろうと少しばかり必死になりすぎることや、えらそうな態度、華美な服のせいで、よく冗談の種にされたものだった。とくにフォースが強かったわけでもなく、仲間のなかには彼の判断力やイニシアチブを疑うものもあった。とはいえ、レイナーがこの〈フライヤー〉でしたことは、まさにジェダイ・ナイトの本質そのものだ。彼は友人たちを裏切って自分を誘拐したふたりを救うために、自分の命を危険にさらしたのだ。もしもこれがぼくなら、レイナーと同じことができただろうか？　ジェイセンはふと思った。ジェイナなら、あのふたりが焼死するのをきっと黙って見ていた。〈フライヤー〉が盗まれたあと、アナキンがケガのために死ぬしかなくなったことを考えれば、ぼくもジェイナと同じように、ふたりが黒焦げになって死ぬのを放置したかもしれない。

浮揚するフォースの光でまえを照らしながら、ジェイセンはレイナーの残した跡をたどって機関室に入り、倒れた機材がつくりだした迷路のなかを進んだ。焦げた骨のにおいがいちだんと強くなり、ジェイセンは不安に駆られた。すぐ先の突き当たりの片隅に、あるいは、煙に巻かれたレイナーがついに力尽きた通路の真ん中に、彼らの焼死体が待ち受けているのではないか。通路の真ん中に焦げた骨が見つかると、彼の恐れは的中したかにみえた。まず、何本か手の指と足の指が散らばり、それから片手の骨、前腕の骨、すね、大腿部の骨も一本見つかった。床と天井のすきまはどんどん狭くなり、ジェイセンは腹ばいになった。フォースのなかで、彼はレイナーの恐怖の名残を感じた。

それから肩甲骨がひとつ見つかった。それは船体の亀裂から入りこんだ土の山の下に半分埋まっていた。ジェイセンはその土を掘りはじめた。体の下の柔らかい土を引っかき、足で後ろに押しやると、気持ちのよい新鮮な空気が流れこんできた。レイナーは出口に達したのだ。だが、どんな状態で？　彼は生き延びたのか？　ほかのふたりはどうなった？

希望と恐れに胸を締めつけられながら、ジェイセンは腹這いのままその穴から外に出た。墜落が掘った穴の底に。驚いたことに、そこには昆虫のガイドが待っていた。新しいスターファイターのヘルメットとフライトスーツを手にしている。

「ウブ・ルルウ・ウップブ」ジェイセンが立つのを待たずに、ガイドはヘルメットとスーツを彼に差しだした。「ウッル・ブ」

ジェイセンは立ちあがった。「どうしてスターファイターのヘルメットがいるんだい？」彼はどちらも受け取ろうとはせず、体についたほこりを払いはじめた。「ぼくが乗ってきたのはスキップだよ」

ガイドは四本の腕のひとつを上げ、穴の縁を示した。いつのまにかそこには、再建警察の新型X

J5があった。コクピットのキャノピーが開いている。

ジェイセンはいやな予感に襲われた。「ぼくはあのスキップでじゅうぶんだったのに」

ガイドは低いうなりを発しながら、長々と説明した。［あなたはチェイスXを飛ばすほうが、スキップを飛ばすより、はるかによくコロニーに仕えることができる。コロニーはすでにあのスキップで宇宙港に戻るトゴットの巡礼者たちを運んでいる］

ジェイセンはスキップを返せと要求する手間はかけなかった。コロニーの昆虫たちには、個人の所有物という観念がないのだ。あのスキップは、彼が再び必要になるまできちんと整備され、最も役に立つ場所に使われるにちがいない。

「どうしてぼくはコロニーに仕えたいんだい？　それも、戦うためにつくられた船で」

ガイドの大きな目に一枚の膜が下り、再び持ちあがった。ガイドはさっきからヘルメットとフライトスーツを差しだしている。

「単純な質問だぞ。コロニーがぼくに人を殺すよう求めているとすれば、きみはその理由を話すべきだ」

ガイドは理解できずに首を傾けた。群居性生物であるコロニーの住民たちは、非常に限られた自我しか持っていないのだろう。自由意志という概念は、彼らにはまったく存在していない。その彼らにこういう質問をするのは、ベルドンに釣りに連れていってくれと頼むようなものだった。

〝昔から、理屈屋だったな〟アカナの瞑想《めいそう》円で聞こえたのと同じ声が言った。ただ、今度はツルのように細くかすかではなく、割れるように大きいしゃがれた声だ。〝きみは考えすぎるぞ、ジェイセン〟

「たいていの場合は、大失態をやらかすより、よく考えるほうがいいんだよ」このざらついた太い声は、いったいだれのものなのか？　レイナーの声かもしれないし、ロミかウェルクの声、あるいはまったく違うだれかの声かもしれない。「きみはぼくを知っているようだね。だったら、ぼくがただそう言われただけで、きみのために人を殺しはじめるとは思っていないはずだよ」

〝われわれはきみを知っているとも、ジェイセン〟その声は冷たくはなかった。〝きみは彼らに加わってくれるか？　お姉さんの手助けをするか？〟

ジェイセンは答えなかった。頭のなかですら答えを考えなかった。一日まえ、彼はジェイナがフォースのなかで小さく、冷たくなるのを感じた。戦うまえのジェイナは、いつもそうなる。だが、今回は戦いのあとも、どんな恐れも感じなかった。命を奪うことからくる、いつものあきらめの入りまじった悲しみすらなかった。ジェイセンがフォースのなかで手を伸ばし、双子の姉のなかに適切でないものを探そうとすると、ジェイナはあたたかく彼を歓迎し、再会を待ち焦がれていることを知らせてきた。

だが、そこにはほかのものもあった。ジェイナの心のなかへ押し入った、ごくかすかな黒い存在が。それは敵意もなければ、不吉なものでも、脅威でもなく、ただそこに存在していた。

ガイドがヘルメットとフライトスーツをジェイセンの手に押しつけ、彼の注意を引き戻した。

「ブウ・ブール・ウルブ・ルールール」

ジェイセンはそれをガイドの手に押し戻した。「まだ行くとは言ってないよ」

「ブウ・ルール。ウブル・ウル」

「たぶん」ジェイセンはそう答えた。さきほどの声が退き、そこには再びジェイセンとガイドだけになった。「だが、ここで何が起こったか、それを突き止めてからだ」

彼はしゃがみこんで土をすくい、指のあいだからこぼしながら、レイナーたち三人がここで死んだしるしを探そうとした。ほかに大きな骨がひとつも見つからないと、フライトデッキで見た、やけどして火ぶくれになった顔を思い浮かべ、それから再びフォースの助けを借りて、過去に手を伸ばし、レイナーの身に何が起こったかを学ぼうとした。

だが、今度は、フォースはジェイセンの求めに応じる代わりに、違うものをもたらした。さきほどフライトデッキでかいだ煙と焦げた肉のにおいではなく、よく知っているかんばしい香りがジェイセンの小鼻をくすぐった。

顔を上げると、〈フライヤー〉の焦げた船体のすきまから、穴の縁に立って顔をしかめている母が見えた。白いブラウスに茶色いスカート、若いころの父を思わせるベストを着ている。腰につけたホルスターまでそっくりだ。髪には白いものが少し増え、笑いじわもいくつか増えているが、とても健康で満ち足りているように見えた。母の姿を見て、ジェイセンの胸は喜びにはずんだ。最後に母を見たのは、自分を見つける旅に出るまえだった。あれからもう五標準年以上もたっている。

母の姿が――その幻ですら――これほど深い喜びをもたらしたことに、彼は自分でも驚いた。

だが、その驚きをのみこみ、フォースが自分に示そうとしていることに集中しようと努めた。母がそこに立っているのは、いまではない。べつのときだ。彼に母ひとりしか見えないのは、母がレイナーのその後を知る手掛かりなのだろう。

母はジェイセンには見えないだれかに向かって尋ねた。「乗員はどうなったの？」

相手が答えるあいだ、母は黙っていた。両親がアンノウン・リージョンの奥深くにあるコロニーの中心に来る理由は、ひとつしか考えられない。奇襲チームのジェダイ・ナイトたちを探しにきたのだ。

母は〈フライヤー〉に目を戻した。「私が知りたいのは、残りの乗員のことよ。レイナーが生き延びたことはわかっているわ」

ジェイセンは知りたかった答えを得た。だが、もう少し母の幻を見ていたくて、彼は母を見上げ、フォースのなかで母に手を伸ばしふたりの接触を強めた。

「やあ」

母はジェイセンの声に向かって目を落とし、まゆを寄せ、だれかの腕をつかもうとするように手を伸ばした。〝ジェイセンがここにいたわ〟

ここにいた。すると、両親はこれから来るのだ。

ガイドがジェイセンの耳もとでくちばしをカチッと鳴らした。「ブブ・ルウ・ブ？」

「だれもいないよ。ごめん」フォースを通じてまだ母の姿をつかみながら、ジェイセンはようやくヘルメットとフライトスーツを受け取った。「わかった。どこへ行くんだい？」

その星系の名前を聞いても、ジェイセンにはどこだかわからない、とガイドは答えた。チスの国境近くだ、と。

穴の縁に立っている母が顔をしかめた。〝なんですって？　よく聞こえないわ〟

ジェイセンは母の質問を無視し、ガイドに話しかけた。「いいじゃないか。何が起こるかわからない。自分で探す必要が生じるかもしれないだろう？」

航宙士は触角を広げた。「ブルブ。ウル・ブ・ブルル・ルブル」

〝ジェイセン？〟母の顔が青ざめた。〝まさか……あなたは――〟

「ぼくは元気だよ。もうすぐ会える」

ガイドは球根のような目を穴の縁に向けた。

「ギュール星系のクオリブで」ジェイセンは母を見上げて言った。

9

眼下のまだらな尖塔《せんとう》へと降下する〈ファルコン〉のなかで、レイアは驚きのあまりクラッシュ・ウェブに体を押しつけるように身を乗りだしていた。コロニーの中央ネストの大きさ、にぎやかさに、彼女はすっかり目を奪われていた。あざやかな色で明るく飾られたヨゴイの塔が、惑星を埋め尽くし、そのあいだの空には地上が見えないくらいたくさんの乗り物が飛び交っている。

「あのでかさといい、にぎわいぶりといい、まるで昔のコルサントみたいだな」ハンはかたわらのレイアと、通信機を通じてルークとマラほか、〈ジェイド・シャドウ〉に乗っている全員にそう言った。

レイアはコンソールの上に身を乗りだしたまま、キャノピーの低いほうの端から下を見た。尖塔の大きさはさまざまだが、どれも明らかな円錐《えんすい》形で、ひとつ残らず水平なしま模様があることが、しだいにはっきり見えてくる。まるで、『キリック・トワイライト』に描かれている、昆虫種族の塔のようだ。

レイアはこの発見を口に出そうとしたが、想像をたくましくしすぎだわ、と思いなおした。円錐形は基本的な幾何学形だし、それを泥の環《わ》でつくるのは、たぶん知的昆虫種族にとってはよくあることなのだろう。ちょうど社会性を持つ哺乳《ほにゅうるい》類種族のあいだでは、長方形の石造りの建物が一般的であるように。

「あの腐食した缶をぶっとばして、素粒子にしてやるぞ！」

ちらっと横を見ると、ハンは難しい顔で戦術ディスプレーをにらんでいる。ハンが毒づいた理由は、自分のスクリーンを見たとたんにわかった。〈XR《エクサー》808g〉の応答コードが、いつのまにか消えている。

「ジューンはもう着床したのかしら？」

ハンは首を振った。「あのチビ耳虫は、応答機のスイッチを切っちまったのさ」

コード・サーチ機のスイッチを入れた？　口もとまででかかったこの質問をのみこみ、レイアはのどにつけたマイクを起動した。

「〈エクサー〉を見失ったわ」

この報告は、当惑した沈黙に迎えられた。いまのところ、〈XR808g〉は、ジェイナたちの居所に関する唯一の手掛かりなのだ。

「いい考えがあるか？　子どもたちが昆虫シンパにならんうちに、あいつらを見つけたいんだが」

「そんなことは起こらないよ」コクピットの通信機を通しても、ルークの落ち着いた声は、レイアを元気づけてくれた。「彼らはジェダイだ」

「ふん、そいつがこれとどんな関係がある？」

「彼らは意志が強いわ、ハン」マラが言った。「とくにジェイナはね」

「そうか？　だが、それほど強いなら、なんだってフォースの呼びかけなんかに、こんなところまで引っぱられてきたんだ？」

不安ととまどいに満ちた沈黙が戻った。

レイアは手を伸ばし、ハンの手に自分の手を重ねた。「心配しなくても、万事丸く収まるわよ、ハン。ジェイナたちはまだ感じられるもの。彼らはジョイナーではないわ」

「いまんとこはな」ハンはつぶやき、通信機に向かって尋ねた。「どうだ、いい考えがあるか？」

「コード・サーチを試したかい？」ルークが尋ねた。

ハンがあきれたように目玉をくるっと回す。

レイアは彼ににっこり笑い、ルークに言った。「ありがとう。それはもうやってみたわ」

「心配しないで。まだ見失っていないわ」マラが言った。

「そう？」レイアは尋ねた。〈XR808g〉がライジルをたつまえ、ハンとジューンは亜空間送信機を〈XR808g〉のコクピットの下に隠し、それをナビコンピューターにつないだのだった。おかげで〈XR808g〉がジャンプするたびに、この送信機が自動的に銀河の座標を暗号化し、それを〈シャドウ〉と〈ファルコン〉に送信してくれた。が、すでに彼らがその座標に到着したいまは、その送信機はなんの役にも立たない。「どういうこと？」

「ちょっと待って」マラは少しのあいだ黙りこみ、それから言った。「位置を計算する準備をしたほうがいいわね。ジューンが見かけよりも賢い男かもしれない場合に備えて」

ハンはまゆを上げた。「〈エクサー〉に誘導ビーコンを取り付けた覚えはないぞ」

「あなたは狡猾《こうかつ》なタイプじゃないからよ。それに反するあらゆる報告にもかかわらず」マラが言い返す。「いい？」

レイアは微笑して、ナビロックの準備をした。「いいわ」戦術ディスプレーの上の隅で、赤い丸が点滅しはじめる。「受け取ったわ」

レイアはロックを起動した。ハンが〈ファルコン〉のコースを変更し、その赤い点の後ろにつける。ヨゴイの空では、想像もつかないほど雑多な乗り物が、すべて同じレーンを飛んでいた。快速のバルーン＝バイクが、くず鉄になる寸前のクラウド・カーや近代的なエアスピーダーと競っているかと思えば、ゴーグルのような目をした昆虫で満員のずんぐりしたロケット飛行機が、フルスピードででたらめの方向に飛び、オイルまじりの排熱を盛大に吐きだしていく。あちこちでデュラスチールの船体を混雑したレーンのなかへと割りこませ、眼下の霞《かすみ》のかかった塔へと降りていくおんぼろ貨物船も見える。

「くそ《ロッダー》！」ハンは毒づいて、〈ファルコン〉を突然上にスキップさせた。「まえを見て操縦しろ！」

「そう興奮しないで」レイアがたしなめた。「時間はじゅうぶん――」

全長三〇メートルの昆虫シャトルがレイアの側の下から視界に飛びこんできて、まっすぐ小さなロケット飛行機へと向かっていく。

「なんとまあ！」3POがナビステーションですっとんきょうな声をあげた。「いまのは危ないところで――」

「左舷《げん》に寄って！」レイアがさえぎった。「いますぐよ、ハン！」

「左舷？」ハンは叫び返した。「どうかしてるんじゃないか！」

レイアはそちらにちらっと目をやった。巨大な輸送船の山のような船体が〈ファルコン〉の前部マンディブルの上を滑るように通過していく。

「あら――」レイアは追突警報をたたき、内部慣性補整器を最大にして、消火システムのスイッチを入れ――後部にある無数の警報を鳴らした。「しっかりつかまって！」

「急停止しろ！」ルークの声が通信機から聞こえた。「急停止だ！」

ハンはすでにスロットルをつかんでいたが、彼がそれを引き戻すまえに、シャトルが急降下し、パイロットの触角がつかめそうなほどすぐ近くを、ロケット飛行機がほぼ垂直に上昇していった。

ハンはさりげなくスロットルから手を離し、追突警報を解除した。

「そんなに興奮することはなかったな」彼の両手はレイアの手と同じくらいぶるぶる震えていたが、わざわざそれを指摘してもとくに得るところはない。「ちゃんと制御できてるさ」

「ええ」3POが同意した。「何もなさらないだけの分別がおありになったのは、まことに幸運でございました。おかげでほかのパイロットたちが、船長の間違いに対処できました」

「おれの間違い、だと？　おれはちゃんとまっすぐに、同じレベルで飛んでいたぞ」

「そのとおりでございます。ですが、ほかの乗り物はすべて正弦波曲線を飛んでいるのでございますから」３ＰＯはとくとくとして答えた。「もうひとつ、つけくわえさせていただきますと、システムが最も望ましい形で機能いたしますのは、ほかのすべての乗り物が同じ方程式を用いている場合だけでございます」

　二人乗りのロケット飛行機が、〈ファルコン〉の真んまえに降下してくると、ひょいひょいはずむように飛びながら、彼らのビューポートに煙を浴びせ、さっと横によれた。すると前方からまっしぐらに飛んでくる球根のような形のバルーン＝バイクが見えた。ハンはくるっと裏返しになって急降下し、らせん状に回りながらその下を通過した。

「これでどうだ？」

「後ろに気をつけて」レイアは〈シャドウ〉に警告した。「Ｒ２にわたしたちの正弦波コースを算出してもらってくれる？　安全なコースを」

「すぐに送るわ」マラが約束した。

　一秒が過ぎ、二秒が過ぎ、さらに何秒か過ぎた。レイアはもうこれ以上のニアミス――それとハンのぐち――に耐えられなくなり、〈シャドウ〉に催促した。

「あの、さっきのコース、まだ届かないけど」

「算出しようとしているんだが」ルークが答えた。「Ｒ２がロック・アップしてしまったんだ」

「ロック・アップした？」ハンが尋ねた。「アストロメクがか？」

「最近、少し様子がおかしいんだ。R2がブランクになるまえに発したメッセージは、安全ではない、安全ではない、安全ではない、だけだ」

「なってこった！」3POが叫んだ。「まるで、理解できない可変数を算出しようとしていたような口ぶりだ。ああ、もうおしまいだ。わたくしどもは呪《のろ》われております！」

「そうか？」ハンは片手を振って、前部ビューポートの外に見える無数の乗り物を示した。「だったら、どうしてあいつらは衝突しないんだ？」

　3POは少しのあいだこれを考え、それからこう言った。「わたくしにはわかりません、ソロ船長。彼らのプロセッサーが、R2のものよりも上等だとは思えませんが」

「彼らはプロセッサーなど必要ないのよ」レイアは、ルークから聞いたカンティーナの出来事を思い出していた。サーバがターファングと出会ったカンティーナで、ルークがうまく情報を引きだしそうになるたびに、なぞめいたジョイナーが現れ、ルークが話している相手を連れ去ったことを。

「ライジルは明らかにテレパシーの能力を持っていたのね。ヨゴイも持っているのかもしれないわ」

「たぶんね」マラが同意した。「それに、あたしたちにはヨゴイの航宙士がいないから――」

「あてずっぽうで飛んでるようなもんだ！」ハンがそのあとを引き取った。「シールドの出力を目いっぱい上げたほうがよさそうだぞ、レイア。そのうち昆虫がぶつかってくる」

「それは避けられるわ」サーバが〈シャドウ〉から送信してきた。「レイア、反射ドリルをしたことがあるかしら?」

レイアはちくりと胸が痛んだ。「時間ができたときに」

ありがたいことにサーバは、訓練の時間をつくるのがあなたの義務だ、とは言わなかった。ジェダイ・ナイトには、その義務があるのだ。まあしかし、レイアは自分がジェダイ・ナイトだと思ったことはない。

「そのドリルをいまするのですよ」サーバが言った。「ただし、スティンガーを使う代わりに、リモートがあなたに向かって乗り物を発進させてくるところを想像するのです」

レイアはまず呼吸を整え、目を閉じて、フォースに心を開いた。すると即座に何かが降下してくるのを感じた。

「右舷に降下して」

〈ファルコン〉は同じコースをたどっている。

「ハン――」

「イカレちまったのか?」彼はさえぎった。「目をあけてれば、どうにか見えるかもしれん。だが……」

〈ファルコン〉は急に五メートル降下した。レイアが目をあけると、巨大なギャロフリー輸送船の膨れた下部が彼らの頭上を滑るように通過するところだった。

「これでレイアの指示を……ちゃんと……聞く気になったでしょう!」サーバがヒステリックにヒ

ッヒッと笑った。「マラは目を閉じて操縦していますよ」

「ああ、それが流行《はや》りらしいな」ハンはレイアにうなずいた。「なんでも言ってくれ、奥さん」

レイアは再び目を閉じ、方向を指示しはじめた。最初のうちハンは毒づき、息をのみつづけたが、レイアの指示が安定してくると、目をつぶったレイアにおとなしく従いはじめた。一時間もすると、彼らは上下左右にひょこひょこ動きながらも、だいたいにおいて安定した操縦で〈XR808g〉に従っていた。

ようやくハンが言った。「どうやら着床するらしいぞ」

レイアは目をあけた。ジューンの貨物船を示すディスプレー上の赤い点が、上の隅からほぼ中央へと徐々に下りていく。赤い色が濃くなったのは、〈XR808g〉の高度が下がったからだ。レイアはキャノピーの外に目をやった。前方のウエハースのように薄いYT1000軽貨物船は、霞に包まれた昆虫尖塔の迷路へと降下していた。塔の上空は乗り物が多かったが、塔のあいだを漂っているバルーン＝バイクや速度の遅いエアスピーダーは、数えるほどしかない。

「わたしたちが先に降りるわ」レイアは〈シャドウ〉に告げた。「上空をカバーしてくれる？」

「いいとも」ルークが答える。

〈ファルコン〉が降下していくと、尖塔を飾っている色の帯は、外壁のなかに色つきの小石を押しこんでつくられていることがわかった。色の帯は驚くほどの落ち着きを与えてくれた。目の隅でそれを見ていると、あるいは焦点を結ぼうとせずにぼんやりと目をさまよわせていると、あざやかなしみのような色が、野生の花が咲き乱れる野原に見える。尖塔の内側の装飾的なモザイクは、『キリック・トワイライト』に描かれているものとそっくりだ。

「そんなことがあるかしら？」彼女は思わずつぶやいていた。

「なんだってありうるさ。だから、心構えをしとくんだな。カクメイムとミーワルに、砲座につくように言ってくれ。ビーディにも、待機しろ、とな」ハンはバトル・ドロイドの愛称を口にした。

彼らは〈XR808g〉のあとを追い、地上から一〇〇メートルのところまで降下した。地上レベルでは、バルーン＝バイクやエアスピーダーに代わって、ランドスピーダーやスピーダー・バイク、それと見るからに危険そうなロケット・カート――これを操縦しているのはヨゴイの運転手だけだ――が、ひっきりなしに猛烈な速さで飛ばしていく。昆虫たちは塔の壁に文字どおり横向きにはりつき、二足種族は基礎に体を押しつけて、急ぎ足で歩いていく。

ジューンは不規則に飛びはじめ、何度か急にターンし、同じコースを二度も戻った。追跡ディスプレー上で点滅している赤い点がなければ、この三〇分のあいだに少なくとも一〇回は見失っていたにちがいない。ようやく〈XR808g〉は、ゆるやかな弧を描く大通り沿いに進み、想像できるかぎりのあらゆる色合いの赤からなる美しいモザイク模様の、たくさんの塔が合体した大きな複合施設を旋回しはじめた。〈XR808g〉はそのビル群の内側にあるレーンへと向かい、それから突然、地上レベルに降下して、巨大な半円アーチのかかった暗い入り口のなかに吸いこまれるように消えた。

「あのクリートルめ！」ハンが叫ぶ。「チャンスがあるうちに、あいつを撃ち殺すべきだったな」

レイアはフォースに浸り、こう言った。「見た目ほどの危険はなさそうよ」

「確かか？」ハンは横目でレイアをちらっと見た。「怒るなよ、だが、きみがどれくらいジェダイの訓練をしてるか、おれは知ってるからな」

「わたしに確信がなくても違いはあるの？」

ハンはにやっと独特の笑みを浮かべた。「どう思う？」

彼は操縦桿《かん》をゆっくりまえに倒し、〈ファルコン〉を暗い入り口に向けた。レイアは前部機動ライトをつけ、波打つピンクと黄色のモザイクに覆われたらせん状の巨大な通路を照らした。そのトンネルはレイアが思ったよりも長く、新しいカーブを回るたびに、彼らに驚いた大量の昆虫がアーチの端へとあわてて移動した。

二、三分後、〈ファルコン〉は、花の形をした小さな広場に出た。一〇あまりの塔がひとつになり、そのまわりを囲んでいる。建物の外壁を飾っているあざやかなモザイクは、方向感覚を惑わせた。地下レベルでは琥珀《こはく》色のくっきりした色の帯がしだいに淡くなっていく。尖塔の頂点は真っ白だった。広場の向こう側では、〈XR808g〉が着床脚を伸ばして止まっていた。昇降ランプはすでに下ろされている。

ハンは〈ファルコン〉をそこから二〇メートルのところに降ろし、ミサイル発射機を〈XR808g〉に向けた。「カクメイム、ミーワル、いつでも撃てる用意をしとけよ」彼は船内通信機で命じた。「用意――」

「攻撃準備を完了しました、船長」BD‐8が報告する。

「まだよ」レイアはクラッシュ・ウェブをはずした。「向こうが先に撃ってきたらね」

「応戦の場合の生存確率は、三二パーセントに減少します」BD‐8は抗議した。

「おれたちは先には撃たないんだ」ハンはブラステックのホルスターを腰につけた。「いいから、いつでも応戦できるように準備して、恐そうな顔で立ってろ」

「恐そうな顔、というのは？」BD‐8が尋ねた。

「威嚇《いかく》モード1のことだ」3POが言い換え、ハンを見た。「BDシリーズには、標準的な言いまわしを使う必要があるのですよ、船長。彼らの戦術オーバーレイには、言葉の意味を分析するプロセス・パワーはほとんどないのですから」

ハンはくるっと目玉を回した。「ああ、そのうちマニュアルを読むとしよう」

ハンは先頭に立ってフライトデッキを出ると、レイアと一緒に昇降ランプを下りていった。破れたチュニックを着たジューンが急ぎ足でやって来た。

「ハン！　プリンセス・レイア！」彼は陽気な声で叫んだ。「ついてこれないかと心配したよ！」

「ああ、そうだろうな」ハンは冷たく答え、地表の二、三歩手前で足を止めると、ホルスターのなかのブラスターに片手を置いた。「そっちの応答機は、急に故障でもしたのか？」

「もちろん、違うとも！　ガイドがスイッチを切ってしまったんだ。最後のジャンプのあと、あの亜空間送信機を見つけたときに」

レイアの後ろからBD - 8が近づき、肩越しにサラスタンをにらみつけながら、カチカチ、ウーッと大きな音を立てた。ジューンは三メートル手前で足を止め、あんぐり口をあけてバトル・ドロイドを見上げた。レイアは彼の真意を探ろうとしたが、感じたのは警戒心と混乱だけだった。

ジューンは両手を上げた。「どうか！　あれはわたしのせいではないんだ！」

そのとき、ジューンの後ろにある塔の外壁で、何かが動くのがちらっと見えた。それから宙に浮かぶ昆虫兵士の隊列が、視界に入ってきた。外見はライジルの労働昆虫とよく似ているが、こちらはウーキーのように大きい。くちばしが一メートルもあり、真紅の甲羅が背中を覆っている。胸部の下側はあざやかな金色で、両眼は濃い紫だ。原始的な電子《エレクトロ》ボルト・アサルト・ライフルと、短いが太い三つ叉《また》の武器を四本の手に構えている。レイアは、彼らが空中に浮かんでいるのではなく、小さなテラスに立っていることに気づいた。壁のモザイクのそれぞれの色合いと影の微妙な作用で、人間の目には見分けにくいのだ。

「そっちがそう出るなら！」ハンがブラスターをつかんだ。「この手できさまを撃ち殺してやる」

ジューンのほおのひだの端が青くなった。「どうしてだね？」

「どうしてだと？」ハンはブラスターを持った手で周囲の外壁を示した。「おれたちをわなにかけたからさ！」

ジューンの目がまん丸になった。「わな？」

レイアは頭上の昆虫にフォースを送り、彼らのなかに敵意を探そうとしたが、まったく感じなかった。

「とぼけても無駄だぞ」ハンはブラスターをサラスタンのひざに向けた。「よけいおれを怒らせるだけだ」

レイアはハンがブラスターを持っている手をつかんでささやいた。「それをしまって！　これは見かけとは違うのよ！」

「どう違うんだ？」ハンはジューンをにらみつづけながら尋ねた。

「それをホルスターにおさめれば、知るチャンスが増えるわ」

ハンはレイアに逆らわずにブラスターを下ろしたものの、BD‐8を納得させるのはこれよりも難しかった。

「深刻な状況です」ドロイドは報告した。「宇宙船に撤退することを提案します。援護射撃を行ないますか？」

「やめろ！」「やめて！」レイアとハンは同時に答えた。

「いいだろう」ハンはジューンに言った。「見たとおりではないのかもしれん。ターファングはどこだ？」

ジューンは三メートルの距離を保ったまま答えた。「ミッドベイにいる。ガイドが送信機を見つけたとき、ちょっとした争いが起こったもんだから」

レイアは胸騒ぎがした。「ガイドはどうしたの。まさか――」

この質問は、ふいに起こった雷のような音にのみこまれた。昆虫兵士たちが動きだしたのだ。下から三段めまでのテラスにいる兵士たちが背中を上げ、テラスを下りて何百という羽音に加わった。BD－8が何か尋ねたが、レイアはそれを聞き取れず、とりあえず、警戒を解除しろ、という指示を出し、自分はベルトのライトセーバーをつかんで〈ファルコン〉の昇降ランプへとじりじりさがりはじめた。

丸い耳を不安で赤くし、ジューンが急いで彼らに加わった。兵士たちは空が黒くなるほどかたまって、そのまま何秒か頭上を飛んでいたが、それから広場にゆっくり下り、びっしりと並んで〈ファルコン〉と〈XR808g〉を取り囲んだ。

「重大な状況です」BD－8が報告した、「攻撃態勢に戻ってもよろしいですか？」

「い、いいわ」レイアは答えた。

昆虫兵士たちはそろって胸を打ち鳴らし、鼓膜が破れるような大きな音を立てた。それから足をそろえ、手にした武器を胸部にあてて構えた。〈XR808g〉が降りた広場の向こう側では、取り囲んだ兵士たちが分かれ、そのなかをさまざまな体の形をした昆虫たちが進んでいく。

この一隊は、形ばかりでなく、レイアの親指大から、Xウイングより大きな昆虫まで大きさも異なっていた。ほとんどが標準的コロニー・パターンに単純な変化をつけたもののようだ。羽根のような触角、球根のような大きな目、四本の腕に二本の足は、どれも共通している。だが、誇張された顔立ちのものや、ほっそりしたもの、先端にふわふわの黄色い球がついている二メートルの触角を伸ばしたもの、ふたつの大きな目と三つの小さな目ではなく、五つの大きな目があるもの、二本脚でなく、四本脚で歩くものもいる。最も大きな昆虫は、まるで体毛のように見えるほどびっしり感覚突起に覆われていた。

この一行の真ん中を行くのは、堂々たる体軀《たいく》の、耳も髪もない、顔の溶けた男だった。鼻はたんなるこぶのよう、まゆはひとつに溶けて突きでた峰となり、目に見える皮膚はつるりとしてぴんと張り、やけどの痕《あと》であることがひと目でわかる。彼は紫のスラックスに金色のキチン質の胸当て、真紅のマントをはおっていた。

「あのファッション音痴はだれだ?」ハンがジューンに尋ねた。

「たぶんプライム・ユヌだ」ジューンは畏敬《いけい》の念に駆られた低い声で答えた。「だれも見たことがないから、はっきりとはわからないが」

「プライム・ユヌ?」レイアは尋ねた。

「コロニーの元首だと考えてもいい」ジューンがささやいた。「コロニーを治めているわけではないんだ。少なくとも、ほとんどの種族が考える統治とは違う。だが、全コロニーの中心人物だ」

「つまり、王様バチってわけか?」ハンが尋ねた。

レイアはフォースのなかで、ルークが上空から手を伸ばしてくるのを感じた。彼女の感じた不安を察知して、心配しているにちがいない。レイアは心を落ち着けようとした。

プライム・ユヌは、〈XR808g〉のまえで足を止めた。彼に従ってきた二匹がおんぼろ船に乗りこんでいく。レイアはフォースのなかでプライム・ユヌの意図を探ろうとして……二重の存在をそこに見つけた。しかも、奇妙なことに、この存在には覚えがある。レイアはこの親近感のもとを突き止めようと記憶を探った。

彼女はまず、アナキンがまだ幼すぎてそこに行かれず、ジェイナやジェイセンをうらやんでいたころの、ヤヴィン4にさかのぼった。そのころの思い出は、洪水のような感情をもたらした。死んだ息子のことを思うたびに感じる深い悲しみを振り払い、落ち着きを保つには、必死の努力が必要だった。

彼女の心は、このプライム・ユヌは子どもたちと関係している、と告げていた。とくにアナキンと。この男がアナキンであってくれたら、気がつくとレイアはそう願っていた。愛する末の息子がマーカーの任務を生き延び、ヘイピーズで火葬にふしたのは、ほかの若者の遺体であってくれたら……。

だが、これは母の愛が生みだした悲しい願いだった。〈XR808g〉のそばに立っているのが死んだ息子であれば、レイアはそれを直感したにちがいない。

レイアの思いは、べつの記憶へと移った。エクリプスでシルガルとダニが、ユージャン・ヴォングの戦いの調整者ヤモスクを攪乱《かくらん》する方法を編みだしたときのことに。ジェダイはシルガルの研究室でミーティングを開いた。銀河のコアと呼ばれる領域の、星が密集した空から、トランスパリスチールの天井を通して白い光が注がれてくる部屋で、シルガルは銀河のいたるところでジェダイを襲い、殺している、恐ろしいヴォクシンという獣を、敵が育てている場所を発見した、と告げた。

その獣は、いわば完全に成長したイサラミリだ、とモン・カラマリのシルガルは説明した……。

突然、レイアはフォースのなかの黒い存在が、自分をプライム・ユヌから遠ざけようとするのを感じた。顔を上げると、青い目をまるで二条のブラスター・ビームのようにきらめかせ、ユヌがこちらを見ている。レイアがあごを上げ、この視線を受け止めると、視界の縁がしだいに黒くなり、まもなく青い目しか見えなくなった。

するとプライム・ユヌがウインクし、目をそらした。レイアは自分が倒れるのを感じた。

「おっと！」ハンが彼女のわきに腕を差し入れ、抱きとめた。「どうした？」

「べつに」レイアは視界がもとに戻るあいだ、黙ってハンにもたれていた。「あの王様はフォースに敏感よ」

「そうか？　だが、きみがこんな反応を示すのは初めて見たぞ」

「彼はとてもフォースが強いの」レイアはどうにか自分の足で立った。「わたしたちの知りあいかもしれない」

「冗談だろ」ハンはプライム・ユヌをじっと見て、首を振った。「だれなんだ？」

「まだわからないわ」

二匹の昆虫が、ジューンの宇宙船に割りあてられたヨゴイのガイドを運び、〈XR808g〉から出てきた。ガイドは胸部がへこみ、焦げて、三本の腕がだらりと体のわきに垂れ、ぶらぶら揺れている。触角は二本とも折れていた。プライム・ユヌは溶けたまゆをその昆虫に押しつけ、それから残っている三本の指の手を持ちあげ、触角の残った部分をなでた。

「イウォークがやったのか？」ハンが驚いてジューンに尋ねた。

サラスタンはうなずいた。「ターファングは、外見ほどおとなしいやつではないんだ」

傷ついたガイドの胸から満足そうなうなりが聞こえてきた。プライム・ユヌが体を起こし、〈ファルコン〉に向かって歩いてくる。醜く溶けた顔の背後にどんな表情が隠されているのか、それを読み取るのは不可能だ。が、彼のきびきびした足取りは、たったいま見た惨事をどう感じているかをほのめかしている。

「あの王様バチは、あまりうれしそうではないわね」レイアが言った。「あなたは〈ファルコン〉のなかで待っていたほうがいいかもしれないわ、ジューン」

「その必要はないよ」ジューンは言った。「ガイドが保証してくれたんだ。この件では、われわれを――」

プライムは二本の指を上げ、〈ファルコン〉のレーザー砲に向けた。砲座が継ぎ環鍵《カラー・ロック》からはずれる鈍い音がして、サーボモーターがこすれるくぐもったきしみ音がそれにつづいた。

「おい！」ハンが抗議した。

砲座は回りつづけ――内部機動メカニズムを破壊し――レーザー砲が逆向きになった。

「敵対行動が行なわれています」BD‐8が報告した。「攻撃の許可を――」

プライム・ユヌが指を一本ドロイドに向けると、この要請はのどの奥の雑音になって終わった。溶けた回路の刺激臭が漂い、BD‐8がドスンと倒れる。ハンは肩越しにそれをちらっと見た。

「こいつは驚いた！　ルークもあんなことができるかな？」

「〈ファルコン〉のなかで待ったほうがよさそうだ」ジューンはそう言って、くるりと向きを変え、昇降ランプを駆けあがった。

驚いたことに、プライム・ユヌはそれを止めようとはしなかった。彼は残りの距離を縮め、ハンとレイアのまえに立った。ハンよりもたっぷり三〇センチは高い。少しのあいだ、彼は恐ろしい顔で黙ってふたりを見下ろしていた。息をするたびにゼーゼー音がするところをみると、かなり肺をやられているのだろう。青い目がふたりの顔を見比べている。

カクメイムとミーワルが、パワー・ブラスターを手に昇降ランプの上に姿を現した。レイアが銃を下ろせと命じるより速く、ふたりは肩からつるした武器を構え、ハンとレイアに伏せろと叫んだ。

プライム・ユヌが無造作に手首を振った。ふたりのノーグリは〈ファルコン〉のなかへと戻り、通路を転がっていった。ユヌはそちらに向かおうとして――ふたりがあとで彼を驚かすことのないよう、確認しようと思ったのだろう――思いなおしたようにハンとレイアを見た。

「ソロ船長」プライム・ユヌの太い声は、それを聞いたレイアののどが同情の痛みを感じるほど、ひどくしゃがれていた。「プリンセス・レイア。われわれはあなた方がみえるとは予想していませんでした」彼はルークとマラが〈シャドウ〉でまだ旋回している上空を見た。「マスター・スカイウォーカー夫妻のことも」

「そいつは悪かったな。知らせを入れようとしたが、アンノウン・リージョンには、ホロネットが届かないんでな」

「ホロネットは届かない」プライム・ユヌの上唇がひくつき、ほころびかける。だが、傷ついた皮膚はひきつれただけだった。「それは、考えてみなかったな」

彼はきびすを返し、〈ファルコン〉の下に入って、柔軟性のない首をぎこちなく伸ばし、船の下部を調べた。ぐるりと回って完全に調べ終えると、積み荷リフトの下で立ち止まり、つまさき立ってミサイル発射管の扉がきちんと封じられているのを確かめ、着床脚をけとばした。それからようやく手を伸ばして黒く煤《すす》けた船体に触れた。

「黒は昔から好きではないのですよ。白のほうがいい。そのほうがあなた方に似合う」

レイアの思いは、再びヤヴィン4に飛んだ。ジェイセンのクリスタル・スネークにかまれたあと、意識を失って倒れていたハンサムなブロンドの髪の若者。ボーナリン海運帝国を象徴する、豪華な真紅と金と紫の服を着ていた若者……。

「レイナー？」レイアは驚いて息をのんだ。「レイナー・スール？」

10

「レイナー・スールはもういません」

レイナーは、彼が行くところに従う何百という昆虫の部下につねに見えるように、プライム・チャンバーの真ん中にある円形の高座であぐらをかいていた。長い腕をひざの上にたらし、手の甲を自分のまえの床に休めている。彼はあざやかな青い目で、まばたきもせずルークを見つめた。

「われわれはユヌスールです」

「そうかな？　奇妙なことに、おれはきみのなかにまだレイナー・スールの存在を感じる」ルークが言った。

彼はレイナーのまなざしから、ともすれば目をそらしそうになった。まばたきもせず見つめてくるからでも、醜い顔のせいでもない。レイナーの存在が、相矛盾する感情をもたらすからだった。ダーク・ジェダイたちにさらわれたレイナーが生きていたという深い喜びと、その後に起こった出来事への悔い、ほかの多くの若者がマーカーで命を落としたことに対する深い怒りと苦悩……とくに甥《おい》のアナキンの死はつらかった。いまでもときどき夜中に目を覚まし、あれが悪い夢であることを願わずにはいられない。ヴォクシンを食い止めるには、もっとよい方法があったはずだ、あの任務を許可するのではなかった、と。

だが、ルークはこれらの気持ちを注意深く隠し、レイナーに気づかれないように心の奥深くに埋めこんだ。そうでなくても、おたがいにとって感情的で難しい状況を、これ以上複雑にすべきではない。

「レイナー・スールは隠れているかもしれないが」ルークは慎重に言葉を選んだ。「すっかり消えてしまったわけではない。おれは彼の存在をはっきり感じる」

「驚きますね、マスター・スカイウォーカー。あなたほどの方が、幽霊と実際の男の違いを区別できないとは」レイナーのなかには、ルークがライジルのカンティーナで感じたのと同じ黒い存在が宿っていた。それはルークを押しやろうとはしないが、彼がそれ以外のことを探る邪魔をしている。

「レイナー・スールはあの墜落で姿を消したのです」

「そしてユヌスールが生まれたのかい?」

「カインドは生まれるのではありません、マスター・スカイウォーカー。卵は産み落とされる。クリサリスは孕《はら》まれる」

「つまり、変容を遂げたということ?」レイアは尋ねた。

レイアはマラやサーバと一緒に、ルークのそばにあぐらをかいていた。ハンはいくら説得しても座ろうとはせず、高座の端を歩きまわりながら、下にいる昆虫たちを油断なく見張り、ネストの暑さと薄暗さと、甘すぎるにおいに文句をつけている。

「壁に描いてあるのは、何かの物語かしら？」レイアはプライム・チャンバーの壁を飾っている色あざやかなモザイクを示した。

レイナーの目がうれしそうに輝き、溶けて崩れた顔のなかで、ふたつの青い燃えさしのようにきらめいた。

「プリンセス、あなたはわれわれが覚えているとおり、観察力の鋭い方だ。たいていの人々は、クロニクルには気づかないのですが」

「クロニクル？」ルークが尋ねた。

レイナーはルークの肩越しにその後ろを指さした。一本の赤い線が丸天井を下り、この広間の正面入り口の真向かいにある白いしみに達している。

「空から星の荷馬車が落ちた」レイナーが言った。

ルークは体をひねってそちらを見た。まだ煙っている穴の縁から突きだした、逆さまのＹＶ８８軽貨物船のずんぐりした船体がある。だが、直接そこを見たとたん、その光景はこれまでと同じ、一見まとまりのないただの色つき石の集まりになった。

「おれには何も見えんぞ」ハンがぼやく。

「岩の壁だけです」サーバが言った。バラベルの目は、この模様のなかにある色の半分近くを識別できないのだ。

「まっすぐ見るとだめなの」マラが説明した。「ほら、ベスピンのエア＝ゼリーみたいに、目をそらしているときしか現れないの」

「ああ、そうかい」ハンがつぶやく。

サーバがいらだたしげな摩擦音を発した。

ルークは隣の模様に目を滑らせた。そこではレイナーがケガをした昆虫にかがみこんで、てのひらを割れた胸部にあてている。

「いいえ、マスター・スカイウォーカー、向こうです」レイナーは隣の壁のピンク色のしみを示した。広間にいる昆虫が、羽根のこすれる音をさせ、一斉にレイナーの指先をたどる。「カインドの順序は、あなた方ほかの人々《アザーズ》と同じではないのです」

ルークが頭をめぐらすと、墜落でできた穴の底に横たわっている焦げた人物が見えた。その周囲に昆虫が群がり、彼が死ぬのを待っている。

「星の荷馬車のそばで、ヨゴイは、黒く焦げ、死にかけているレイナー・スールを見つけた」レイナーは説明をつづけた。「われわれは穴を下り、その肉を幼虫に与えることができるよう、彼が最期の息を引き取るのを待った」

レイナーは今度も広間の反対側にあるモザイクを指さした。外の都市にそびえているのと同じような塔に囲まれた小さな広場へと、昆虫たちが彼を運んでいく。

「しかし、彼はわれわれの心に触れ、われわれは彼の手当てをする必要を感じた」

次のモザイクでは、レイナーの焦げた体が大きな六角の器に横たえられていた。胎児のように体を丸めた彼を、人間大の昆虫二匹が世話をしている。

「われわれは特別のセルをつくり、幼虫にするように彼を養い、清潔に保った」

ルークは自分の見ているものがそれのつづきだと確信できず、三度もその周囲を見直した。そのモザイクには、レイナーの顔しか描かれていなかった。最初よりもずっと小さなセルで、首を後ろにそらして口をあけ、昆虫が差しだす食べ物に口をあけている。

「しばらくすると、レイナー・スールは存在しなくなった」

プライム・ユヌが示した次のモザイクでは、ほとんどいまと同じ姿のレイナーがセルから立ちあがっていた。ごつごつした顔の、かつては男だったものの溶けた名残《なごり》が、胸のまえで腕を組み、足をぴたりと合わせて下に伸ばし、突きでたまゆの下で、冷たい月のように青い目を輝かせている。

「新たなヨゴイが立った」

そのあとの光景では、レイナーが傷ついた昆虫の足に添え木をあてていた。その次では、ヨゴイたちが広間いっぱいの病人やケガ人の治療をしている。

「われわれは弱った者の治療をすることを学んだ」

それにつづく数枚の絵は、レイナーの監督で灌漑《かんがい》設備や、乾燥機がつくられ、ヨゴイ・ネストが拡張していくさまを示していた。

「これまでは、重要なのはネストだけだった。しかし、ヨゴイは賢い。ヨゴイは個々を尊重することを学び、強くなった」

それから、一連の重大な光景がつづいた。レイナーがほかのネストと食料や機材を交換し、異なるネストからの数匹の昆虫がレイナーの周囲に集まって彼の話に耳を傾けている。レイナーがそれまでよりも大きなグループ——さまざまな色、大きさ、形の昆虫たち——を率い、彼らがそれぞれのネストをつくりはじめる……。

「ユヌがつくられた」レイナーが言った。

彼が次のモザイクを指さすまえに、レイアは尋ねた。「ユヌというのは、正確にはなんなの？統治するネストのこと？」

レイナーは首を傾け、これを否定するように短く振った。「あなたが思う方法ではない。ユヌは全ネストのネストだ。したがって、ヨゴイはカインドとすべてを分かちあう」

「へえ？」ハンが口をはさんだ。「どんなふうにだ？」

「あなたにはわからない」レイナーは答えた。「アザーズにはわからない」

モザイクの歴史はまだつづいていた。ユヌに同意しないネストの攻撃、繁栄するネストが食料を取り尽くしたあげくの飢饉《ききん》、カインドが周囲に広がり、コロニーがはじまる。

だが、ルークはそれらにはほとんど注意を払わなかった。彼はすでに学んだ事実がもたらす不安をなんとか抑えようとしていた。レイナーは失われたままの状態にとどまるのではないか？　ジェイナたち若いジェダイ・ナイトもまもなく同じように失われるのではないか？　若いジェダイ・ナイトたちは、すでにジョイナーになってしまったのではないか？　この恐れはしだいに強くなっていく。だが、ジェダイは銀河文明のリーダーとなるべきではない。ジェダイが強大な力を濫用しはじめれば、だれがそれを止めるのか？　フォースを使ってほかの人々に自分たちの意志を押しつければ、だれがそれに抵抗できるのか。

マラがふたりだけのきずなを通じて、批判を隠せと促してきた。

マラはレイナーに向かってこう言った。「あなたをさらったダーク・ジェダイはどうなったの？」

レイナーは、溶けてひとつになったまゆを下げた。「ダーク・ジェダイ？」

「ロミとウェルクだよ」ルークはレイナーの記憶を呼び起こそうと、名前を口にした。レイナーの気持ちは彼にはほとんど読めないが、レイナーがこちらの気持ちをもっとよく読める場合の用心に、彼に対する批判を注意深く押しこめた。「マーカーの任務で、きみたちが助けたふたりだ」

「ロミとウェルク……」レイナーの目が落ち着きなく動いた。「ふたりは……疫病神だった。彼らがわれわれをさらった、というんですか？」

「彼らはあなたが乗っていた〈フライヤー〉を盗んだのよ」マラが答えた。「あなたもそのことは、もうわかっているにちがいない。彼らはローバッカをだまして宇宙船から降ろし、意識を失っているあなたを乗せたまま飛び立ったの」

マラが話している途中で、レイナーの目はマラの顔から離れ、それからまた戻った。フォースのなかでも彼の混乱がしだいにひどくなった。ルークがよく知っている部分、レイナーの部分が、繰り返し表面に浮かびあがったが、そのたびにもっと強い暗い存在、ルークがライジルでジョイナーを探ろうとするたびにそれを邪魔したのと同じ存在にのみこまれてしまう。

　ややあって、レイナーはこう言った。「われわれは墜落を覚えている。だが、ダーク・ジェダイのことは覚えていない。思うに……そのふたりは死んだにちがいない」

「〈フライヤー〉で彼らと一緒だったことを、まったく覚えていないのかい？」ルークが尋ねた。「墜落するまえにも、船内で彼らを見たはずだが」

　レイナーのなかの黒い存在が大きくなり、ルークをすさまじい力で押しやった。あまりにも強い力に、ルークは高いがけから落ちるような錯覚を覚えたほどだった。

「われわれは墜落を覚えています。炎と苦痛と煙も覚えています。恐怖と孤独と絶望も覚えています」

　レイナーの声のきっぱりした調子は、高座に緊張した沈黙をもたらした。ハンがくるっと向きを変えて、レイナーに指を突きつけ、ほとんど即座にこの沈黙を破った。

「ジェイナやほかのジェダイについてはどうだ？　彼らを覚えてるか？」

「もちろん。彼らはわれわれの友人だった。だから、われわれは彼らを呼んだのです」

「友人だった？」ハンはレイナーに近づいた。「あの子たちに、何かが起こったのか？　彼らをジョイナーにするつもりなら――」

「ハン！」レイアは片手を上げてハンを制し――銀河でこれをやってのけられるのは、たぶん彼女ひとりだろう――レイナーに顔を戻した。「どうなの？」

「ジェイナたちは元気だ」レイナーはハンに向かって答えた。「彼らはレイナー・スールの友人だったが、われわれに対してどんな気持ちを持っているかは、まだわからない」

「質問の答えには、なっていないぞ」ルークが指摘した。

「コロニーは彼らを必要としているのです。チスとの戦いを阻止できるのは、ジェダイだけですから」

ハンが脅しのつづきを口にしようとしたが、レイアは急いで立ちあがり、彼を高座の端に引っぱっていった。

「チスから聞いたが、国境で争いが起こっているそうだな」ルークが言った。「理由は教えてもらえなかったが」

レイナーの傷ついた皮膚がこわばり、疑うようにひきつった。「われわれも、なぜだかわかりません。われわれが入った星系は、最も近いチスの前哨《ぜんしょう》地から一光年以上も離れている。そこにネストをつくったのは食料を確保するためで、チスは鉱物資源の採鉱を自由に行なっています。われわれはそれにまったく干渉していません。それどころか、食料や供給品と引き換えに、労働力を提供すると申し出たくらいです」

「チスはそれを断ったのか？」ハンが高座の端から言った。

「いや、それよりもひどい。彼らはわれわれの食料源である惑星に毒をまいた」レイナーは首を傾け、のどの奥でチッという音をさせた。下にいる昆虫たちが一斉にくちばしを鳴らす。「われわれのネストは飢えている。彼らがそんなことをする理由はまったくわからない」

レイナーのこの混乱は、ルークの目には奇妙に映った。「きみたちは、わずか一光年しか離れていない場所にネストをつくったんだぞ。チスがきみたちの意図に不安を抱くとは思わないのか？あるいは、きみたちがネストをつくった星系を、チスは自分たちの領域に加えたがっているのかもしれない」

「コロニーは、それを阻止してはいません。彼らは必要なものを、いつでも取ればいい」

「あなたたちが必要なものを自由に取れるかぎり？」レイアは尋ねた。

「われわれの必要と彼らの必要は異なる。戦う理由はないのだ」

「あなたの理解できる理由はない、ってことね」不思議なことに、レイナーは領域に関するチスの不安をまったく理解していないようだ。ルークはマラも、その点に疑問を抱いているのを感じた。

「どんな状況か、確認したほうがいいかもしれないわね。その星系はどこにあるの？」

レイナーはまばたきしない目をマラに向けた。「そこに行きたいかな？」

「きみは助けが必要だと言った」ルークがレイナー自身の言葉を思い出させた。「おれたちがこの状況を解決できるかもしれない」

「われわれが言ったことはわかっています」

レイナーのひとみの縁が黒ずみ、突然ルークはそれだけしか見えなくなった。黒い存在が頭のなかに入りこんできて、彼の思いを読み取ろうとする。ルークはその強さに驚き、フォースで自分を支えねばならなかった。この詮索《せんさく》はきわめてあからさまで、粗野なものだったが、まるで千人のレイナーが手を伸ばしてくるように強力だ。ルークは意表を突かれて、この力に押しきられそうな不安を感じた。

すると、マラが彼に力を貸し、ついでサーバとレイアも加わった。ようやく黒い手を押しやると、ルークは再びまつげのない青い目を見つめた。レイナー・スールに達するのがどれほど難しいか、彼はようやく理解しはじめた。

「何を待ってるんだ？」ルークたちの汗ばんだ額や震える手には気づいた様子もなく、ハンが食ってかかった。「その星系がどこにあるか教えてくれ……そこに見られたくないもんがあるなら、べつだが」

「われわれは、あなたから恐れるものは何ひとつありませんよ、ソロ船長。ジェイナやほかのジェダイは、いつでも好きなときにそこを離れることができる」レイナーがふわっと浮くように立ちあがり、首を傾けてルークやほかのジェダイたちを見た。「あなたもです、マスター・スカイウォーカー。ガイドを割りあてますから、ライジル・ネストに戻ってください」

「ライジル・ネストに戻る気はない。まだだめだ」今度は心のなかを探られても大丈夫なようにフォースの壁を準備して、ルークはレイナーと目を合わせた。「おれたちは、ジェイナやほかのジェダイたちが何をしているか調べにきたんだ」

「では、好きなだけヨゴイに滞在してください。しかし、申しわけないが、われわれのジェダイには会えません」

「われわれのジェダイだと？」ハンが鋭く聞き返した。「とんでもない話だ！」

レイアはハンにさがれと合図し、挑むようにあごを上げてレイナーに近づいた。「どうしてかしら？　あなたがうそをついていることがわかってしまうから？　チスの話が正しいことがわかってしまうからかしら？」

「いいえ」微笑を浮かべるつもりだったのか、レイナーは口をまっすぐにした。「あなた方の力がわかっているからです、プリンセス・レイア。あなた方は善ではなく、必要に仕えることもね」

「おい待て」ハンが口をはさんだ。「レイアはもう長いこと政治から遠ざかっているんだ。おれたちはここに、ジェイナの親として来ているだけだ」

「そうでしょうか？」レイナーはルークを見た。「ジェダイは何を求めます？」

「平和だ」ルークは即座に答えた。

「銀河同盟の平和です」レイナーは訂正した。「われわれは新しいジェダイ・テンプルがどこに建てられたか知っています」

「だからおれたちが銀河同盟の使用人だということにはならない」

「マスター・スカイウォーカー、レイナー・スールの両親がだれだったか、思い出してください。われわれは金が何をするか知っているのです」レイナーは立ちあがった。「あなた方は支払いをしてくれる人々の要求を入れざるを得ない——そして銀河同盟は、あなた方に正義に背を向けろと要求する」

「だれの視点から見た正義かな？」ルークも立ちあがりながら言い返した。「正しいこと、間違っていること、善と悪、光と闇《やみ》——ほとんどの場合、これはみな、もっと大きな現実をつかむのをさまたげる幻想にすぎない。ジェダイはそうした言葉の下にある真実を探求するために、これらの幻想から距離を置くことを学んだ。どうか、おれたちをそこに——」

「だめです」

レイナーはルークに向かって足を踏みだした。突然、さきほどの黒い存在が戻り、ルークを高座の縁へと押しやろうとした。ルークはフォースに心を開いてそれを押し返し、足の親指が触れるほどレイナーが近づいても動じなかった。昔、師弟だったふたりは、見知らぬ者どうしとしてにらみあった。

「その新しいフォースについては、われわれも耳にした」レイナーは言った。「そして絶望しています。ジェダイはダークサイドが見えなくなったことに」

「そうじゃない。これまでよりはっきり見えるようになったんだ。闇と光が同じ井戸から、おれたちのなかからわきでていることに気づいたのさ」

「で、あなたはジェイナたちをどちらの側に見つけることを望んでいるのですか？　正しい側ですか？　それとも、銀河同盟に仕える側ですか？」

「フォースの意志に仕える側だ。それがどちらの側であろうとも」

「では、最もよいのは、ジェイナたちがこれを解決するのを待つことです」レイナーはルークに背を向け、階段へと向かった。「われわれが言ったように、好きなだけヨゴイに滞在してくださってけっこうです」

「ああ、そうだろうな」ハンは彼を追いかけ、食ってかかった。「そしておれたちがジョイナーになれば――」

「ありがとう」レイアはハンの腕をつかみ、彼を引き戻した。「コロニーのことを、もっと学べるのを楽しみにしているわ。そのあとでまた話しあえるかしら？」

レイナーは階段の手前で足を止め、焼けた顔をわずかに傾けて振り向いた。

「たぶん。しかし、われわれの気持ちを変えることはできませんよ、プリンセス。われわれはあなたのことを知りすぎるほどよく知っています」彼はルークをちらっと見た。「あなた方すべてを」

11

3POはコロニーの言語について熱心にガイドに尋ねていた。羽根のような触角の森のなかでひょこひょこ動く彼の金色の頭がなければ、レイアは自分たちがどの真紅の頭に従えばいいのか、とうにわからなくなっていただろう。格納庫へと戻る道には、カインドがあふれていた。少なくともその半分がヨゴイで、誇らしげに胸を張りせかせかと歩いていく彼らは、あらゆる点でレイアたちのエスコートに割りあてられたヨゴイとそっくりだった。

通路が鋭く曲がり、レイアは3POの頭を見失った。後ろのみんなについてこいと合図しながら、彼女は足を速めた。

「なんだってそんなに急ぐんだ？」ハンが腕をつかみながら言った。「二、三分、ふたりだけになってもかまわんだろう」

「ふたりだけ？」レイアは首を傾けカチカチ音をさせながら通りすぎていく、たくさんの昆虫たちを示した。「まわりを見てちょうだいな！」

ハンはこの助言に従うのを避けたものの、小さく体を震わせた。「おれが言いたいことはわかってるだろ。レイナーのスパイが聞き耳を立ててないところで、ってことさ。いい考えがあるんだ」

「それはけっこう」サーバが後ろから同意した。

「でも、疑われるようなことはしたくない」マラが進めと合図した。レイアとハンが先頭、次がルークとマラで、サーバがしんがりだ。「歩きながら話しましょうよ」

「ジューンを説得すれば、やつのデータパッドにあるネストのリストと、コロニーに関してやっこさんが持ってる分の宙図は手に入る。それとジェダイの力があれば、ジェイナたちの行き先を突き止めるのは難しくないはずだ。なんといっても、レイナーはどこを探せばいいか教えてくれたんだからな――チスの国境から一光年のところだ」

「あれがほんとうならね」マラが言った。「レイナーは昔から賢かったけど、いまは……気をつけるべきね。この新しいレイナーは、あたしたちが覚えてる若者よりはるかに手強《てごわ》いもの。彼はあたしたちの一〇歩先を行ってる気がするわ」

「だから、彼の申し出を受け入れて、しばらくヨゴイに滞在すべきなのよ」通路の角を曲がると、金色の頭は一五メートル先に見えた。あのガイドの聴覚がどれほど優れていても、通路を満たしているカチカチ、ブーンという音のなかで、こちらの話を盗み聞きするのは不可能だ。「レイナーがわたしたちのことを知っているのと同じくらい、彼のことを学ぶ必要があるの。コロニーについてもね」

「もうじゅうぶんわかってるさ」ハンが不機嫌な声で言った。「レイナーの思考は、昆虫たちの思考と合体している。急いでジェイナたちを探しださなきゃ、彼らにも同じことが起こる」

「ハン、時間はあるよ」ルークがたしなめた。「ジェダイの思考はそれほど簡単に支配できない」

「そうか？」ハンは後ろを振り返った。「レイナーもジェダイだったんだぞ」

「でも、いまのジェイナたちよりはるかに若く、未経験だったわ。しかも重傷を負っていたのよ」マラがルークに味方した。「ルークとレイアの言うとおりよ。この先に進むまえに、いくつか答えを見つける必要があるわね」

「そのとおりです」サーバが後ろから同意した。「この者は、彼らがなぜダーク・ジェダイについてうそをついているか知りたいですね」

マラがうなずく。「ええ、あたしも気づいたわ」

「おれだってわかったさ」ハンが言った。「だが、それがジェイナたちを探しだすことと、どういう関係があるんだ？」

「それをこれから突き止めるのよ」レイアは夫をたしなめた。子どもたちのことを心配しているときのハンは、レーザー・ビームのようにまっすぐ飛んでいきたがる——レイアは彼のそういうところが好きだった。「信じてちょうだい。ロミとウェルクがこれにどう関係しているのか、まずそれを突き止めたほうがいいの」

「それに、レイナーともう少し話す必要があるな」ルークがつけくわえた。「彼をああいう状態でここに残しておきたくない。シルガルなら、あのやけどの痕《あと》を治せる者を知っているはずだ」

「その選択は、この者たちのものではないかもしれません。彼はコロニーの中心人物です。カインドが簡単に彼を手放すとは思えません」

「たとえ彼がそれを望んだとしてもね。しかも彼は望んでいない」マラが言った。「権力には麻薬《スパイス》と同じ力があるのよ。なにしろ、いまのレイナーはこの帝国の王様バチだもの」

「彼をここにつなぎ止めているのが権力だけなら、わたしたちにもチャンスはあるかもしれない」レイアは言った。一二メートルほど先で通路がふたつに分かれていた。3POとガイドは後ろを振り返りもせずに右の通路を選び、再び見えなくなった。「でも、レイナーはコロニーの責任者よ。彼がいなければ、このコロニーは存在していなかったの。彼があっさりそれを捨てることはないでしょうね」

「まったく頭にくるな。そのダーク・ジェダイも、レイナーも、だ。どうして昆虫が昆虫らしく振る舞うままにしておかなかったんだ？」

「レイナーがジェダイだからさ」ルークは誇らしげに答えた。「どんなときも命に仕え、それを守れ、という古い伝統にのっとって訓練されたからだ」

「まあな。しかし、国境を巡る紛争が手に負えなくなれば、命を守ることはできなくなるぞ」

「たしかに。そのために、さらに多くの生命が危険にさらされていますね」サーバが言った。「自然が残酷なのは理由がある。レイナーはそのバランスを崩したのですよ」

「意図せぬ結果の法則ね」マラが言った。「だから、自然に介入しないほうがいいの。現代のジェダイなら、感情的にならず、まず状況を冷静に判断したはずよ」

「でも、それがほんとうによいことなのかしら？」レイアは頭に浮かんだ疑問を口にした。そして、自分でもこれに驚いた。ユージャン・ヴォングとの戦いで、二〇年まえは考えもしなかったような目で、死を見るようになっていたからだ。だが、戦いは終わった。死を見るのは、もうたくさんだ。どれだけ多くの命を救ったかではなく、どれだけ命を奪ったかで勝利を測るのも、うんざりだ。「現代のジェダイが状況を観察し、判断しているあいだに、どれだけの命が失われることになるのかしら？」

後ろにいるルークの混乱が、フォースを満たした。「それが重要なことかい？　ジェダイはフォースに仕える。もしも彼の行動がフォースのバランスを崩すことになるとしたら――」

「わかってるわ」レイアは疲れた声で言った。「ただ、物事が単純だった日々がなつかしいだけ」はたして、ジェダイ・オーダーの新しい見解は進歩なのか、それともただ好都合なだけなのか？ときどき効率を尊重するあまり犠牲にされたもののことを思うと、レイアは不安になる。ジェダイが自分たちの素朴な決まり《コード》を捨てて道徳的相対主義を取ったときに、失われたもののことを。

彼らは二又の道を右手に折れた。３ＰＯとガイドはおよそ五メートル先で待っていた。

「ブループ・ウルブ・ブルー」

「ヨゴイは、どうか遅れないでいただきたい、と言っております」３ＰＯが通訳した。

「ルール・ブルル・ウブ。ルール」

「また、まず墜落現場の調査からはじめてはどうか、と丁重に提案しております」3POは言葉をつづけた。「そうすれば、ユヌスールがダーク・ジェダイに関してうそをついていないことがわかるそうです」

「ウール・ブーブ。ウル・ブップ」

「彼はほかのことでもうそをついておりません」

レイアは胃がぎゅっと縮まるほど驚いたが、この昆虫がどんな方法で話を盗み聞きしたのか考える代わりに、落ち着いてにっこり笑った。「それはすばらしい考えだわ、ヨゴイ。ありがとう」

数分後、格納庫に到着すると、そこにはすでに古びた浮揚《ホバー》ソリ《スレッド》が待っていた。

「ブッル・ウッル・ブルール・ウッブ」そこで待っていたべつのヨゴイが、四本の腕のうちの一本で、上空の〈シャドウ〉を指さした。「ブッルール・ウーウ！」

「おやまあ！」3POが叫んだ。「どうやら、ヨゴイがベン様を迎えにいくと、ナナが彼らを攻撃すると脅したようでございます」

「それはすまなかった、ヨゴイ」ルークはホバースレッドの運転手に謝った。「だが、どうしてベンを迎えにいったんだい？」

運転手は興奮して胸部をたたいた。

「彼が申しますには、あなたと奥様が、ベンに墜落現場を見せるのはよい経験になるかもしれない、とおっしゃったからだそうです」3POは首を傾けた。「たしかに、ルーク様、一・七分まえにあなたがそうおっしゃったのを、わたくしも思い出しました」

「ああ、だが、どうやって――」

「集合意識よ」レイアが言った。ガイドがなぜ一五メートルも離れたところから会話を盗聴できたのか、ふいにわかったのだ。「ひとりのヨゴイが聞いたことは――」

「――全員が聞く、ってわけか」ハンが引き取った。「つまり、こいつら昆虫《バグ》には、新手の盗聴器《バグ》があるんだな」

「そういうこと」レイアはうなずいた。彼らの横を通りすぎながら、昆虫たちはひとことずつ彼らの会話を聞いていったのだろう。彼女はハンの手を取り、ホバースレッドに乗った。「さっきも言ったけど、コロニーについては学ぶことがたくさんあるわね」

ほかの三人もスレッドに乗りこんだ。まず〈シャドウ〉に立ち寄って、ベンとナナを拾い、それからほとんど飛ぶのに近い、スリル満点のドライブがはじまった。ホバースレッドはヨゴイ・ネストの塔のあいだをくねくねと回り、混雑な通りをフルスピードで進んでいく。

一時間後、彼らは墜落現場の外に長い列をつくっている昆虫とジョイナーにまじっていた。〝都市〟のなかにある墜落現場は、観光の名所兼聖地のような役目を果たしているらしく、何千という昆虫が辛抱強く並び、低い石壁の向こうに突きだしている軽貨物船の残骸《ざんがい》を見上げている。墜落でできた穴の斜面には、ワドラやリリスや、レイアが名前も知らないほかの何十という花が置かれ、空気には仲間意識を誘発するフェロモンの、バニラに似た香りが漂っている。たくさんの昆虫が胸部をたたく音や、巡礼者がくちばしをカチカチ鳴らす音すらも、ここでは奇妙な安らぎをもたらす効果があった。

このなごやかな雰囲気にもかかわらず、レイアはしだいに不安を感じはじめた。まるで半分土に埋まっているYV888が、まだ燃えながら大気圏を落ちてくるような気がした。何か巨大なものが、自分の上にすごい速さで落下してくるような。ほかのジェダイたちも同じだとみえて、レイアはルークの胸騒ぎを感じ、突然無駄のなくなったマラの動きから義姉の警戒心を感じ取った。サーバですら緊張しているらしく、周囲の昆虫の様子をそれとなくうかがい、先の割れた長い舌で頻繁に空気の味を見ている。

それとも、ただお腹がすいただけかしら?

レイアはフォースのなかを探り、もっと何かをつかもうとした。だが、昆虫のネスト全体に行きわたる、拡散した存在をのぞきこむのは、煙が充満する部屋のなかをじっと見つめるようなものだった。何かが起こっているのは確かだが、それをはっきりとつかむのは不可能だ。

スカイウォーカーとソロ一行は、ようやく石壁の門に達した。彼らのガイドは、そこで止まり、待て、と合図した。

「わたしたちが墜落現場を見るのを反対する人がいるのかしら、ヨゴイ?」レイアは尋ねた。このネストにいるすべての昆虫を同じ名前で呼ぶことには、まだ少し抵抗があったが、おかげで自己紹介の手間がはぶけるのは確かだ。「ここでは歓迎されていない気がしてしかたがないのだけれど」

ヨゴイがのどを鳴らして答えた。

「そんなことはないそうです、レイア様」３ＰＯが通訳した。「墜落にあずかる者は、ひとり残らず歓迎されます」

「あずかる？」ハンが尋ねた。「何をするんだ？　死体の肉でも食うのか？」

「ウブル・ブウ」ヨゴイが答える。「ブル・ウー」

「ここには死者はいなかったそうです。期待を裏切って申しわけない、と彼女は謝っております」

「うむ」ハンはうなった。「べつに謝る必要はないさ。どっちみち、腹は減ってないしな」

レイアはフォースで静かに心を引かれるのを感じ、ゆっくり振り向いた。義姉の細面の顔がすぐそばに見えた。

「ベンに見せるのは、まだ早すぎるかしら？」マラは尋ねた。緑色の目が自分の右肩へと動き、まったくべつの質問をしていることをレイアに知らせる。「この子が宇宙の旅を怖がるようなものは、見せたくないの」

「ぼくはもう大きいよ！」小さな声がルークのすぐ横から聞こえた。「怖がったりしないもん」

「それはいい質問ね」レイアはベンの抗議を無視してマラに答えた。「何が見えるかによると思うけど」

レイアはさりげなく、マラの耳の向こうを見た。大きな単色の昆虫が彼らから一〇匹ほど後ろに並んでいる。それは黒に近いほど濃い藍《あい》色で、身長は人間と同じくらい、短くて鋭い触角にはとげがあり、くちばしもまるでナイフの切っ先のようにとがっている。大きな目がソロとスカイウォーカーの一行に向けられているかどうかはよくわからないが、レイアの目が少しでも長くそれに留まると、ランドスピーダーほどもある黄褐色と灰色の昆虫の後ろにするりと隠れる。

「とにかく、心に留めておくのね。で、問題になりそうなら、ここを離れるしかないわ」

「いったいどれだけ問題になるんだ?」マラとの微妙なやりとりには気づいた様子もなく、ハンが言った。「この残骸は七年まえのものだぞ。ベンはもっとひどい光景を見てるさ」

「毎日見てるよ」ベンがうなずく。両親に禁止されるまえに塀のなかに入ろうと、彼はガイドに向かって尋ねた。「どうしてここに立ってるの? 早く見たいよ!」

ガイドが胸をたたいた。

「ヨゴイはもうすぐ見られる、と請けあっておりますよ、ベン様」3POが言った。「ですが、順番を――」

「ルルブル・ウル」ガイドが低いほうの腕をひとつ、ベンに向かって伸ばした。

「おや、ようやくわたくしどもの順番が来たようです――」

ナナが止めるまえに、ベンはガイドの手をつかみ、彼女を引っぱるようにして駆け足で斜面を上がりはじめた。

「ベン!」ナナがかん高い声で叫び、リパルサーの音をさせながらレイアを追い越した。「みんなと一緒にいなさい!」

マラは首を振って、ハンを振り向いた。「あなたのせっかちなところが、あの子にうつったみたいよ、ソロ。おたくの子もあんなにむこうみずだった?」

ハンはレイアと目を合わせ、ふたりで一緒にうなずいた。

「アナキンはな。おれがだめだと言えば、決まってなぜだか突き止めようとしたよ」

そう言って目を伏せたハンの顔には、レイアのよく知っている悲しみが浮かんでいた。だれもが次の言葉を探すあいだ、ぎこちない沈黙が訪れた。

ハンとあの甥《おい》がかくべつ仲のよいわけが、レイアはふいにわかったような気がした。ベンはアナキンと同じように無鉄砲で、怖いもの知らずで、好奇心が強い。賢くて、機転がきくところや、自分の行動は自分で決めたがるところもそっくりだ。

マラが手を伸ばし、ハンの前腕をぎゅっとつかんだ。「ベンがアナキンのような立派な若者になってくれることを願うわ。そうなったら、どんなに誇らしいことか」

「ありがとう」おそらく不覚にもうるんだ目を見られないためだろう、ハンは斜面を見上げ、こうつけくわえた。「きっとそうなるさ」

彼らはベンのあとに従って穴の縁に達し、その底をのぞきこんだ。熱で柔らかくなり、下が少しつぶれて、ゆがんだ、デュラスチールの箱のような貨物船は、穴の縁から一〇メートルほど下にあった。昆虫の大群がその上を這《は》っているせいで、ブリッジを下にして墜落していることも、じっと見ないとわからないくらいだ。プラズマ砲でやられた船体は、楕円《だえん》形の穴だらけ。おまけに長い、よじれた裂けめもいくつかある。それが墜落の直接の原因だったのかもしれない。

「マーカー星系を離れるときにプラズマの嵐《あらし》を飛び抜けてきたようだな」ルークが言った。「ここまで飛んでこられただけでも奇跡だ」

「コレリアン・エンジニアリングの船だからな」ハンが誇らしげに言った。「コレリアン・エンジニアリングの宇宙船は、何かと衝突するまで飛びつづける」

「必ずしもよいことだとは言えないわね」レイアは口をはさんだ。「ぶつかる相手が惑星の場合はとくに」

彼女はガイドに目をやりながら、まわりの見物人をそれとなく見まわした。さきほどからこちらを見ている藍色の昆虫の仲間が、何匹かまじっている。彼らの大きな目は、みなソロとスカイウォーカーの一行に向けられているようだ。が、これはけっして珍しいことではなかった。ほとんどの知的昆虫種族は、自分たちとは違う相手を凝視する傾向がある。

ルークも藍色の昆虫に気づいていることをフォースのなかで確認してから、レイアはガイドに尋ねた。「乗員はどうなったの？」

ガイドは上の腕をひとつ伸ばし、宇宙船の基部を示した。つぶれたブリッジのそばに土の山がある。その土の山から、船体に開いたぎざぎざの裂けめに向かって、五〇センチほどの溝がついていた。レイアはその溝に不思議な親しみを感じた。まるで以前にもこれを見たことがあるような。それがどこにつづくのかわかっているような。

昆虫のガイドは長々と説明し、3POがそれをこう通訳した。「これはヨゴイがレイナー・スールを見つけた場所です。彼はひどいやけどを負い、死にかけていました」

レイアはガイドの言葉に注意を戻した。「わたしが知りたいのは、残りの乗員のことよ」ヨゴイの答えは予測がついた。ほかにはだれもいなかった、そう言うに決まっている。だが、明らかなうそに対しては、同じ質問をさまざまな方法で尋ねつづけ、相手の答えに矛盾を見つけて、それを手掛かりに突き止めるのがいちばんだ。

よく知っている思いが、フォースを通じてレイアに触れた。「レイナーが生き延びたことはわかっているわ」

息子だと、瞬時に、はっきりとわかる思いが。レイアはけげんそうな顔のガイドから目を離し、穴の底を見つめた。そこの溝の外に、土と煤《すす》に汚れたフライトスーツ姿のジェイセンの幻が立っていた。

というよりも、ジェイセンの幻が。彼を通して、その後ろにある〈タキオン・フライヤー〉の船体が見える。溝の口も見えた。

ジェイセンはにっこり笑った。〝やあ〟

頭から血の気が引き、レイアはハンの腕にすがって体を支えた。「ジェイセンがここにいたわ」

「なんだと?」ハンは穴の底を見た。「おれには何も見えんぞ」

ルークが説明する手間をはぶいてくれた。「フォースだよ、ハン。レイアは幻を見ているんだ」

ハンの声に不安がまじった。「そいつはすごい。まったくありがたいね。フォースの招きに、フォースの幻か」

「静かに、ソロ」マラがたしなめた。「邪魔をしないで」

ジェイセンが何か言ったが、レイアには聞こえなかった。それからヘルメットとXウイングのフライトスーツが彼の手に現れた。

「なんですって?」レイアは顔をしかめ、呼びかけた。「よく聞こえないわ」

ジェイセンが再び何か言った。だが、レイアにはやはり聞こえなかった。

「ジェイセン?」レイアは青ざめた。「まさか……あなたは――」

〝ぼくは元気だよ〟ジェイセンは言った。〝もうすぐ会える〟

「おっと」ハンがレイアの横で言い、彼女を支えている腕に力をこめた。「だれかが盗み聞きしていたようだぞ」

レイアはちらっとそちらを見た。さらに三匹の藍色の昆虫が、ほかの昆虫をかき分けて穴の縁に集まってきた。彼らは明らかにこちらに向かってくるが、レイアはそこを離れる用意ができていなかった。ジェイセンはまだ穴の底に立って、彼女を見上げている。

〝ギュール星系のクオリブで〟

レイアはもう一度言って、と頼みたかった。正しく聞こえたかどうかを確認するために。だが、ハンが彼女を穴の縁から引っぱり、驚いている昆虫たちをかき分けるようにして、ナナに従い、斜面を下りはじめた。ナナがベンを抱き、ルークとマラとサーバがその両わきとまえにつき、後ろにハンとレイアがついた。

ルークたちが藍色の昆虫を突然これほど警戒しはじめた理由はすぐにわかった。昆虫の数が増えたのだ。彼らはほかの見物客を押しのけ、突然あらゆる方向から迫ってきた。攻撃してくるわけではないが、くちばしをカチカチ鳴らしながら一行を見据えている。残りのカインドは、とくに気にしていないようだった。礼儀正しくわきにより、再び墜落現場に目を上げている。

レイアはライトセーバーをつかみ、起動した。「3PO、彼らはなんと言ってるの?」

「意味のある言葉は、何も発しておりません。イズ・イット・イズ・イット・イズ・イットと繰り返しているだけです」

ガイドが説明した。

「ああ、そういうことか!」3POはほっとしたように言った。「ヨゴイは、彼らがわたくしたちに興味を持っているだけだ、と申しております」

「昆虫は、ただ興味を持つことなんかないぞ」ハンは頼もしい味方、ブラステックDL-44をホルスターから引き抜いた。「とくに空腹の場合はな」

「ウブルブ・ウブル・ルール!」

「彼らは墜落現場を見たいだけだそうです!」

「だったらどうしてあたしたちのあとを追いかけてくるの?」マラが言い返した。

斜面を下りると、藍色の昆虫が門のまえをふさいでいた。ナナがベンを片腕に抱き変え、もう一本の腕のひじを開いて、そこに内蔵されているブラスター砲を構えた。

「こいつは、そこをどけ、ってことだぞ」ハンがナナのまえに出て、藍色の昆虫たちに言った。

昆虫たちは一斉に彼に向かってくる。

「向きが違うぞ」

ハンはブラスターを構え、ダイヤルをスタンから致死に切り替えた。

「まだだよ、ハン」ルークが目顔で制すると。ハンはしぶしぶ銃をわきに下ろした。「ここは任せてくれ」

「急いで対処したほうがいいわよ」レイアは斜面を振り返りながら言った。藍色の昆虫が二、三〇匹、人ごみのなかから出て、ゆっくり近づいてくる。「後ろは少し混雑してきたわ」

ルークがフォースで安心しろとなだめるのを感じた直後、後ろで大きな驚きが起こった。急いで顔をまえに戻すと、藍色の昆虫が何十匹も空中に浮かび、夢中で手足を動かし、地面につけようとしている。レイアたちは再び前進しはじめた。レイアは昆虫たちの下を通過し、門の外に出た。ルークが片側に立って、肩の上でてのひらを上に向けている。

「悪くないわね」彼女は言った。「ちょっと感心したわ」

ルークはウインクして、それからまだ従ってくる残りの藍色たちに向かいあった。片手を下ろし、それを彼らに向かって伸ばすと……昆虫たちは頭を下げ、くちばしを鳴らしながらあとずさりはじめた。

「彼らは謝っておりますよ、ルーク様。追いかけているのではないそうです」

「危害を加えるつもりはない」ルークはレイアと3POとガイドが通過するまで待って、最初のグループを空中から門のなかへ下ろした。「彼らがその言葉を守っているかぎりはね」

レイアたちは、マラとナナのあとに従ってヨゴイのガイドがホバースレッドを止めた場所へと戻り、スレッドに乗りこんだ。ガイドは制御装置のまえに滑りこむと、頭を客席までぐるっと回し、胸をたたいて質問した。

「次は何を見たいか、と聞いておりますが」3POが言った。

「〈ファルコン〉だ」ハンが答える。

「ルール・ウル・ウー・ブーブ」

「メンブロージャ・ヴォールトでひと休みしてはどうかと申しておりますが。みなさん、少し緊張気味のようだから、と」

「ああ、緊張してるのさ」ハンがうなるように言った。「それに――」

「今日はもうじゅうぶんに見たわ」レイアがさえぎった。ほかのジェダイも、どうやら同じ気持ちのようだ。ライトセーバーの柄に手をやり、油断なく周囲に目を配っているのがその証拠だった。

「それぞれの乗り物に送ってもらえる?」

「ウブブ」

ガイドはホバースレッドを急に前進させ、レイアたちは座席でまえのめりになった。すぐに、彼らは高い塔にはさまれた、乗り物が渋滞している広い通りを移動していた。

レイアがずっと感じていた不安は、ますますひどくなった。彼女はまえの席に移り、運転席と客席を隔てている低い仕切り越しにガイドに話しかけた。

「ヨゴイ、藍色の昆虫はだれなの?」

「ウブブブ・ブル?」

「わたくしどもが墜落現場で出会った、藍色のカインドのことですよ」3POが説明した。「彼らは黒に近いほど濃い藍色でした。こう言えば、わかるでしょうか?」

「ブル・ブル・ウブ」

「もちろん、藍色のカインドはおりますとも!」3POは驚いて抗議した。「墜落現場で、ついさっき見たばかりですよ!」

「ウル・ウブ・ブル」

「覚えていない? 覚えていないというのは、どういう意味ですか?」3POはヨゴイを問いつめた。「わたくしどもはみな藍色の昆虫を見ましたよ!」

前方の通りを走っていた乗り物が、突然一台もいなくなった。それと同時にレイアの不安が、差し迫った危険に代わった。

「ホバースレッドを止めて!」彼女は叫んだ。

マラのアプローチはもっと直接的だった。彼女はいきなり仕切りを飛び越え、ガイドを押しのけて制御装置を操作し、ホバースレッドを急停止させた。レイアやほかのみんなが「わお」という驚きの声をあげる。

「妙だな」ハンがまえに近づいた。「まずい、と言ってもいいぞ。乗り物が一台も――」

レイアは残りの言葉を聞きそこねた。突然、危機感が募り、胃のなかで宙返りしたからだ。マラがホバースレッドを猛スピードでバックさせた。ガイドが抗議して、制御装置を奪回しようとしたが、マラはフォースで彼女をホバースレッドから押しやった。

「母さん！」ベンが叫んだ。「ガイドを落っことしたよ――」

耳をつんざくようなバリバリという音が、塔のてっぺんで反響したかと思うと、モザイクに覆われた壁のかたまりが、通りの両側から雨のように降りそそいだ。レイアはとっさにベンを守ろうと向きを変えたが、ナナがすでに彼を床に下ろし、自分のラミナニウム装甲された体でかばっていた。ルークとサーバはドロイドの両わきに立って、フォースを使い、落ちてくる瓦礫《がれき》をホバースレッドから遠ざけている。

ジェダイの直感に追いつくには少々訓練が必要だと思いながら、レイアは頭をのけぞらせ、落ちてくるビルの瓦礫を探した。

「四〇度の方向から攻撃が来ます！」ナナが報告した。

ドロイドは片方の腕を上げ、ひじを開いた。この戦士兼子守りドロイドがブラスター砲を発射すると、ホバースレッド全体が震えた。

「すごい《アストラル》！」ナナの腕の下からのぞきながら、ベンが叫ぶ。

ナナはやさしくその頭を押し戻し、再びビームを放った。またしても壁のかたまりが通りに落ちてくる。藍色の昆虫が五、六匹、建物のなかに飛びこむのが見えた。

「いまのを見たか？」ハンがブラスターを構え、ほこりのなかにビームを放ちはじめた。「くそっ《クリッフ》たれ昆虫《イング》め！」

次の瞬間、ホバースレッドはくるっと回って待ち伏せていたチームから遠ざかり、通りを戻りはじめた。

「あいつらは、おれたちを殺そうとしたんだぞ！」ハンはホバースレッドの床に伏せて叫び、マラがスレッドをわき道に入れ、渦巻くほこりと瓦礫をあとにすると、ぱっと立ちあがって、レイアを見た。「さてと、今度はおれの作戦を試してもいいか？」

12

格納庫までの最初の二〇分ばかり、ハンは黙ってマラの運転に任せていた。マラはフォースを使って衝突を避けながら、昆虫だらけの大通りをフルスピードで走っていく。ときどき、いまにもばらばらになりそうな、リパルサー・ドライブしかないおんぼろスレッドではなく、Xウイングでも飛ばしているように、ひょいと飛びあがった。

ほとんどの場合、ハンはすっかりびびって、マラの気を散らすようなことは金輪際する気になれなかったが、マラがこみあった路地に入り、それまでよりも安定した速度に落としたとたん、黙っていられなくなった。

「どうした？　怖くなったのか？」彼は仕切りから身を乗りだし、マラをたきつけた。「レイナーにおれたちが生き延びたことがばれるまえに、船に戻ろうぜ」

マラは少しも動じず、ごく普通の速度で運転しつづけた。「レイナーはもう知っているわ」

「集合意識でね」レイアはハンに思い出させた。「一匹のヨゴイが知っていることは、全員が知っているのよ」

「上等じゃないか」ハンは吐き気がしてきた。「そうなると、格納庫には上機嫌の昆虫の群れがお待ちかね、ってわけだな」

「いや、そうとは限らない」ルークが言った。「レイナーがあんなふうにおれたちを攻撃してくるとは思えない。アカデミーにいたときの彼は、だれよりも熱心な生徒だった」

ハンとレイアは、驚きを浮かべてルークを見た。

「〝レイナー・スールはもういない〟」ハンはレイナー自身の言葉を引用した。「彼は〝彼ら〟のひとりなんだ。ユヌスールだ。ジョイナーだ」

「レイナーはまだいるよ。おれは彼を感じた」

「そうか？　まあ、おれが心配してるのは、もうひとりのほうさ」

彼らはその路地から出て、大通りをさっと横切り、べつの路地に飛びこんだ。墜落現場に行くときには大通りしか使わなかったから、ハンは自分たちがどこに向かっているのか見当もつかなかったが、マラは自分のしていることがわかっているにちがいない。ジェダイでなくても、フォースを信頼することはできる。

「やつの昆虫たちがまた塔を倒そうとしたら、おれがこいつであいつを吹っ飛ばしてやる」

ルークの目が愉快そうにきらめくのを見て、ハンは自分の宣言がどれほどばかげて聞こえるかに気づいた。なにしろ相手は、BD‐8をあっさり破壊し、〈ファルコン〉のレーザー砲座を壊し、指一本でレイアのボディガードのノーグリたちを通路に吹っ飛ばしたレイナーだ。

「さもなきゃ、何かいい手を考えるさ」

「もちろんよ、あなた」レイアが彼の腕をたたいた。「でも、その必要はないと思うわ。レイナーなら、あんな攻撃が成功しないことはわかっているはずだもの。三人のジェダイ・マスターがそろっていてはね」

「それと経験豊かなジェダイ・ナイトがひとり」サーバがレイアを見てつけくわえる。

ハンにはサーバが、レイアの言うとおりだ、と言いたかったのか、本気でそう言ったのかはわからなかった。うろこだらけのバラベルの表情は半端ではなく読みにくいのだ。

「あれはおそらく、この者たちを追い払うための警告でしょう」

「脅されて出ていくのは不本意だが。今回は例外だ。フォースとジューンのデータパッドを使って、双子の居所を突き止めようぜ」

レイアはうなずいた。「そうね。ここを出るのはいい考えだわ。ここに来た目的は果たしたもの」

「そうか？」

「フォースが与えてくれた幻だね」ルークが推測した。「何を見たんだい？」

「ジェイセンを見ただけ。でも、あの子は惑星と、それがある星系の名前を教えてくれたの。どっちも聞いたことのない名前だけど、たぶんジューンが――」

「ジェイセンが星系の名前を言ったの？」マラが操縦席から聞いてきた。

「ええ。まっすぐわたしを見て、それを口にしたのよ。どうして？」

「それは奇妙なヴィジョンですね」サーバがつぶやいた。

「むしろ、送信と言うべきだな」ルークが同意した。「だが、空間ではなく、時を隔てて送ってきた」

三人のジェダイ・マスターはそれっきり黙りこみ、ハンとレイアは目を見合わせた。

ようやくハンが言った。「よくわからんな。何が問題なんだ？」

「ジェダイがフォースをそんなふうに使ったという話は一度も聞いたことがない」ルークが言った。

「ジェイセンは独創的なのさ。おれの子どもだからな」

「何が気になるのかわかったわ」レイアがさっきより心配そうな声で言った。「未来は、つねに動いている……」

「でも、あなたの未来は動かない」サーバがあとを引き取った。「ジェイセンが時を越えて話しかけてきたとき、あなたはそこにいることを運命づけられた」

「ジェイセンはきみの未来を固定したんだ」ルークが言った。「少なくとも、その数秒間は」

レイアは少しのあいだ黙りこみ、それからこう言った。「でも、もうそこは通りすぎたわ。そしてわたしの未来は、またわたしのものになったわ」

「気に入らないわね」マラがつぶやく。「ええ、気に入らないわ。あちこち放浪しているあいだに、彼は何を学んでいたのかしら？」

これはよい質問だった。ジェイセンがまだ一〇代のころから、ハンも同じことを繰り返し自問してきたものだ。

マラは路地から出て、フルスピードで走っていくたくさんのランドスピーダーにまじり、リパルサー・ドライブを酷使して、最速を超えるスピードを引きだした。その通りは明るい色に飾られた昆虫の塔をくねくねと曲がって五キロばかりつづき、それからユヌの赤い塔からなる複合ビルをぐるりと回っている、さらに広い通りに出た。数分後、ホバースレッドは金色ののどのような長いトンネルを下って、彼らが最初にレイナーと出会った広場にたどり着いた。

昆虫たちはあちこちにかたまって、それぞれの仕事をしていた。船体にあいた小さな穴をデュラスチールで埋め、香りの強い樹脂の荷箱を降ろし、帝国がまだパルパティーンの目のなかでちらついていた時代にくず鉄にされて当然の宇宙船のリベットをたたいている。

あの攻撃に関するサーバの読みは、あんがい当たっていたのかもしれない。ハンは少々楽観的になりはじめた。あれはここを立ち去れというたんなる荒っぽいメッセージだったのかもしれない。

だが、彼らが〈ファルコン〉と〈シャドウ〉を残していったベイに到着すると、マラはホバースレッドを急停止させた。

〈ファルコン〉と〈シャドウ〉のあいだには、三機のロケット・シャトルが機体を突っこみ、整備士たちが何本もの燃料ホースをアルコーブ全体にクモの巣のように伸ばして、せっせと給油していた。急いでここをたつ計画は、これでおじゃんだ。しかも、〈ファルコン〉の昇降ランプの下にはレイナーが立っていた。もちろん、例によってたくさんの取り巻きや、巨大なユヌ兵士たちに囲まれている。彼がベイの入り口に目を向けていたところを見ると、ハンたちの帰りを待っていたのは明らかだ。

「やっぱり警告を送っただけじゃなかったか」ハンはぼやいた。「こんなに勘が当たるのも考えもんだな」

〈ファルコン〉を守り、火器砲座の修理をはじめるために残っていたふたりのノーグリ、ミーワルとカクメイムが、ランプのてっぺんから顔をのぞかせている。修理のほうはたいして進んでいないらしく、ブラスター砲はまだ逆向きになったままだ。

「ノーグリにターファングとジューンを迎えにいかせるべきだったわね」レイアが低い声で言った。「通信機《コムリンク》を使っても大丈夫かしら?」

「どっちにしろ、使うしかないだろ」ハンはささやき返した。「ジェイセンがその名前と一緒に座標も教えてくれてればべつだが」

「惑星と星系の名前だけだったわ」

「戦いにはならないと思うよ」ルークがそう言って立ちあがり、マラの後ろでハンと並んで、ノーグリに連絡できるようにレイアを隠した。「だが、ベン、おまえは——」

「うん……ナナから離れるな、でしょ」ベンがさえぎった。「わかってるよ」

「そうだよ」ルークはにやっと笑って答えた。「ナナ。ベンをできるだけ早く、どっちかの船に乗せてくれないか」

「だが、強引なことはするなよ」ハンが言いたす。「さもないと、脳みそを溶かされるぞ」

「わたしは強引な行動を取るプログラムはされていませんよ、ソロ船長」ナナは答えた。

「ねえ、そっちの腕にあるブラスター砲を、また撃つ?」ベンがはりきって尋ねた。

「だれかがあなたの命をおびやかせばね。わたしにプログラムされている行動は、厳密に防御だけですから」

マラはベイのなかを這《は》っている燃料ホースのあいだを縫ってホバースレッドを進めたが、ロケット・シャトルにさえぎられ、〈シャドウ〉の一〇メートル手前で止まらざるを得なかった。ナナは即座にベンを抱き、下りたままの昇降ランプに向かった。昆虫は閉じているドアが嫌いだとみえて、ハッチは大きく開いている。ほかの者たちはホバースレッドに乗ったまま、武器をつかんだ手を隠し、レイナーとその取り巻きたちを油断なく見守った。

ベンが無事〈シャドウ〉に入るまで、ハンの寿命は一秒ごとに一週間も縮んだが、ルークとマラは少しも不安を感じている様子はなかった。まあ、彼らが落ち着いていられるのは、訓練の賜物《たまもの》だろう。安全なはずの避難所にいたハンとレイアの子どもたちが、何度も誘拐されたり、脅迫されたりするのを見てきたルークとマラは、戦いにおもむくとき以外は、ベンをそばに置くほうが安全だと判断した。当然、こういう状況ではどう行動すべきか、彼らはしっかりとベンに教えこんでいる。

実際、〈ジェイド・シャドウ〉の標準的手順として、彼らと旅をする者たちは、週に一度は〝ベンを守る〟ドリルを行なう。そうした旅の同伴者が、たいていはジェダイ・ナイトや古参の将校たちであることを考えると、ふたりの決断はおそらく正しかったのだ。

マラがホバースレッドを〈ファルコン〉に向けようとしないのを見て、レイナーは驚いたように耳のない首を傾げ、格納庫を横切ってきた。

「いい？」マラが言った。「あたしはひと足先に〈シャドウ〉に行くわ」

彼女は運転席から出て、さりげなく〈シャドウ〉の昇降ランプを上がりはじめた。レイナーはその動きを目で追ったものの、彼女を止めようとはしなかった。これはよい徴候だ、とハンは思った。おかげで、まだレイナーをブラスターで吹っ飛ばさずにすむ。

ハンはマラがいた運転席に入った。それから、〈ファルコン〉へ向かう道筋に目を走らせ、顔をしかめた。簡単にたどり着けるルートはなさそうだ。まあ、マラがブラスター砲で昆虫たちの気を散らしてくれればべつだが、それもレイナーが〈シャドウ〉の砲座をひねってしまわなければ、だ。

冷や汗がにじみでるてのひらを握りしめながら、ハンは〈ファルコン〉を降りるとき、熱爆弾《サーマル・デトネーター》を持ってこなかったことを悔やんだ。でかくて強い、おまけに根性の腐った敵の気を散らすには、あの小さな銀の球を足もとに転がしてやるのがいちばんなのだ。

レイナーはホバースレッドの二歩手前で立ち止まった。「だれかケガをした者は？」

「いないよ」ハンは答えた。「がっかりさせて悪いが」

「がっかりさせる？」レイナーは驚いて見開いた目にとまどいを浮かべた。「きみたちがヨゴイを通りに放置し、瓦礫《がれき》の下敷きにしたと聞いて、だれかがケガをしたにちがいない、と思ったんだが

――」

「ああ、まあ、ガイドのことは気の毒だった。だが、人の頭の上に塔を倒せば、そういうことも起こるもんさ」レイナーがあっさりこのまま出発させてくれる可能性は低いかもしれないが、あえてそれを願いながら、ハンは〈ファルコン〉を示した。「いいか？　着替えをする必要があるんだ」

レイナーは溶けたまゆを下げ、ホバースレッドの後ろで、デュラスチールの仕切りの陰に両手を隠しているルークとサーバを見て、傷ついた唇をあざけるような笑みでひくつかせた。

「もちろんだとも」

レイナーはひとことも命じたわけではないが、昆虫兵士たちは彼の後ろで分かれ、スレッドが通る道をつくった。レイナーはハンの横に乗りこんだ。

「建物が崩れたのを、攻撃だと思っているのかな？」

「歓迎行事だと解釈するのは、ちょいと無理があるからな」不安を隠しながら、ハンはホバースレッドを〈ファルコン〉に向けた。「それに、昆虫の殺し屋にも出くわしたしな」

「殺し屋？」

「藍《あい》色一色の昆虫よ」サーバが後ろから補った。「それが、この者たちが通過する直前に塔の外壁をこなごなにしたのですよ」

「それは何かの間違いだ。このネストのだれかがきみたちを攻撃したとすれば、われわれはとうにそれを知っている」

サーバは立ちあがって、まえに出てきた。ほとんどの種族を相手にするときと違って、彼女がレイナーの上にそそり立つほど大きくないのを見て、ハンは少しばかり狼狽《ろうばい》した。

「この者は奇襲した者たちを見た。ベンの防衛ドロイドは二匹殺したわ」

「カインドはだれひとり、あの事故で失ってはいない」

「あれが事故なもんか」ハンはかっとなって言い返した。「だれかがおれたちを殺そうとしたんだ。あんただと、おれは思ってる」

「われわれがきみたちを殺したければ、事故に見せかける必要はない。ただ殺す」

彼らは〈ファルコン〉に達した。ハンはホバースレッドを止めて、レイナーを見上げ――白い肌が斑点《はんてん》のように残っているあごの下をにらんでいた。

「だれと話してるか、思い出すんだな、坊主。おれはハ、ン・ソ、ロ、だぞ。おまえのお袋さんを泣かせるまえから、おまえみたいな安っぽい独裁者の目に指を突き入れてきた男だ。おれを脅すときには、少しは敬意を払うんだな。それと、うそをつくのはやめてもらおうか。おれはうそが大嫌いなんだ」

サーバの威嚇《いかく》同様に、この脅しもレイナーにはまったく効きめはなかった。彼は怒って、ハンをにらみつけた。

ルークがレイアに身を寄せ、ささやいた。「ハンはレイナーの母親とデートしていたことがあるのかい？」

「ハンがどんな女性たちとつきあってきたか知ったら、驚くわよ。わたしも聞くたびに驚くもの」

レイアはレイナーの横に並んでこう言った。「あんなふうに塔が崩れるのはおかしいわ。それはあなたも認めるでしょう？　もしも事故だとしたら、どうしてヨゴイ・ネストは、あの一帯から乗り物を避難させることができたの？　それに、わたしたちが見た藍色の昆虫は？　わたしたちが殺した昆虫よ」

レイナーの呼吸がふだんどおりの低い音になり、彼はレイアに顔を向けた。「あの場所で死んでいるのが見つかったカインドは、あなた方につけたガイドだけです」

「仲間が死体を運び去ったのでしょう」サーバは言った。「ナナが殺した昆虫には、仲間がいましたからね」

「何かの間違いだ」レイナーは繰り返した。「おびただしいほこりのせいで、見間違えたのだろう。現場にはまだ瓦礫が落ちている。きみたちが見たのは影にちがいない」

「いったいだれを納得させようとしてるんだ？」ハンは食ってかかった。彼はちらっと取り巻きの昆虫たちを見た。こいつらは、おれが思ってるより大きな力を持っているのか？　レイナーがコロニーの責任を否定しているのは、こいつらが聞いてるからか？　ゲストを殺そうとしたことを、こいつらに知られたくないからか？

レイナーはハンに顔を戻した。「目はあざむきますよ、ソロ船長。あなたが見たと言っていることはありえません」

「さもなければ、おれたちの解釈が間違っているかだな」ルークが、考えこむような顔で言った。

「おれたちを攻撃したのが、カインドでなかったらどうなる?」

「アザーズがヨゴイを勝手にうろつくことは許されていません。たとえあなた方を攻撃したのが彼らだとしても、すぐにわかるはずです」

「彼らがここにいることを、あなたが知らないとしたら?」レイアが尋ねた。

レイナーは目を細めてこの言葉を考えていたが、やがて多少ともレイナーらしいしぐさで首を振った。「ヨゴイは避難するよう警告された、とあなたは言った。アザーズがどうしてそんなことをするんです?」

「それに、彼らが警告していたら、きみも彼らがここにいることがわかったはずだな」ルークが言った。

ハンはルークを見て顔をしかめた。「こいつの話を本気にしてるわけじゃないだろうな?」

「あれは事故ではなかったが、レイ——いや、ユヌスールは、そうだと信じているよ」

レイアがハンを見て、ルークの言葉を信じろ、というようにうなずいた。「その点は、全員が同意できると思うわ。コロニーがわたしたちを殺したければ、一度失敗したぐらいであきらめないでしょうから。あの攻撃は事故を装っていた。つまり、わたしたちを攻撃した相手は、それをユヌから隠そうとしていたのよ」

「われわれを信じてくれて感謝しますよ、プリンセス。だが、あなたの推理を裏づけする証拠はひとつもありません」

「どうしてわかるんだ?」ハンは怒って言った。「調べもしないで。あの攻撃が起こってから、まだ三〇分もたっていないんだぞ!」

レイナーは即座に答えた。「ヨゴイの労働者は、すでに瓦礫の大半を片づけた。彼らが見つけたのは、カインドにしろ、アザーズにしろ、あなた方のガイドの死体だけだ。それにあの塔は自然に崩れたことを示している。あなた方がちょうどその下を通過していたときに崩れたことは、申しわけないが……」

「ここでは、よく建物が崩れるの?」レイアは尋ねた。「そういうことが自然に起こるの?」

「一度、地震が起こったときに崩れました。それに、ひどい嵐《あらし》のときには――」

「わたしが尋ねた答えではないわね」レイアはホバースレッドを降りた。「いいものを見せてあげましょう」

彼女はレイナーのぼってりした手を取り、彼の手を引いて〈ファルコン〉の昇降ランプへと向かった。ハンはルークとサーバとともにそのあとに従ったが、ありがたいことに、レイナーの取り巻きはほんの数匹しかついてこなかった。長い触角がある昆虫と、体毛のような突起に覆われている昆虫だけだ。彼らはハンとレイアが寝室に使っているキャビンで、レイアとレイナーに追いついた。ふたりはベッドのまえで、そこの壁にかかっている有名なモス画を見ていた。

「これは『キリック・トワイライト』よ。これを見て、何かわかる?」

「もちろん。ライジルはこの絵のことでとても興奮していました」

レイナーはダブルベッド――これは、〈ファルコン〉がわが家になりそうだとわかったときに、据えつけたものだ――に近づき、絵にかがみこんで、それをじっくり見て言った。

「われわれにこれを見せてくれてありがとう。見せてほしいとお願いしたかったが、話しあいがひどい結果に終わったので、頼み事をするのは、気がひけたのです」

ハンは片方のまゆを上げた。この焼けた体に残っているレイナーの部分は、思ったより少ないのかもしれない。ハンが覚えているレイナー・スールは意地の悪い子どもではなかったが、裕福な両親の手で傲慢《ごうまん》な若者に育てられていたからだ。

しかし、レイアはこのレイナーの謙虚さにハンほど驚いた様子はなく、にっこり笑ってこう言った。「ときには、芸術はおたがいをよく知る助けになるわ。この絵がどんな光景を表しているかご存じ？」

レイナーはうなずいた。「これは失われた《ロスト》ネストの一本の腕を描いているのです」レイナーはまだ絵を見ながら説明した。「われわれはこれをよく覚えています」

「ロスト・ネスト？」ルークが尋ねた。

「それを覚えてる、だと？」ハンは仰天した。「古代の出来事だぞ！」

レイナーはようやく絵から目を離した。

「われわれはあのネストを覚えています」彼はレイアをじっと見た。「オルデランに人間が来たとき、彼らはあの惑星をキャッスル・ランドと呼びました。だが、われわれはあのネストをオロボロと呼んでいたんですよ。あれはわれわれの故郷でした」

ハンは信じられずに首を振った。ふだんの彼は、昆虫はみな同じようなものだ、と片づけているが、そのハンですら、カインドとキリックが実際に同じ種族だとは、夢にも思っていなかった。たしかに、体形はだいたい同じ、手足の本数も同じではあるが、それ以外の共通点はない。この絵のキリックとカインドは、人間とアクアリッシュほどにも違っていた。だが、そう言われてみると、ここに描かれている塔はヨゴイ・ネストの建物と酷似している。はっきり色分けされた帯模様がついているところまでそっくりだ。

レイアは少しも驚いているようには見えなかった。「すると、みんなが思っていたように、キリックは絶滅したわけではなかったのね。彼らは何千年もまえに、オルデランを離れただけだったのね」

「ライジルがオロボロの絵を見たときより、あなたのほうが驚いていないようだ」

「ヨゴイに着いてから、ひょっとしたら、と思っていたの」レイアはなめらかに答え、絵を見た。「建築学者の鑑定では、ここに描かれている塔の最も古いものは、二万五〇〇〇標準年まえに建てられたのよ」

「そのとおり」レイナーは即座に答えた。「セレスティアルは、一万世代まえにオロボロをからにしました。これは人間の数え方からすると、およそ二万年まえということになる」

ハンはセレスティアルというのはだれなのか尋ねたかった。〝からにした〟というのは、どういう意味なのか？　それにまた、キリックの世代が、実際に二年ごとに交代するのかをたずねたかった。だが、レイアの顔にいつもの頑固な表情が浮かんでいるところを見ると、彼女の質問はまだ終わっていないようだ。

「でも、オルデランが破壊されるまえに崩れた塔は、わずか三つだけだったわ。整備も修理もまったくせずに、自然のまま放置されていたにもかかわらず、三つだけしか崩れなかった。ところが、ここでは、わたしたちがちょうど通過しようとしたときに、ひとつの塔が自然に崩れた。わたしが何を言いたいかわかるわね？」

「ここはオルデランよりも重力が大きいですからね。それに、ここの土からできるスピットクリートは、オルデランのものほど耐久性がない」

「それでも、明らかな原因もないのに塔が崩れたのは、これが初めてだということに変わりはないさ」ルークが口をはさんだ。

「物事には、すべからく最初があるものですよ、マスター・スカイウォーカー」レイナーは『キリック・トワイライト』に目を戻し、またしてもそれをじっと見た。「われわれは何が起こったか説明できません。謝罪を受け入れてください」

ハンとルークとレイアは、いらだたしげに顔を見合わせたものの、何も言わなかった。だが、人間が使う〝謝罪〟という概念が理解できないバラベルのサーバは、のどの奥で不愉快そうな音を発した。

「この者はあなたの謝罪など欲しくないわ。人間を食べる習慣はないから」彼女はレイナーの護衛がふたり立っている通路を、ちらっと見た。「昆虫の味も昔から嫌いだし」

レイナーが首の骨が折れそうな勢いでサーバを振り向くのを見て、ハンは血だらけのバラベルのうろこが寝室に飛び散るのを心配した。

「落ち着けよ、坊主。バラベルのことは知ってるだろう？」ハンはレイナーの腕をつかんで、まえに歩きだした。「いまの誤解のことは謝る。だが、おれたちは先を急いでるんでな。さっきのセレスティアルというのはだれなんだ？　ハッチに行く途中で教えてくれんか？」

「知りたければね」レイナーはハンに引かれて通路へと向かいはじめた。「クオララロクを建設したとき——あなた方アザーズはセンターポイント・ステーションと呼んでいるが——セレスティアルは腹を立て——」

驚いたハンが急に立ち止まったため、後ろに従っていたサーバが背中にぶつかった。

「センターポイントは、キリックがつくったの？」レイアが驚きの声をあげた。どうやらこの発見は、レイアにもショックだったようだ。

レイナーはこの問いに答える代わりに、だしぬけに話をやめた。「われわれは後部の船倉を見る必要がある。あなたがたのノーグリがジューン船長とその第一航宙士を誘拐し、そこに閉じこめているようだ」

ハンは内心たじろいだ。「誘拐？　どうしてそんな言葉を使うんだ？」

怒ったサラスタンのくぐもったうなり声が、通路を漂ってきた。「……静かにしてたまるか！ソロ船長に会わせろ――」

ジューンの声はそれっきり静かになったが、レイナーはすでにキャビンの外に出ていた。

ハンはレイアを見た。「誘拐だと？」

レイアは肩をすくめた。「カクメイムにジューンとターファングを〈ファルコン〉に連れてくるように言ったの。ふたりとも来たがらなかったのね、きっと」

「誤解が生じているようだな。行って説明したほうがよさそうだぞ」ルークが口をはさんだ。

ルークは先に立って通路に出た。彼らはレイナーとその取り巻きに後部船倉のまえで追いついた。タッチパッドをたたいてもハッチが開かないと、レイナーは顔をしかめて、てのひらをそれに向けようとした。

「待て！」ハンが飛びだし、制御パネルの手動コードを打ちこんだ。「そうあせるなって」

ドアが滑るように開き、〈XR808g〉のふたりを押さえこんでいるカクメイムとミーワルが見えた。ミーワルの片腕にのどを絞められ、もう片方の手で口をふさがれているが、さいわい、ジューンにはまだ意識がある。ターファングはそうはいかなかった。ヨゴイ・ガイドとの戦いで受けたケガのせいで、ギプスをはめ、包帯をしているイウォークは、カクメイムのひざにぐったりと倒れ、気を失っていた。片目が腫《は》れているほかにも、二か所ばかり体毛がむしり取られている。

「誤解しないでくれ」ハンは言った。「こいつはちゃんと説明できる」

「その必要はありませんよ、ソロ船長」レイナーはのどの奥でハミングするような音を発し、それから振り向いて、まばたきしない目でハンをじっと見た。「なぜ突然、急いでここをたつ気になったのか、それを話してください」

「うむ……」真実を告げることは問題外だが、ジェダイはうそを見抜くのがうまい。いまのレイナーが何にしろ、昔はジェダイだったのだ。「どうして急いでると思うんだ？」

レイナーの鼻のない顔がけわしくなり、ハンは黒いものが頭のなかを押してくるのを感じた。いつものように、レイアが助け船を出してくれた。「コロニーを侮辱する気はまったくないのよ。でも、ここでは身の危険を感じるの」

レイナーがレイアに顔を向けると、ハンの頭から黒い重みが消えた。

「あなた方は安全ですよ。約束します」

「信じられんな」ハンは言った。これは掛け値なしの真実だ。「あんたはうそをついてるか――」

レイアが青ざめた。「ハン――」

ハンは片手を上げ、言葉をつづけた。「さもなきゃ、何が起こってるかわかっていないかだ。いずれにしろ、おれたちはここを出る」

レイナーの目が急にとてもやさしくなった。ハンはそれを見て、ほかのアプレンティスたちから奇抜な服装をいつも笑われ、とまどっていた、気の毒な少年を思い出した。

「いいでしょう。あなた方はいつでも自由にここを出入りできるのですから」レイナーはまだジューンとターファングを押さえているノーグリを見た。「ジューン船長と副操縦士も同じだ。きみたちはソロ船長と一緒にここを離れたいのか？」

　ミーワルはちらっとレイアを見た。そして彼女がうなずくと、手と腕をジューンの口とのどから離した。サラスタンの船長は勢いよく立ちあがり、ほこりをはたきながらハンをにらんだ。

「それは考えさせてもらう」ジューンは言った。「ターファングは誘拐されるのが嫌いだからね」

　ハンは胃が冷たくなるような気がした。ジューンと彼のデータパッドがなければ、ジェイセンやジェイナたちがジョイナーになるまえに、彼らにたどり着けるチャンスはほとんどなくなる。チスの国境をうろつき、星系から星系へとジャンプを繰り返していたのでは、まにあわないのだ。

　ルークがジューンのまえに出た。「あんたを誘拐しようとしていたわけじゃないんだ」彼は低い、単調な声で言った。「ただ――」

　突起に覆われた昆虫がルークのまえに出た。「ジューン船長には、自分の判断で決めてもらいましょう、マスター・スカイウォーカー」

「なあ、おれたちは彼のことが心配だったんだ」ハンはレイナーにそう言いながら、目の隅でジューンを見た。「あんたがおれたちを殺そうとした、と思ったからな。おれたちをここに連れてきてくれたのはジューンとターファングだから――」

　ジューンは小さな口をあんぐりあけた。「わざわざそれを言う必要はない！」

「悪い――つい、ほんとのことを言っちまったな」ハンは謝った。このサラスタンに無理強いするのは気がひけるが、ジューンがコロニーの供給品を運ぶ仕事は、ヨゴイのガイドが〈ファルコン〉を誘導していた送信機を見つけたときに終わりを告げたのだ。「あんたたちふたりのことが心配だったのさ。だが、ここに残りたいと言うなら――」

「〈XR808g〉なしで、ここをたつ気はないぞ」ジューンはそう言って、まだ意識を失ったままのターファングを見た。「それに、ターファングがよくなるまでは、副操縦士を貸してもらう」

ハンはしかめ面をつくった。「ずいぶん態度が大きいじゃないか、船長?」

「あなたには貸す義務がある」ジューンはすまして答えた。「スマグラーズ・コードの第二三条だ」

ハンはため息をつき、レイナーを見た。「やれやれ、どうやら彼らを連れていくしかなさそうだな」

13

ジェダイのパイロットたちは、あざやかなしま模様のガス巨星、クオリブをぐるっと回り……この惑星の巨大な恒星、真っ青なギュールを見つめていた。

ジェイナは反射的にまばたきした。再び目をあけたときには、アストロメク・ドロイドがステルスXのキャノピーを黒くそめていた。ホーク＝バットのような翼を持つ、枯葉剤を積んだ四隻が、クオリブのまばゆい環《わ》のわずか数メートル上を、クオリブの月ルーとズヴボーのあいだをめざして矢のように飛んでいく。四中隊のクロークラフトをエスコートにつけたところを見ると、チスが今度こそ目的の場所に達するつもりでいるのは明らかだ。

通信機を使うのを避け、ジェイナはバトル＝メルドに心を開いた。ウイングメイトたちも同じことをしているのを即座に感じた。ときどき、彼らはメルドを通じてほかのジェダイの思いを聞くことができる。だが、たいていは、彼らが考えていることやしていることが、ただ、わかるのだ。このつながりは、クオリブに来てから、強くなるばかり。戦いの最中は、頭に浮かぶ思いのすべてを分かちあうほどたがいの心が近くなることもあった。

ジェイナは、これから起こる〝戦い〟に気持ちを集中した。今回、チスはかなり激しい戦いを挑んできそうだ。あの枯葉剤を積んだ四隻に急いで損傷を与え、戦いが激しくなるまえに撤退しなくては。

だが、アリーマがこれに反対した。彼女はもっと積極的なアプローチをしたがっている。コロニーの食料源を攻撃すれば、どういう目にあうかをチスに思い知らせたい、そう思っているのは、アリーマだけではなかった。ほかの者たちも激怒していた。チスは先制攻撃を禁じる名誉コードを重んじて、直接攻撃を行なう代わりに、クオリブにあるネストを飢えさせ、昆虫たちをここから撤退させようともくろんでいるのだ。ティーザーとタヒーリばかりか、ジェイセンですら、ひとつの種族を一掃しようしているチスは、少々痛い目をみても当然だ、と考えていた。

だが、ゼックはこれに反対だった。ジェダイは彼らが呼ばれる銀河のあらゆる場所で、同じような残酷さを目にしている。だが、感情的にならず、冷静に問題の核心を見つけるのがジェダイの責任だ。平和的な解決ではなく、報復を求めるようになれば、どうやって紛争に最終的な解決をもたらすのか？

ジェイナもアリーナたちと同じように、チスが奪っている命の代償を彼らに払わせたかったが、ゼックの意見に賛成しないわけにはいかなかった。これまでのところ、彼らはこの紛争を小競りあいに抑えていた。だが、ジェダイが戦いで殺しはじめたら、この抑制は破れる。単純な国境紛争が、全面戦争になりかねない。そうなったら、どれほど多くの命が失われることか。

チスの機動部隊は、ふたつの月、ルーとズヴボーのあいだに入った。枯葉剤を積んだ四隻のうち、二隻がクロークラフトに守られて編隊を離れ、ふたつの月に向かっていく。

ディフェンダーの大群が、彼らを迎えた。ルーにあるサラス・ネストと、ズヴボーにあるアララから飛び立ったダートシップだ。この比較的近距離からでも肉眼では見えないほど小さいが、あの群れの数は、ギュールの青い顔にぼんやりした灰色のしみをつけるほど多い。

ジェイナの頭のなかで、彼らに合流する作戦がはっきり形を取らないうちに、ゾナマ・セコートが育てた小型スキッフに乗ってタヒーリが前方に飛びだした。生きた船の三つの耳たぶのような船体は、青い星を背景に深海と同じ緑色に輝いている。

ジェイセンがやや遅れてチェイスXでそのあとを追う。だがこちらは、タヒーリの生きた船と同じようには、チスのセンサーをごまかすことはできない。ジェダイたちはみな、ジェイナの意図を理解していた。ステルスXと違って通信制限をする必要がないタヒーリが、まだジェイナやほかのステルスXの周囲にいるタートのダートシップとの連絡係を務めるのだ。

「レヤタート、ダートシップを率いて、あたしたちに従って。本物らしくみせる必要があるのよ」

「敵の気を散らすのですか？」ネストの名前と自分の名前を合体させたチスのジョイナー、レヤタートは、自分がチスの情報部からクオリブ・ネストに送られたスパイであることを、進んで認めたのだった。でも、わたしの忠誠は、タートが餓死しかけているわたしを見つけ、食べ物を運んできたときから変わった、とレヤは主張している。「そのあいだに二手に分かれたステルス・ファイターが、枯葉剤を積んだ敵を奇襲するの?」

「だいたいそういうこと」

クオリブ・ネストの全員は、完全にレヤを信頼しているようだが、ジェダイたちはまだ疑いを残していた。タヒーリが正確な作戦を明らかにしなかったのはそのせいだ。

ダートシップもレヤの小型偵察機もタヒーリの後ろに従わないと、ジェイセンが言った。「急ぐんだ。きみはステルスXに注意を引きつけてるぞ」

「タートはこの作戦に不満よ」レヤタートが言った。「チスは戦術を変えた。ネストは彼らがジェダイをわなにかけようとしているのを案じているの」

ジェイナのレヤに対する疑いが深くなり……タヒーリが尋ねた。「心配してるのはネストなの? それともあなた?」

「わたしたちはネストの気持ちを話しているのよ。それにチスのことはよくわかっているわ」

「あなたはチスだもの」タヒーリはスキッフの速度を落とした。「ジェダイのことより、昔の友人のことが心配なのかもしれない」

「わたしたちはタートよ」レヤは主張した。「でも、以前はチスだった。だから、彼らを甘く見るのはどれほど危険か知っているの」

サラスのダートシップが枯葉剤を積んだ先頭の船に達し、それを大量の小さな機体からなる灰色の雲で包みこんだ。その船は、琥珀《こはく》色のディスク、ルーに向かって飛びつづけていくが、昆虫のパイロットたちが小型ファイターでシールドに体当たりしはじめると、銀色の光輪にのみこまれた。パイロットたちの苦痛と、この犠牲に対する称賛で、フォースが重くなる。ジェイナは熱いかたまりがのどをふさぐのを感じ、自分でも驚いた。ふだんの彼女は、戦いに入ったあとは何も感じない。不安も、興奮も、恐れですらも。ふだんの彼女は、ほかのことを感じるゆとりがないほど戦いに集中する。

チスのクロークラフトがくるっと回って戻り、枯葉剤を積んだ船の船体沿いに一斉掃射を行なっていく。サラス・ダートシップをそこから排除し、輸送船がシールドを充電する時間を稼ぐためだ。いまがステルスXの動くチャンスだった。さもなければ、あの大型船にまにあうように達することはできない。ジェイナはスロットルをまえに押しだし、琥珀色の月、ルーへと飛びはじめた。このチームでは彼女に次いで腕のいいパイロットであるティーザーが、ズヴボーへと向かう。ゼック、アリーマ、ローバッカは、枯葉剤を積んだ残りの二隻を襲うべく、それぞれ大きな弧を描いて方向を変えた。

「レヤタート、ジェダイが動きだしたぞ」ジェイセンの鋭い声が聞こえた。「ぼくらだけでは、敵の気を散らす役には立たない」

一瞬の沈黙のあと、フォースのなかで漠然とした警告が押し寄せた。

「速度を落として！」レヤが通信機を使った。「ダートシップが追いつけないわ！」

ジェイナは戦術ディスプレーをちらっと見た。タートのダートシップがつくりだしている青い雲がディスプレーの下方から上昇し、レヤの小型機スカウト＝ランセットに従ってタヒーリを追っていく。スクリーンのいちばん上では、枯葉剤を積んだチスの船二隻が、サラスとアラーラに完全に取り巻かれていた。ルーとズヴボーの丸い地平線が、両方の隅に高くかかっている。チスの機動部隊の主力は、ディスプレーの中心にいた。エスコートのクロークラフトは、敵の攻撃を誘うように残った二隻の輸送船から離れている。

彼らは何をたくらんでいるの？

ジェイナのアストロメクが縮尺を変え、突然、彼女の戦術ディスプレーには、大量の〝味方〟の点が現れた。サラス・ダートシップが、ジェイナの標的である輸送船の周囲を取り巻いている。味方の点は一度に何十機と消えていく。

ジェイナは攻撃予定時間を確認した。あと五秒だ。だが、ティーザーは七秒必要としているようだ。彼女はふたつのプロトン魚雷を発射管に装塡《そうてん》し、長い弧を描きながら戦いの後ろから標的に近づいた。

コクピットの外の宇宙空間には、青く光る輸送船の大きなイオン・ドライブの周囲にびっしりかたまっているロケットの、オレンジ色の航跡が丸い渦をつくっていた。二隻のダートシップが、クロークラフトのシールドに触れ、真紅の花のような光を放って爆発する。三隻めは、シールドが消えたエスコート機の翼にぶつかった。

クロークラフトのパイロットは制御を失い、くるくる回りながらルーの薄い大気に突っこんでいった。あのパイロットが墜落を生き延びれば、サラス・ネストに連れていかれ、ゲストとして歓待されることになる。クオリブ・ネストの昆虫たちが〝敵〟とみなすのは、攻撃してくるものだけなのだ。

ジェイナは密集するダートシップのあいだを縫って進もうとしたが、これは雨にぬれるのを避けようとするのと同じ、無益な努力だった。攻撃予定時間の二秒まえ、サラスが一機、ジェイナのシールドにぶつかってきた。キャノピーが瞬時に黒くなり、ロケットの爆発がもたらすまばゆい閃光《せんこう》から、ジェイナの目を守る。

その色が薄くなったとたん、三機のクロークラフトがレーザー・ビームを浴びせながら正面から向かってきた。ジェイナは半分機体を回すようにして二発のビームを受けながら、三機めのファイターのビームの流れを通過し、一発めのプロトン魚雷を放った。

訓練の行き届いているチスのパイロットは、即座に照準を調整し、魚雷の発進源をとらえた。ジェイナの前部シールドが波打つ灼熱《しゃくねつ》の白い壁になり、過負荷になったシールドのけたたましい警報がコクピットを満たす。ジェイナは二発めの魚雷を放って、鋭く左によれた。さらに多くのチスが集まり、青いビームが船体をかすめた。すでに過負荷になっているシールドを限界まで酷使するには、それだけでじゅうぶんだった。溶けた回路の鼻をつくようなにおいがコクピット内に充満し、シールドが破れたことを警報が知らせる。濃い煙のせいで、状況ディスプレーをせりあがっていく警告のメッセージが読めない。

「スニーキー、マスキング・システムを保って」ジェイナはステルスXを逆回りにスピンさせながら、アストロメクに命じた。

ドロイドが鋭くさえずって応じる。

ジェイナはそのまま回避飛行をつづけた。一秒後、滝のような敵のビームが止まった。彼女が通過しながら発射した魚雷の爆発で、敵は目がくらんでいるのだ。操縦桿《かん》を引いて左に向かい、すばやくダートシップのなかから出て、くるくる回って急上昇した。宇宙空間へ逃げれば、黒い機体のこのステルスは、明るく燃えるクオリブの環で黒々としたシルエットにならずにすむ。

明るい点がふたつ、ジェイナのコクピットの煙のなかでひらめいた。戦術ディスプレーに顔を近づけると、ふたつの光が縮んでいく。さきほどの魚雷が、意図したとおり、枯葉剤を積んだ輸送船の排熱ノズルのすぐ後ろで爆発したのだ。大きな船はすでにコースをはずれ、鋭く船体を傾けながらターンしはじめた。乗員たちが急いで制御を取り戻さなければ、あれはまもなくクオリブの重力井戸に突っこむことになる。

ジェイナはつかのま、この勝利を祝った。彼女が任務を達成したことが、ウイングメイトたちにわかるように。

サラス・ダートシップは、損傷を受け、制御を取り戻して脱出しようとしている輸送船を残し、ルーへと戻りはじめた。二か月間タートとともに暮らし、戦ってきたいまでも、ジェイナはこの昆虫たちがまったく怒りや憎しみを持たないことに、驚かずにはいられなかった。いったん脅威が自分たちから離れれば、彼らはけっしてそれ以上の危害を加えようとはしない。

フォースのなかでほかのジェダイたちもタートを称賛するのを感じながら、ジェイナは残った三隻の輸送船に注意を向けた。

「全体の状況を教えてちょうだい、スニーキー。それと、コクピットの煙をなんとかして」ジェイナは自分がフォースを使ってせきをこらえているのに気づいてそう命じた。「ディスプレーを見るのも難しいくらいよ」

バルブがひとつシュッという音を立て、空気がきれいになった。それからいきなり、カラーバでXウイングを撃墜されたときのような、激しい衝撃波を感じた。だが、生命維持装置のリードアウトに目をやるまえから、襲われたのが彼女自身ではないことはわかっていた。このショックは、残った輸送船二隻に向かった三人のジェダイからメルドを通じてもたらされたのだ。

戦術ディスプレーには、枯葉剤を積んだほかの三隻も、同じように損傷を受け、宇宙空間を漂っているのが見えた。だが、戦いの向こう端に、新しい宇宙船が現れていた。それは、タートが――そしてジェダイが――ホーム・ネストに戻るのを阻止する位置につき、大量のクロークラフトを発進させ、牽引《トラクター》ビームで周囲を走査し、まるでフリットナットを網に捕らえるように、ダートシップを捕らえていく。

「ヴィクトリー級スター・デストロイヤーだわ」ジェイナは戦場へと向きを変え、速度を上げた。

「あれはどこから来たの?」

スニーキーは言い訳するようにさえずり、この一〇秒間の戦術記録を数倍の速さで再生した。スター・デストロイヤーは、わずか二、三秒まえに突然現れたようだった。ジェダイが枯葉剤を積んだ輸送船に損傷を与えたあとだ。ジェイナは体が冷たくなるのを感じた。

「クローキング装置で隠れていたのね」

彼女はなぜこの戦術を予測できなかったか、自分に尋ねて時間を無駄にするようなことはしなかった。有能な敵は、つねにこちらの意表を突くものだ。だが、この戦術が示す結論は、とっさに頭に浮かんだ。あのスター・デストロイヤーがエスコートなら、ダートシップが枯葉剤を積んだ輸送船を襲撃するまえに姿を現したはずだ。だがあれは、ジェイナがプロトン魚雷を発射するまで待って、それから現れた。つまり、ジェダイの存在と、そのおおまかな位置をつかむまで待っていたのだ。あれは、あたしたちをねらっているんだわ！　あたしたち独特の戦法を逆手に取って、こっちの居所を突き止めた。

これは、ジャグド・フェルの好きな戦法のひとつだった。ユージャン・ヴォングを相手に一緒に戦っていたとき、ジャグはよくこの手を使ったものだ。ジェイナはスター・デストロイヤーに向かってフォースを送り、よく知っている彼の存在を探した。だが、戦艦に搭乗している大勢のチスのなかでは、見つけられなかった。少なくとも、戦いの最中には無理だ。

フォースを通じて絶望が押し寄せ、つづいて頭のなかで低いうなりが聞こえた。ローバッカがトラクター・ビームのひとつに捕まったのだ。どれくらいひどい状況なの？　ちらっとそう思った直後、ダートシップが黒い壁を通過して飛んでいくところと、過負荷になったエンジンがうなるコクピットが、ちらっと頭に浮かんだ。

ジェイナはティーザーがローバッカにフォースを送り、彼とジェイナがそちらに行くまでもちこたえろ、と励ますのを感じた。ふたりで敵の発生機を破壊できれば、トラクター・ビームを切ることができる。だが、チスのスター・デストロイヤーのトラクター・ビーム発生機がどんな形をしているのか、どこにあるのかも、ジェダイはだれひとり知らなかった。

ローバッカはジェイナたちを愚かだと思っていた。そんな危険な真似《まね》をすれば、ふたりとも捕まるだけだ。彼を助けるには、まずはチスのわなから逃れる必要がある。

フォースのなかで怒りが膨れあがった。ジェイナはまだ戦場から遠すぎて、クオリブのきらめく環を背景に大量のダートシップがつくりだす霞《かすみ》しか見えないが、戦術スクリーンによれば、一〇機以上のクロークラフトが、ジェイセンとタヒーリの周囲を飛びまわり、彼らをじりじりスター・デストロイヤーのトラクター・ビームへとかりたてていく。彼らはタートの群れに援護されて必死に戦い、敵の編隊に次々に活路を開いていたが、そのたびにチスは、彼らの行く手をはばみ、トラクター・ビームの有効範囲へと追い戻す。

それから、クロークラフトが一機、ディスプレーから消えた。もう一機も黄色く光ってスピンしながらクロリブの環を通過し、そこから飛びだしていく。

ジェイナは、タヒーリとジェイセンに向かって加速し、敵のあいだにできたすきまを通過しろ、とアリーマとゼックが勧めるのを感じた。

三機のクロークラフトのうち二機が、ジェイセンとタヒーリの行く手をふさごうとしたが、同じように制御を失って、戦場を飛びだした。ジェイセンとタヒーリはようやく自由になり、追跡の手を逃れて、回避飛行を行ないながら、まだ攻撃位置にいる二、三の敵機のあいだを通過してくる。

タヒーリの感謝がフォースを満たした。だが、次の瞬間、それは驚きに変わった。背後のクロークラフトが閃光を放って爆発したのだ。つづいてもう一機が爆発し、三機めも黄色い光を放ってふたつにちぎれた。

タヒーリのショックに、アリーマの快感が覆いかぶさる。ほぼ同時にゼックの怒りが押し寄せた。

〝これは間違っている!〟ゼックは叫んだ。彼はアリーマに激怒していた。彼女は報復のために殺している!

だが、アリーマはそう思っていなかった。敵を殺すのは、いわば彼らへの教訓だ。彼らの行動がどんな結果をもたらすか、それを理解させるためだ。

ジェイナは自分の怒りをゼックの怒りに加えた。アリーマはこの戦いの暗黙のルールを破った。目的もなく殺した。チスは戦いのヴィドを検討し、同様の報復行動が必要だ、と判断するにちがいない。

だからなによ、アリーマは食ってかかった。タートもこれに同意しているようだった。

まだトラクター・ビームに捕らわれていない何百というダートシップが、集結し、かたく編まれた球のようにかたまって、気味が悪いほどの正確さでクロークラフトの行く手に移動していく。チスのファイターが、まるで小惑星にぶつかったように次々に爆発しはじめた。戦いはついに殺しあいに変わった。

ジェイナの恐れを察知し、タヒーリが通信チャンネルを開いた。

「レヤタート、ダートシップを呼び戻して！　この攻撃は間違いよ！」

「間違いのようには感じられないわ」レヤは言い返した。「正しい気がするわ」

「この戦いは殺戮《さつりく》になりはじめているわ」タヒーリは言い返した。ジェイナも同感だった。「レヤはチスだった。このまま戦いつづければどうなるか、わかっているはずよ」

レヤは黙りこんだ。だが、ダートシップは攻撃をつづけている。ジェイナはアリーマに対するいらだちが募るのを感じた。アリーマは腕のいいパイロットだが、あまりに奔放すぎる。姉ヌマを失って以来積もらせてきた憎しみにあっさり屈しすぎる。これでアリーマの怒りは、ギュール星系に超新星の爆発のように広がるにちがいない。

タートが攻撃をつづけるのを見て、ジェイセンが言った。「レヤタート、チスはもっと大きな戦艦で戻ってくるぞ。彼らはネストを直接攻撃し、タートを滅ぼす。すべてのクオリブ・ネストを滅ぼすぞ」

「だからなに？　どうせネストはすでに死にかけているわ」レヤの声は氷のように冷たくなった。

「でも、ローバッカは救いださなくてはならない」

フォースが共鳴し、これに同意した。ジェダイはひとりとして、友人が捕らわれるのを願ってはいない。だが、それを決めるのはローバッカだ。捕らわれているのは、彼なのだ。

「ローバッカは自分の面倒をみられるわ」タヒーリが言った。「それに、彼が捕らわれたら、タートの攻撃は、彼を傷つける結果になるだけよ」

「ローバッカはけっして敵の手に渡さない」レヤはかたくなに言い張った。「コロニーは彼が捕らわれることを望んでいない」

タートのダートシップは敵の正面に移動しつづけた。さいわい、クロークラフトはタヒーリやジェイセンを必死に追跡するのをやめて、彼らから離れていった。ジェイナはほっとして息を吐きだした。ありがたいことに、少なくともジャグは、さもなければこの機動部隊を率いている指揮官は、戦いがエスカレートするまえに退くだけの分別をまだ持ちあわせている。

それから、スター・デストロイヤーが、新しいトラクター・ビームを放った。タヒーリ、ジェイセン、それに彼らの驚きと怒りからすると、アリーマとゼックもそれに捕まった。ジェイナが毒づくと同時に、耳のなかにティーザーが発した怒りの摩擦音が聞こえた。

大きく回避しながら飛んでいるスキッフやファイターを捕らえるのは、けっしてたやすいことではない。だが、トラクター・ビームを担当している士官が、通信周波数に照準を合わせていれば、搬送波をたどり、まっすぐ標的に到達できる。レヤに通信チャンネルを開いたのはタヒーリだが、レヤはクロークラフトが散るまで、タヒーリとの通信を切ろうとしなかった。

ジェイナは、ダートシップの雲のなかでひらめくレーザー・ビームが見えるほど、戦場に近づいていた。黒い四本の波打つ指が、そのエリアを突き刺している。トラクター・ビームがタートを捕らえ、じりじりとスター・デストロイヤーに引き寄せていく。

スター・デストロイヤー自体は、帝国の古いヴィクトリー級スター・デストロイヤーを灰色に塗り変えたように見えた。違うのは、それよりもやや細く、長く、つややかで、円錐《えんすい》形の船体が、恐ろしい、針のような外観を与えている点だけだ。ブリッジがどこにあるのか、ジェイナにはわからなかった。チスはそういう重大な詳細がひと目でわかるような戦艦をつくるタイプではないのだろう。だが、この戦艦の接近を隠したクローキング装置は、ドーム形の膨れた中央部にあるのかもしれない。

ジェイナはステルスXの機首を下げ、スター・デストロイヤーの艦首に向かってフルスピードで飛びはじめた。それから同じくスター・デストロイヤーに向かうティーザーの興奮を感じた。彼がとらえているこの戦艦のイメージが、ジェイナの頭の後ろでひらめく。ティーザーはジェイナの反対側から、ほぼジェイナに向かってまっすぐに近づいて来るようだ。おたがいに衝突しないように注意しなくてはならない。

「スニーキー、いちばん近いトラクター・ビームが発射されている周囲を一〇倍に拡大して」

危険であろうがなかろうが、五人のジェダイをチスの手には渡せない。

通信装置から、レヤの声がした。「あと一分で、みんなを自由にするわ」

その可能性はほとんどないわね、ジェイナはそう思った。タートの半分はすでにスター・デストロイヤーの捕獲ベイに吸いこまれてかけている。残りはクロークラフトのまえに飛びこむのに忙しくて、トラクター・ビームを切る役には立ちそうにない。

「助けが来るわ」レヤの声は確信に満ちていた。「マウムがもうすぐ到着する」

このタイミングのよい保証に、ジェイナのうなじの毛が逆立った。そういえば、タートはジェイナやほかのジェダイたちが、何を食べたがっているか、気味が悪いほど正確に突き止めてきた。レヤはほかにも、何を感知できるの？　ジェイナはちらっとそう思った。

レヤは思ったよりも腕のいいスパイだ、ティーザーはそう思いはじめ、自分のバトル＝メルドにおおっぴらにそれを投影した。レヤは始末すべきかもしれない、と。

ジェイナの頭の隅に、ティーザーがレヤのランセットを第一目標として選んでいるイメージがひらめく。だが、その直後、ティーザーはレヤがバトル＝メルドを感知できるかどうかを試しているだけだと気づいた。彼はスター・デストロイヤーの後部を通過するところだ。たとえそれを望んだとしても、レヤを照準にとらえるのは不可能だ。

レヤがこのわなにひっかからないと、ジェイナは自分の戦術ディスプレーに目をやった。レヤが約束したとおり、マウム・ダートシップの大群が、エイールとジュリオの方向から、青い嵐《あらし》のように押し寄せてくる。

「スニーキー、スター・デストロイヤーの艦隊を電磁気探査《EMスイープ》して」

この新たなダートシップの一隊が、どうすればローバッカやほかのジェダイを救えるのか、ジェイナにはまだわからなかった。

「ツキに恵まれて、発生機がある場所を教えてくれそうなエネルギーの出力位置が見つかるかもしれないわ」

スニーキーが口笛のような音を発して了解した。ジェイナのディスプレーに、灰色のデュラスチールのなかにある、長方形の抗門《ポータル》が表示される。トラクター・ビーム自体は肉眼では見えない。空間がわずかに波打ち、ひずんでいるところをみると、これは宇宙船を無理やり引きこむように設計された、非常に強力なビームにちがいない。ジェイナが恐れていたように、長方形のポータルは、格子状の青いエネルギーに守られていた。このリパルサー・スクリーンは、だれかがうっかりなかに何かを落とし、ビームを断ち切るのを防いでいるのだ。チスは明らかなことを見逃すタイプではない。

「五倍にして」ジェイナは命じた。長方形のビーム・ポータルが小さくなり、白い洞窟《どうくつ》のような捕獲ベイがその下に現れた。内部の隔壁の上方にあるトランスパリスチール製観測パネルの両側には、これを守っている砲座が見える。だが、トラクター・ビーム発生機の位置を示す手掛かりはまったくない。

スニーキーが警告を発した。顔を上げると、まるで広大なスピーダー駐車場のようなスター・デストロイヤーの灰色の船体が目のまえに広がっていた。大小取りまぜたレーザー砲は、みな一段低くなった発射ピットのなかで沈黙している。チスの砲手は、まだステルスXの接近に気づいていないのだ。

「EMスイープで何かわかった、スニーキー？」

ドロイドから返ってきたのは、否定的な答えだった。どうやらティーザーも空振りのようだ。そうなると、荒っぽい手段に訴えるしかない。ジェダイはファイターを捨て、自爆させる。

〃あたしは生きた宇宙船を離れたくないわ〃タヒーリは思った。〃これはゾナマ・セコートの贈り物で……あたしの友人よ〃

だが、それがいやなら、敵に捕まることになる。ジェイナはそれを禁じた。タヒーリは、ジェイナやジェイセンと同じように、宇宙船を捨てなくてはならない。いまから一〇秒後に。

では、三秒後に。

ローバッカには、一〇秒の猶予は残されていなかった——運がよければ五秒。

「八秒の猶予をちょうだい！」レヤが懇願した。彼女がフォースにおけるジェダイのメルドを感知できることは、これで疑う余地がなくなった。「マウムが到着するわ」

〃ええ、それに、あなたの友人たちが、ローバッカのステルスXをベイに引きこむことができるわね〃ジェイナは思った。

あと二秒。

ティーザーが、待て、とジェイナを引き止めた。マウムが攻撃を開始した。

ジェイナはちらっとディスプレーを見た。そこでは一本の矢のように、ぴったり並んだマウムの大群が、まるでブラスター・ビームがチュニックを貫くように、チスのクロークラフトの防衛網を突破していく。スター・デストロイヤーのレーザー砲が一斉に火を噴き、小さな月を破壊しかねないすさまじさで、このダートシップのかたまりにビームを浴びせる。

だが、マウムは速度を落とそうともしなかった。ダートシップのかたまりがつくっている長い矢は、炎のなかにのみこまれていくが、この矢は少し短くなるだけで飛びつづけ、スター・デストロイヤーの中央部をめざしていく。

「だめよ、レヤ!」ジェイナは命じた。「彼らを止めて!」

ローバッカがステルスXを捨てた。

ジェイナはこの戦いを制御する望みを完全に失った。

マウムは再び一斉射撃を受けたが、さきほどと同じようにひとつの黒いハプーンとなって、チスのスター・デストロイヤーの中心へと飛びつづけていた。ローバッカのステルスXが捕獲ベイの入り口で爆発し、五〇平方メートルのデッキと、数十隻のダートシップを道連れにした。だが、トラクター・ビームはまだ切れない。

ジェイナはスター・デストロイヤーから離れ、レーザー砲を撃ちながら、できるだけ多くのクロークラフトをタヒーリやほかのジェダイたちの周囲から追い払おうとした。ティーザーが彼女の後ろにつき、彼女の後部につこうとする勇敢なチスのパイロットたちを撃ち落としにかかる。

ようやくマウムがスター・デストロイヤーに達した。ジェイナの戦術ディスプレーでは、先頭のダートシップが粒子シールドにぶつかり、まばゆい光と炎を放って蒸発した。後続のダートシップが次々に体当たりし、この光と炎を広げていく。この自暴自棄の攻撃はなんの役にも立たない、強力なチスのシールドに体当たりして、すべてのダートシップが滅びるだけ、ジェイナはつかのまそう思った。

それから、スター・デストロイヤーのシールドが火花を散らし、ぱっとひらめいて消えた。マウムのダートシップはまだ体当たりをやめようとしない。おびただしい量のロケット燃料と炎が、数秒後にはスター・デストロイヤーの船体を貫き、船体に入った亀裂《きれつ》から死体や機材がこぼれはじめる。ダートシップはその亀裂からどんどんなかに飛びこみ、船体内部を貫き、通路を進んで、あらゆる隅へと広がった。まもなく長い炎の舌が砲塔をなめはじめ、白い炎があらゆる開口部から噴きだした。

次々に起こる爆発に船体を震わせ、スター・デストロイヤーはばらばらになりはじめた。ジェイナはおなじみの苦悩と不安、恐怖を感じて、ぶるっと体を震わせた。それからフォースのなかに亀裂が生じたかのような衝撃とともに、巨大な戦艦は内側からばらばらになった。

トラクター・ビームが消え、ようやくファイターの制御を取り戻したタヒーリ、アリーマ、ゼックの安堵《あんど》がフォースのなかに広がる。

チスのファイターがジェイナの目のまえに現れ、真っ向からブラスター・ビームを連射してきた。

ジェイナは反射的に撃ち返し、相手が爆発して初めて、自分の手が震えているのに気づいた。

ジェイナはローバッカをフォースで探した。彼はスター・デストロイヤーの爆発に驚き、不安に駆られ、孤独を感じながら、宇宙空間を漂っている。

〝きっと見つけるわ！〟ジェイナは約束した。でも、そのためにはメルドに心を開いて、みんなが見つける手助けをする必要がある。

〝ジェイナはよくやっている〟ローバッカは思った。〝だが、まず自分の安全を考えろ〟

14

一週間のあいだに三回、通常のハイパーレーンからはずれたジャンプをしたあと、〈シャドウ〉の前部ビューポートの向こうに、それが見えた。どんどん大きくなる三日月形が、その後ろの青緑色の太陽を切り取っていく。クオリブは、黄色く輝く、美しい帯にぐるりと囲まれていた。周辺部のうっすらとした影は、きらきら光るたくさんの小さな月で明るく輝いていたが、ルークは、ともすればその先のベルベットのような闇《やみ》へ、さらにはそのまま眠らせておいたほうがいい、暗い、恐ろしいクモのいる巣のようにチスの国境が広がる、明るい星々へと目を吸い寄せられた。

チスは攻撃的な種族ではないことを誇りにしている。実際、彼らの法律は、厳しく先制攻撃を禁じている。軍事法規は、この禁止令を一歩進め、チス・アセンダンシーの防衛軍が応戦を許されるのは、敵が領域内に侵入し、先に攻撃をしかけてきた場合に限る、と定めていた。だからこそルークには、コロニーがチスの国境からまだ一光年以上離れていることを、コロニーだけでなくチス自身も認めているのに、彼らがなぜ国境紛争を起こすことになったのか理解できなかった。

ひょっとすると、この法規が変わったのだろうか？　なんと言っても、ユージャン・ヴォングとの戦いは、ほかのほとんどすべてを変えてしまったのだから。それに、アンノウン・リージョンを最後に旅したときの経験から、ルークは銀河同盟には想像もつかないようなことが、この領域ではまだ起こっているのを知っていた。九ファミリーあったチスの支配階級の数が、未知の理由から四ファミリーに減少し、ハンド帝国もなぜか姿を消した。こういう大きな変化があったことを考えれば、チスが自分たちの守ってきた方針を変えたとしても不思議ではない。

とはいえ、一〇〇〇年のあいだ守ってきた最も基本的な方針――先制攻撃の禁止――を、チスが簡単に捨てるとは、ルークにはどうしても思えなかった。独力で新共和国を敗北に追いこんだチスの大提督スローンのような天才戦術家すら、この法規をおかしたために追放の憂きめにあったのだ。

そうなると、論理的結論はひとつしかない。コロニーがこの紛争をもたらしたのだ。あるいは、レイナーが。

レイナーのことを考えると、ルークは罪悪感と悲しみに満たされた。マーカーの任務は、甥《おい》のアナキンと六人の若いジェダイの命を奪った。レイナーはひとりぼっちで、救出される望みもなしに恐ろしい苦しみを味わった。それを考えれば、彼がいまのようになったことを、どうして責められようか？

「悪いのは戦争よ」マラが操縦士の席からやさしい声で言った。彼女はキャノピーの起動十字線を見上げ、ついでに、キャノピーに映ったルークを見た。「あなたのせいじゃないわ。何十億という人々が失われたのよ」

「それはわかってるさ」ルークはつぶやいた。青い太陽は、クオリブの夜の側にすっかり隠れ、黄色い環《わ》が、まるで幻の惑星を囲んでいるように見える。「だが、レイナーは失われてはいない。まだ取り戻せるかもしれない」

「欲張りな夢ね、スカイウォーカー」マラは首を振りながらそう言った。「でも、今回はかなえられないわよ。よいにしろ悪いにしろ、レイナーはコロニーと分かちがたくつながってるわ。彼らを切り離すのは、たぶん無理ね」

「そうかもしれないが、何かがしっくりこないんだ」

「何が？　レイナーに関すること？」

「そうかもしれない。ジェダイが皇帝になるのをみると、おれは怖くなるよ」

「銀河には、すでに恐ろしい経験があるものね」マラは認めた。「でも、レイナーはパルパティーンとはまったく違う。彼は自分の、ほら、臣民たちのことを、とても気にかけているようだわ」

「いまのところはそうだ。だが、権力が目的を果たす手段に変わるまでに、どれくらいかかる？」

「だから、それを正すのがあなたの仕事？　銀河同盟だけでも、心配事は山ほどあるのに」

「銀河は、銀河同盟よりも大きいよ」

「いくらジェダイでも、あらゆる間違いを正すことはできないわ」

ふたりがたがいの視点を抱き、完全に理解しようと努めながら、同時に一見正反対の考えを統合する方法を模索しつつ、フォースのきずなを通じて親密な議論をつづけるあいだ、長い沈黙がつづいた。こういう時間は、彼らの結婚を支えている鍵《かぎ》のひとつだった。自分たちがどれほど相性がいいか、おたがいの強さと洞察力が、弱点や盲点をどれほどよく補っているかを、ふたりともよく承知していた。おたがいの力を信頼し、協力しあえば、どちらの未来もつねに明るくなる。これは昔まだ出会ったばかりのとき、獰猛《どうもう》なヴォーンスクルーがうじゃうじゃいる森を三日かけて横切り、帝国軍から徒歩で逃げているときにも学んだことだった。

だが、今回は、ふたりの心配を一致させる方法はひとつもないようだった。ジェダイはすでに銀河のあちこちに散らばっている。それが正しいことだと、たとえルークが残りのカウンシルを説き伏せたにせよ、レイナーをコロニーから切り離すという大仕事に、必要なだけの数を集めるのはまず無理だろう。とはいえ、ルークは何か重要なことが、バランスから抜け落ちているという思いをぬぐえなかった。彼のジェダイ・ナイトたちは、ブラックホールに飛びこんでいるというのに、自分は与圧スーツにあいた穴をふさぐのに汲々《きゅうきゅう》としている、そんな気がしてならない。

「ライトセーバーを抜いて、悪者を切り捨てるだけですべてが解決すれば、人生はもっと単純なんだが」

マラは微笑した。「単純かもしれないけど、必ずしも簡単だとは限らないわよ」

周囲の月が色をともなって見えてくるほど、彼らはクオリブに近づいていた。黄色くちらちらまたたいている小さなかけらから、クリーム色のこぶし大のディスクまで、じっくり数えると、一五の異なる衛星がガス巨星の灰色の周辺部の両側できらめいている。ナビゲーション・ディスプレーを見ると、完全に隠れている部分にも、三〇の衛星が感知されていた。

ルークはフォースのなかに手を伸ばした。拡散した昆虫の存在が、六つの異なる月を覆っている。どれもみな、いまのところは外縁部に近いところにかたまっていた。ジェイナやほかのジェダイのほとんどは、このグループの中央に近い月に集まっているようだ。彼らのなかにはジョイナーの二重の存在が、ほんのかすかにしかないことがわかると、ルークは深い安堵《あんど》を感じた。

だが、ローバッカは彼らより少し後ろに漂っていた。クオリブの真っ黒な傘を入ったすぐのところに。たくさんのチスに囲まれ、たったひとりで、不安を感じている。

主なグループのジェダイのひとりが、ルークのフォースが触れたことに気づき、あたたかい抱擁《ほうよう》を送ってきた。

ジェイセンだ。が、ルークがこの歓迎に応じようとすると、甥の声が頭のなかで聞こえた。

〝急いで〟

ジェイセンは危険を感じているというよりも、何かを心配しているようだ。ルークはすべてが狂いかけているという、はっきりした印象を受けた。彼は片手を上げ、ジェダイたちがいる月を示して、マラがすでに〈シャドウ〉の船首をそちらに向けていることに気づいた。できれば通信機でジェイナを呼びだしたいが、この星系の通信は、チス・アセンダンシーに盗聴されているにちがいない。チスには、彼らがここに来ていることをできるだけ知られないほうがいい。

「急いでください」盗聴される危険が少ないタイト＝ビームのチャンネルから、〈XR808g〉

にいるサーバの声が聞こえた。彼女は、ターファングが回復するまでジューンの副操縦士を務めているのだ。「ジェダイ・ナイトたちは、戦いの準備を進めているようです」

「いまの声が聞こえたのかい？　ジェイセンの？」

「はい」サーバの呼吸が重く、意識的になった。「この者は、彼らが狂う寸前なのを感じます。恐ろしい邪悪を見つけたにちがいありません。さもなければ、ティーザーはけっしてハングリー・ワンを目覚めさせなかったはずです」

「ハングリー・ワン？」マラが尋ねた。「落ち着いてよ、サーバ。〝狂う〟という言葉のニュアンスは、人間とバラベルでは少し違うのよ」

サーバの呼吸がゆっくりになった。「違う？」

「ただ、予測がつかないという意味だよ」バラベルには、まだどれほど未知の部分が多いかに驚きながら、ルークは説明した。「少しばかり手に負えなくなっているという意味だ」

「予測がつかない？」サーバの声は正常に戻った。「それを聞いてほっとしました。この者は、自分の気持ちをわきに置くのは好きではありませんから」

あらゆる抑制を解き放ったバラベルを想像し、ルークは顔をしかめながら戦術ディスプレーを呼びだした。ローバッカの存在に近い軌道には、三隻のフリゲート艦が漂っている。それには救出用の乗り物がたくさん群がり、クロークラフト・ファイターがそれとキリックが占領している月のあいだを警戒している。クオリブの環のすぐ上に、いくつか巨大な残骸《ざんがい》が浮いているのを見つけて、ルークはひどくいやな予感に襲われた。

「R2、チスの機動部隊の真ん中を漂っているあの破片を分析してくれないか」

R2－D2は、気乗りのしない電子音で了解し、ほどなく分析の結果がルークのスクリーンに挿入された。あの破片は金属で、不規則な形で、ほとんどががらんどうだ。宇宙船の破片だ。

ルークがあの付近で戦いがあったことを告げようとすると、フライトデッキの彼の後ろを小さな足音がした。

「急いで！」ベンが戸口から叫んだ。「ジェイセンが、早く来て、って言ってるよ！」

ルークが振り向くと、ナイト・チュニックを来たベンが、赤い髪をくしゃくしゃにし、目の縁を寝不足で赤くして駆けこんできた。

ルークは両手を広げた。「ジェイセンの声が聞こえたのかい？」

ナナがその後ろから、フライトデッキに到着した。「申しわけありません。ベンは目を覚まして、わたしが捕まえるまえに、飛びだしたのです」ナナは片手を伸ばしながら、ベンに言った。「さあさ、ベッドに戻りましょう。ただの夢だったんですよ」

ルークは彼女に待つように合図した。

「夢じゃなかったよ」彼はベンをひざに抱きあげた。「おれたちもジェイセンの声を聞いたんだ」

ベンがびっくりして言った。「父さんたちも？」

「そうさ」ルークは答えた。「フォースを通じてね」

ベンの目に警戒の色がひらめいた。

「いいのよ、ベン」マラが慰めるように言った。「怖がることは何もないわ。小さいとき、あなたはいつもフォースに触れていたのよ」

「戦争のときは、でしょ」ベンは両手をナナに伸ばした。「もうベッドに戻りたい」

ルークは息子をナナに渡そうとはせず、こう言った。「ほんとうに？　クオリブに着くところだよ」

ベンはぱっと顔を明るくして前方を見たものの、すぐにナナに顔を戻した。「まだ眠いんだもの」

「そうか？」ルークは内心顔をしかめたが、ベンを抱きあげ、ドロイドに手渡した。「ジェイセンとジェイナに会ったら、起こしてあげよう」

「うん」ベンは、シンスフレッシュがついたナナの肩に顔を埋めた。

ドロイドがフライトデッキからベンを連れ去ると、ルークはつぶやいた。「あの子は怖がってる」

「それは明らかね」マラの声は鋭かった。ベンのことが心配なのだ。「自分のいとこやたくさんのジェダイが死んだのは、フォースのせいだと思っているのかもしれないわ」

「そうかもしれない。悲しい死を何かのせいにできれば、少しは気持ちが楽だからな」

「でも、あなたはそう思っていないのね」

「まあね。ほかの点では、ベンはとても冒険心があるし、自分に自信もある。ときどき無鉄砲なくらいだ」

〈ファルコン〉がすでに標準防衛隊形を取っているのに、〈XR808g〉はまだフルスピードで飛んでいることに気づき、ルークはこの二隻にタイト＝ビーム・チャンネルを開いた。

「速度を落とすんだ、〈エクサー〉。ここで行なわれた戦いのことが、もう少しよくわかるまでは――」

「戦いがあったのかね？」ジューンが驚いて聞き返した。

「リードアウトを見ろよ」ハンが〈ファルコン〉から口をはさむ。この返事に沈黙しか戻ってこないと、彼はつけくわえた。「標準偵察ソフトはあるんだろう？」

「この者のまえには、一対の電子双眼鏡《エレクトロバイノキュラー》があります」〈XR808g〉の副操縦士席にいるサーバが報告してきた。「それを使えるほど小さいのは、ふたりのうちひとりだけですが」

ハンがサラスタンに説教をはじめると、マラがルークに言った。「見て、あれは何かしら？」

ルークは戦術ディスプレーを見た。キリックのダートシップの大群が、クオリブの影からフルスピードでこちらに向かってくる。さきほど、その付近にネストの存在を感じなかったことを思い出し、ルークはまゆをひそめて、リーディングをもう一度確認しろと命じるためにR2を振り向いた。だが、彼の相棒は、インターフェースの腕によりかかり、ソケットのなかでゆっくりと情報緩衝記憶装置を前後にひねっている。R2の状態はどんどん悪化しているようだ。ルークは心配になって、必ず整備の時間を取ろうとあらためて思いながら、黙って前部ビューポートに目を戻した。

センサーの間違いではないことは、すぐに明らかになった。小さな白い斑点《はんてん》の集まった細長い楕《だ》円《えん》は、惑星周辺部の灰色の影のなかへと流れこみ、ルークがキリックの存在を感知した六つの月のまえへと移動してくる。

「これは標準的な手順ではないぞ」ジューンが言った。〈XR808g〉は、キリックの月に向かって飛びつづけている。「戦いのせいで、神経質になってるんだな」

「だったら、どうしてそんなに飛ばすんだ？」ハンが尋ねた。「速度を落とすべきじゃないか？」

「こっちがだれだか早めにわかったほうがいいんだよ」ジューンが答える。「貨物船だとわかれば、いつもどおりの手順に戻るはずだ。昆虫は非常に進歩的だからね。つねに標準的手順に従う」

そうだろうか？　ルークはフォースのなかでダートシップを感じようとした。だが、はっきりした感情は何もつかめない。ヨゴイで塔が崩れるまえに感じたのと同じ、漠然とした不安だけだ。マラも同じものを感じていた。

「ジューン船長、戻ってきたほうがいいと思う。あのファイターのパイロットたちは、フォースのなかで感じられない」

「あんたは昔の魔法を信頼しすぎますよ、マスター・スカイウォーカー」ジューンは頑固だった。

「『ブロッケード・ランナーの冒険』や『ヤヴィンからの脱出』で、ソロ船長は自信を持ったアプローチの価値を、はっきり示してます」

「歴史ヴィドはあてにならんと言ったはずだぞ」ハンが警告した。「フォースは昔話の宗教じゃない。実際に役に立つ技だ」

「手順もそうですよ、ソロ船長」ジューンは言い返した。「だからあなたは大金を払ってくれるんだ。いいから見ててください」

ダートシップはまだ影からわきつづけ、オレンジ色にちらつきながら、キリックの月とルークたちのあいだに、壁をつくっていく。〈XR808g〉は加速した。

「ジューン船長、考えなおしたほうがいいぞ」〈XR808g〉の制御をかわれ、とサーバに命じたい衝動をこらえ、ルークは語気を強めた。ユージャン・ヴォングとの戦争は、ジェダイの心を非情にしたかもしれないが、宇宙船を乗っ取れと平気で命じられるほどではない。「ヨゴイで攻撃された――」

「どんな攻撃だね？」

「塔が崩れたのよ」サーバがしゃがれ声で言った。

「だが、それは事故だという結論になったはず――」

「おれたちはそう思っていないのさ」ハンが口をはさんだ。

〈XR808g〉の航行灯が古い点滅コードを送りはじめた。ルークはディスプレーに目をやったが、期待した解読メッセージの代わりに、近づいてくるおびただしい数の点しか見えない。

「R2！」

R2-D2は驚いたようにビーッと鳴き、それから短く質問した。

「〈エクサー〉の点滅コードだ！　あれを解読してくれ」

R2は元気のない声で応じ、コードの解読をスクリーンに流しはじめた。

〝こちら〈XR808g〉、ジューン・ター・コマーシャルの旗艦だ。二隻の姉妹船とともに、ジェダイ戦士たちに供給品を運んできた。エスコートを頼む〟

「ジューン・ター・コマーシャルだと?」通信機から、ハンが皮肉たっぷりにぼやく声がした。「旗艦だと? サラスタンにしちゃ、想像力があるじゃないか」

ルークはR2-D2を振り向いた。「キリックから返事が来たか?」

〝来ない〟、R2は鋭い電子音を発した。

ダートシップは一斉に〈XR808g〉へと向かいはじめた。ロケットの炎をオレンジ色に燃やし、クオリブの影を横切ってくる。

「ジューン、いますぐそこから離れろ!」ハンがどなった。「急いで逃げだせ……撃たれるぞ!」

ジューンはすでに方向を転換していたが、ダートシップは一気に加速し、最後の数キロをあっというまに縮めて、〈XR808g〉をロケットの炎と矢型の船体の雲のなかにのみこんだ。ルークはふいに、サラスタンの恐怖とバラベルの怒りが鋭いとげのように胸を刺すのを感じた。それから貨物船のまわりで、銀色の花が開きはじめた。

S=スレッド非常チャンネルから、ジューンの声が聞こえた。「非常事態、非常事態」恐怖に駆られているが、感心なことに声は震えていない。「こちら、〈XR808g〉の船長、ジャイ・ジューンだ。ただちに救援を要請する。われわれはギュール星系のクオリブ周辺で攻撃を受けている。

座標は――」

「いい加減にしろ!」ハンが通常の通信チャンネルでどなった。「状況も場所も、おれたちにはわかってるんだ!」

「了解」〈XR808g〉のシールドがやられると、ひどい雑音が入り、通信機を通じて低い音が聞こえはじめた。「たったいまドライブをやられた。救出作戦を説明されたし」

「いますぐ行く」ハンが答えた。「そこにじっとしてろ」

「了――」

立てつづけに大きな音がして、通信が切れた。〈ファルコン〉が加速する。

「わたしたちに任せて、〈シャドウ〉」レイアが連絡してきた。「ここに待機して、後部を守ってちょうだい」

「そっちがあたしたちの後部を守ったら?」マラが提案した。「そっちのほうが火器が多いわ」

これにはハンが応じた。「だが、〈シャドウ〉のドライブはヨット・クラスのユニットだ。あの貨物船を引っぱるとなったら、動きだすだけで一週間はかかるぞ」

「たしかに」マラはうなずいた。

〈XR808g〉のブラスター砲が、無差別に火を噴き、周囲のダートシップを吹き飛ばしはじめる。サーバがバトル＝メルドにそそいでいた怒りが、狩りの喜びに変わった。

「行くわ」レイアが告げる。「イオン・ドライブを全開にしておいて。急いでここを離れる必要があるかもしれない」

「了解」ルークは、ジューンとサーバも心配だが、ハンとレイアのことも心配だった。〈ファルコン〉には四連砲があるし、シールドも軍用船並みに強力だが、ほぼ同じ大きさの貨物船を引っぱることになれば、伝説的なスピードは役に立たない。「頼むから、できるだけ速く飛んでくれ」

「ほら、見て」マラが言った。「あなたは彼らを怖がらせたようね」

レイアはちらっと戦術ディスプレーを見た。ダートシップが〈XR808g〉から離れていく。

おかげで〈ファルコン〉にはジューンとティーザーを助けにいく道が開けた。

「彼らは思ったほど殺しが好きじゃないのかもしれないな。こっちの意図を誤解していたのかな?」

「塔が倒れたのは、誤解のせいじゃなかったわ。それに、あたしはあのダートシップのパイロットたちから受ける感じが気に入らない」

「たしかにぼんやりしているな。まるで隠れているようだ」

ダートシップはくるっと向きを変え、〈ファルコン〉とは反対のコースに加速し、フルスピードでクオリブの闇へと戻りはじめた。

「ずいぶん急いでいるな」ルークはつぶやいた。

彼はディスプレーの縮尺を切り替え、チスがキリックに対して動いているしるしを探した。さもなければ、キリックがチスを攻撃するために集まっているしるしを。だが、どちらの側も静かに見える。

ダートシップの大群はふたつに分かれ、片方のグループがもう一方よりも二倍の速さになった。

「メタンのロケットがあんなスピードを出せるとは知らなかったわ。何もかも筋が通らないわね」

Ｒ２がひとしきりさえずり、ふたりのディスプレーにそのメッセージが流れた。

〝あのキリックたちは、水素のロケットを飛ばしています〟

〈ファルコン〉のトラクター・ビームが〈ＸＲ８０８ｇ〉をつかむころには、ダートシップのグループのあいだには、二キロの距離が生じていた。彼らは惑星の影に向かって加速しつづけ、まもなく速いグループが〈シャドウ〉を通過した。そのとたん、両グループはくるっと向きを変え、全速力で〈シャドウ〉の側面をめざしはじめた。

「気をつけろ！」ルークは警告した。「おれたちを攻撃してくるぞ」

「ええ、見えてるわ。ありがとう」レイアが冷静に答える。

〈ファルコン〉は加速しはじめたが、ふだんの速度とは比べるべくもない。〈ＸＲ８０８ｇ〉を引きずるようにしてのろのろ進んでくる。それ以上の速度を出せば、おそらく、トラクター・ビームがはずれ、ジューンの貨物船が〈ファルコン〉にぶつかりかねないのだろう。

ダートシップはぐんぐん接近してきた。〈ＸＲ８０８ｇ〉を離さなければ、〈ファルコン〉が逃げきれないのは明らかだ。ルークはジューンとサーバに、貨物船を脱出するよう勧めようとした。〈シャドウ〉がそこを通過しながらふたりを拾えばいい。

だがそのとき、遅いほうのグループが、突然、停止し、〈シャドウ〉と〈ファルコン〉のあいだに壁をつくりはじめた。速いほうのグループは、〈シャドウ〉の後ろから追ってくる。

「いやな感じになってきたわね」マラが言った。「R2、脱出ルートを算出しはじめて」

ドロイドは了解し、この仕事に取りかかった。

「ちくしょう、まんまと引き寄せられたわ」マラがつぶやく。

「ずいぶん手のこんだわなだな。そこまでしておれたちを仕留めたい理由が知りたいものだ」

ルークはこの質問を頭に浮かべ、フォースでジェイセンとジェイナに触れた。レイナーはヨゴイでの攻撃をきちんと話したがらなかった。ひょっとすると、話せなかったのかもしれない。だが、姪《めい》と甥は率直に答えてくれるはずだ。

しかし、ルークが受け取ったのは、ふたりが混乱しているという印象だけだった。

「ヨゴイと同じね。だれも何も知らない」

R2がさえずった。〈シャドウ〉は、損傷を受けずに脱出できない。どちらに逃げても、速いほうのグループには三〇秒間の攻撃チャンスがある。それも〈シャドウ〉がドライブ・ユニットに損傷をこうむらなかった場合だ。

船内通話機からナナが尋ねてきた。「ベンをドッキング・ベイに連れていきますか？」

「まだいいわ」

「おふたりのどちらかが、ベンを連れてステルスXで逃げるべきだと思いますが。〈シャドウ〉がこれを生き延びる確率は――」

「大丈夫よ」マラが不機嫌な声でさえぎり、キャノピーに映ったルークを見た。「そうでしょう?」

「ああ」彼らはこういう状況下の行動を、何度も訓練してきたのだ。「まだ大丈夫だ」

彼は外部に心を閉ざして鼻から息を吸いこみ、腹部を膨らませ、ゆっくり口から息を吐きながら集中しはじめた。最初のダートシップが体当たりしはじめ、燃料が爆発して火の玉になる。だが、彼は〈シャドウ〉が揺れるのもほとんど感じなかった。ハンの声が通信機から聞こえたが、彼の耳はその音だけを聞いた。

「ルーク、なぜ脱出針路を取らないんだ? R2がまたイカレたのか?」

「いいえ」マラがブラスター砲を下ろし、ねらいもつけずにダートシップの雲のなかへビームを撃ちこみながら答える。「こっちは大丈夫よ」

「そうは見えんぞ」ハンが言った。「〈エクサー〉を離して、そっちに戻ったほうが――」

「いいえ!」マラは鋭く答えた。「そんなことをしたら、この害虫たちからけっして逃げられなくなるわ。いいから、そのまま進んで、振り向かないで。ルークにいい考えがあるの」

「了解」レイアが代わって答える。「確かなのね」

「確かよ」マラは通信チャンネルを切った。それから――〈シャドウ〉の揺れがひどくなると、こうつけくわえた。「たぶん」

ルークは確かだった。そのころには、彼は大きくフォースに自分を開いていた。あらゆる方向からエネルギーがそそがれ、大渦巻きとなって彼を満たす。それは全身にみなぎった。

機関室でドスンという音がして、動力回路が過負荷になったことを知らせる。つづいて船内の光が薄暗くなる。R2がシールドの動力を増強したのだ。ルークはマラの不安を感じたが、それをわきに押しやり、目のまえの仕事に集中した。彼は〈シャドウ〉の外見を頭に思い描いた。つづいてそれをフォースのなかへと広げ、自分の頭からコクピットのなかへと移す。

マラが振り向いて、そのイメージを注意深く検討する。「よさそうね」

ルークはそれを拡大しつづけ、この船のあらゆる隅へと広げ、時間をかけて〈シャドウ〉特有のセンサー・シグニチャーを吸収した。彼は疲れを感じはじめた。だが、それを無視して幻を拡大しつづけ、やがてこの〝幻の皮膚〟で宇宙船全体を覆った。

またしても機関室でドスンという音がした。今度はR2が動力を再配分するまえに、船体の数か所でくぐもった音がした。マラが衝突警報のスイッチを入れて、遮断扉をすべて閉ざし、与圧停止〝喪失〟システムを起動しながら船内通話機に向かって言った。

「ナナ、ベンに与圧スーツを着せてちょうだい」

「もう着せました」ドロイドが答える。「脱出ステーションで待機中です。こちらに来て——」

「ナナ、ばかだな《ショート・サーキット》!」ベンが叫んだ。「ぼくらは大丈夫だよ。父さんがそう言ったろ!」

息子の声にも、体当たりしてくるダートシップの攻撃で激しくなっていく揺れにも気を散らされないようにしながら、ルークはもうひとつの〈シャドウ〉のイメージを頭に浮かべた。深宇宙《ディープ・スペース》の何もない空間に似た、黒い、星がきらめく表面を。そして今度は船のセンサー・シグニチャーを吸収する代わりに、それを冷たい真空の層で包んだ。

幻の皮膚がおさまるべきところにおさまると、彼はそれを慎重に調節し、こちらを船体にぴたりと合わせ、あちらを少し引っぱった。ふたつの幻を維持する作業で、体のなかを流れるエネルギーが枯渇してきた。ルークは完全に自分をフォースに開き、ベンの身を心配する気持ち、それを奪おうとしている昆虫への怒りを使って、さらにフォースを自分のなかへと引きこんだ。体の節々までがそのとげでちくちくし、皮膚がかすかな光を発しはじめる。

またしても機関室から大きな音がした。

「おとりのほうはどんな具合、スカイウォーカー？　そろそろシールドが危なく――」

ルークは外側の〝皮膚〟を離した。「行け！」

マラはスロットルを一気に押しだし、二分の一秒後、エンジンを切った。〈シャドウ〉はルークがつくりだした黒い表面で覆われた〝そっくりさん〟から滑りでて、静かにフォースの幻から離れていく。

揺れが止まった。ルークは両方の幻を維持しつづけた。炎のようなフォースが彼のなかに注ぎこまれ、一秒ごとに、さらに激しく燃えては出ていく。彼は体内の細胞が耐えきれないほどのエネルギーをとりこみ、文字どおり、内側から燃えていた。

これは実際には、ダークサイドのフォースを使っているのとは違う。現代のジェダイにとっては、ダークサイドは、〝何をするか〟よりも〝何に使うか〟の問題だった。だが、ルークにはこれがダークサイドのフォースのように思えた。マラによれば、パルパティーンにも同じことが起こったという。おそらくそのとおりなのだろう。ルークは体が急速に老い、細胞が弱くなり、細胞膜が薄くなって、細胞質がちらちら光り、細胞核が壊れていくのを感じた。

彼を包んでいる空気が静電気の火花を発しはじめた。

R2がかん高い電子音を発しながら、消火用ホースを伸ばし、ルークに向けようとした。

「大丈夫よ、R2!」マラはたしなめた。「彼はちゃんと限界を心得てるわ。燃えたりするもんですか」

たぶん。マラは心のなかでそうつけくわえた。

ルークの戦術ディスプレーでは、幻の〈シャドウ〉が――本物は、マラ自身のセンサーにもまったく映っていない――まだ大量のダートシップに囲まれながら、ゆっくり、スクリーンの底へと沈んでいく。小さな〝窓〟が、秒読みを行なっていた。そこには表示されているのは、フォースに隠された〈ジェイド・シャドウ〉が、ドライブを再起動しても安全な距離に達するまでの秒数だ。ひどい苦痛を感じているルークにとっては、三〇秒は永遠にもひとしいほど長く思えた。

「ジューンとサーバをこっちに移しているところよ」レイアが連絡してきた。彼女の声の心配そうな響きをルークはフォースのなかに感じた。「助けが必要?」

この通信に答え、音波を発信すれば、ダートシップに〈シャドウ〉の実際の位置を気づかれる。代わりにマラはレイアにフォースを送り、万事順調だと安心させようとした。このメッセージはルークから送ったほうがはっきりするのだが、彼の体は震えはじめ、火花を散らしていた。この疲れと戦うだけで、全神経を集中する必要がある。

戦術ディスプレー上では、〈XR808g〉が〈ファルコン〉から離れ、漂いはじめた。ハンがすばやく方向転換し、〝戦い〟の場所へと船首を向ける。ルークは、マラがこれを止めるのを感じたが、〈ファルコン〉は速度を上げただけだった。

レイアは、ルークとマラがヒーローを気取り、敵を一気に引き受け、いらざる危険をおかしていることに腹を立てている。それほど悪い状況ではない、妹がそう考えているのをルークは感じた。

「ちくしょう《スタング》！」マラは毒づいた。「あの――」

「母さん！」ベンが戸口から顔を出した。ヘルメットのバイザーは上げているが、きちんと与圧スーツを着ている。「〝スタング〟って言葉は使っちゃいけないんだよ、父さんが――」

「ええ、お父さんの言うとおりよ」マラは即座にそう言った。「あなたはナナと一緒に脱出ステーションにいることになっているでしょう？」

「いたんだよ。でも、揺れが止まったから……」ベンは苦悶《くもん》に顔をゆがめ、光っている父を見て、恐怖に目をみはった。「たいへんだ、父さんが――！」

「大丈夫よ。あとで説明するわ」マラは船内通信機のスイッチを入れた。「ナナ――」

ドロイドがベンの後ろに現れた。

「マスター・ベン！」彼女はベンをさっと抱きあげ、後部に戻っていった。「警報が解除されるまで、ドリルは終わらないんですよ」

　ルークの皮膚はタトゥイーンの湖のように干からび、指先に小さな金色の光輪が現れはじめた。〈ファルコン〉はまっすぐダートシップへと加速していく。戦術ディスプレーの片隅で変わっていく数字が〝3〟になり、〝2〟になる……。

　マラが亜光速ドライブをオン・ラインに戻した。ルークは幻を落とし、ぐったりいすに沈みこんだ。最後のフォース・エネルギーが体から流れでるときに、皮膚がちりちりし、髪が突っ立った。

　ハンの声が即座に聞こえた。「いったいどういうことだ？」〈ファルコン〉は鋭くターンし、混乱しているダートシップに背を向けた。「まさかいまのは、テレポートじゃ――」

「戻るな、と言わなかった？」マラが子どもをたしなめる母親のような調子で言い返した。「いいからさっさと後ろにつきなさい」

「うむ……ああ」マラの口調に、〈シャドウ〉が突然位置を変えたときよりもとまどった声でハンが応じる。「いいとも」

　通信機が静かになり、マラはためていた息を吐きだした。「やれやれ《チュッパ》。ハンを子ども扱いしちゃったわ」

「かまわないさ。ハンは育ちすぎの子どもみたいなものだからな」

　マラはキャノピーに映ったルークを見た。「具合はどう？」

「パワーフィードを素手でつかんだような気分だ。スター・デストロイヤーの方向を変えるよりも難しかったよ」

マラは微笑した。「あたしのフライトデッキに吐いたりしたら、承知しないわよ」

その危険を感じて立ちあがろうとすると、キャノピーに映った自分の姿が目に入った。顔が腫《は》れ、皮膚はかさかさ、深いしわが刻まれている。縁の赤い、おち窪《くぼ》んだ目の下は垂れさがっていた。まるでパルパティーンのように。

いいえ、その半分もひどくないわ。マラが慰めるようにフォースを送ってきた。

「でも少し休むのね」彼女は声に出していった。「ああいう離れ業のあとは、何が起こるかわからないもの」

15

無断で持ち場を離れた《AWOL》ジェダイたちは、彼らが一時的につくっている中隊のまえで待っていた。嵐《あらし》のようにせわしなく動きまわっている昆虫たちのなかで、そこだけは小さな〝目〟のように静かだ。ジェダイ・ナイトたちは、まだしわだらけのフライトスーツを着たまま、着床した〈シャドウ〉と〈ファルコン〉を見つめていた。ティーザーとゼックはうしろめたい表情を浮かべるだけの奥ゆかしさがあったが、ジェイナとアリーマは超然としている。ジェイセンとタヒーリはまったく無表情だ。

マラは〈シャドウ〉のシステムを停止するのにたっぷり時間をかけ、彼らの不安を募らせると同時に、洞窟《どうくつ》のような格納庫に危険の兆しがないことをフォースで確認する時間を稼いだ。ジェイナやほかのジェダイがさきほどの攻撃にかかわっていたと疑っているわけではないが、だれかが彼女の家族を襲ったのだ。しかもそのだれかは、キリックのように見えた。ルークと違ってマラは、レイナー・スールはジェイナたちをコロニーにとどめておくためには手段を選ばない、と確信していた。必要とあれば、古い友人を奇襲することも厭《いと》わない、と。

危険の兆しがまったく見つからないと、マラはようやく〈シャドウ〉のメイン・キャビンに集まっているほかの乗員と合流した。フォースの力を借りて二〇分ばかり休んでいたにもかかわらず、ルークはまだスパイス鉱山の強制労働から逃げだしてきたばかりに見える。顔は土気色だし、目の縁も赤くなったままだ。ベンはいとこたちに会える期待で目を輝かせ、一刻も早く船を降りたそうに、その父親とドアをちらちら見ている。

マラはナナがつないでいた息子の手を取った。「ベン、わかってるわね？　ここに来たのはジェイナたちに大事な話があるからよ」

「ぼくはガモーリアンじゃないよ、母さん」ベンは口をとがらせた。「つまんない用事で、こんなに遠くまで来るわけないのはわかってるよ」

「よかった。ジェイナとジェイセンに会ってあいさつしたら、ナナが〈ファルコン〉に連れていってくれるわ。そこでカクメイムとミーワルと一緒にいるのよ」彼女はナナに命じた。「彼らにハッチのロックをかけるように言ってちょうだい。キリックがそれに腹を立てても、かまうもんですか」

「わたしも同じことを申しあげようと思っていました」ナナは答えた。

マラはうなずき、昇降ランプの上のハッチを開けた。燃料ホースがいたるところを這《は》っている広い格納庫は、うんざりするほど暗かった。ベンがブラスター・ビームのように飛びだし、昇降ランプを駆け下りてジェイナの腕に飛びこむ。ジェイナが笑いながらいとこを抱きしめた。

「あたしも会えてうれしいわ、ベン」ジェイナはそう言って一歩さがり、ベンにさっと目を走らせた。「大きくなったわね」

「一年ぶりだもん」ベンはいたずらっぽく笑った。「母さんたちが怒ってるよ！」

マラはランプを下りながら内心たじろいだが、ジェイナは微笑を浮かべただけだった。

「でしょうね」

「ライトセーバーを取りあげられたりしなければいいけど」

この言葉にジェイナの目が光ったが、ベンはそれには気づかぬ様子で、ジェイセンのほうを見た。ジェイセンは、ひげをたくわえたハンサムな若者に成長していた。思慮深い褐色の目は、次に何をすべきか迷っているように見える。

ジェイセンは微笑を浮かべ、片手を差しだした。「やあ、ベン。いとこのジェイセンだよ」

「知ってるよ」ベンはその手を握り、大きく振った。「ぼくがふたつのとき、旅に出たんだ。見つけたの？」

この質問にマラは一瞬とまどったが、ジェイセンはすんなり答えた。「いくつかはね」

ベンはがっかりした顔になった。「それじゃ、また行っちゃうの？」

「いや」ジェイセンが、同じ年齢の相手に話すようにまじめな声で答えた。「この旅で見つからなかったことは、たぶん、けっして見つからないんだと思う」

ベンは、わかったようにうなずき、それから、ようやく昇降ランプを下ろしはじめた〈ファルコン〉をちらっと見た。「もう行かなくちゃ。またあとでね」

「楽しみにしてるよ」

ベンはナナの手を取って、〈ファルコン〉へと歩きだした。

あとに残ったマラと若いジェダイたちのあいだには気まずい沈黙が訪れた。ジェダイ・オーダーの実質的なリーダーはルークだが、ふたりで話しあった結果、若いジェダイたちとはマラが話すことになったのだ。そうすれば、ルークは必要に応じて、判事、師、友人のどの役目も果たせる。

マラは数歩手前で足を止め、まばたきもせずに見返してくる若いジェダイ・ナイトたちを黙ってひとりひとり見ていきながら、彼らの気持ちをはかろうとした。が、どのジェダイの心もまるで殺しのベテランのように堅固で、まったく読めなかった。彼らがいつのまにこれほどタフになったのか、マラには思い出せなかった。ユージャン・ヴォングの侵略とともに、一〇代のジェダイ・アプレンティスだった彼らは、一夜にしてベテラン戦士になったようだった。彼らがあの戦いで何を見、何をしたかを考えると、そのあとで……〝トラブルに巻きこまれる〟ことなど、とうていありえないように思える。

ジェイナは詮索《せんさく》を何秒か我慢したものの、とうとう自分からまえに進みでて、ためらいがちにマラを抱きしめた。「これは驚《い》きだわ」

「でしょうね」サーバと3POを伴い、〈ファルコン〉からハンと一緒に降りてきたレイアが言った。「レイナーは簡単にあなたたちを見つけさせてはくれなかったから」

レイアがジェイセンに向けたまなざしに、さりげない感謝がこめられていることは、ジェイナもほかのみんなもすぐに気づいたようだが、だれもそれに腹を立てている様子はなかった。

「レイナーは、あたしたちが連れ戻されるのを恐れてるの」ブロンドのタヒーリ・ヴェイラが言った。この五年のあいだに、すっかりたくましくなり、彼女がはだしでなければ、それに額に三本の水平な傷が残っていなければ、マラはタヒーリだと気づかなかったかもしれない。「そのために来たんでしょう？」

「久しぶりだな、タヒーリ」この切り口上にハンが皮肉たっぷりに応じた。「そいつの答えはルークに任せて、おれたちは再会のあいさつを交わす、ってのはどうだ？」

タヒーリの顔に喜びと悔いの入りまじった表情が浮かんだ。「ごめんなさい。ちょうどごたごたしているところだから」彼女は両手を広げて、ウーキーのようにハンを抱きしめた。「また会えてとてもうれしいわ、ハン」

彼女がハンの背中を両腕でこすりはじめると、ハンはぶるっと体を震わせ、少しばかり青ざめた。タヒーリはにやっと笑って彼を離し、レイアを抱きしめた。ようやく二世代のジェダイたちのあいだにあるぎこちない雰囲気が消えていった。ハンとレイアは、ジェイセンとジェイナを長いこと抱《ほう》擁《よう》し、やさしい声で彼らにちゃんとすべてを説明するようにと告げ、あとで〈ファルコン〉のキャビンでそうすると約束させた。

みんなのあいさつが一段落すると、ジェイナが再び主導権を取った。

「で、いったいここには、何をしに来たの？　あたしたちが抜けたあと、カウンシルにはジェダイジェイナはルークの疲れた顔に目を戻し、心配そうに言葉を切った。

「どうしたの？」彼女は尋ねた。「具合でも悪いの？」

「いや。ただ、少し疲れただけさ」ルークは姪《めい》を安心させた。「おれたちは、ここで起こっていることを話しあうために来たんだ」

ジェイナはほっとした表情になった。彼女の仲間も同じだった。ジェイセンの表情だけは、変わらなかった。彼は最初から、まったく不安を感じていないようだった。五年も旅に出ていたのに、ルークがこんな遠くまでわざわざ出向いたことを、ほかのだれよりも平静に受け止めているようだ。

マラがじっと見ないように気をつけながら、それとなく観察していると、ジェイセンが彼女を見てにやっと笑った。この笑みにはまったく威嚇《いかく》は含まれていなかったが、マラの背筋には悪寒が走った。パルパティーンのもとで、〝皇帝の手〟として極秘任務についていたマラは、フォースのなかでも、実際にも、自分の思いを隠すのが得意だった。そうでなければ、とっくに命を失っていただろう。だが、ジェイセンはあっさりマラの詮索に気づいた。まるで若者が、遠くから自分を見ている娘の視線を感じるように。

マラは知らんふりをして、ジェイナに目をはりつけ、わざと決めつけるような調子でこう言った。

「あなたたちにはがっかりしたわ。ひとりの穴を埋めるのもたいへんなのに、五人も一度に任務を放りだすなんて」

マラの意図したように、ジェイナはひるむどころか食ってかかった。「だったら、どうしてカウンシルは、四人も〝話しあい〟に来ることを許したの？」

「この状況にはそれが必要だと考えたんだ」ルークが答えた。「おかげでオーダーは、九人のジェダイをここに割くはめになった」

「状況、というと、マスター・スカイウォーカー？」ティーザーがしゃがれ声で言った。「何か起こったんですか？」

「まずあなたたちから話しなさい」マラはぴしゃりと言った。これはカウンシルがジェダイ・ナイトたちに対する通常の方法とは異なっているが、彼女はルークのように忍耐強く対処して、このグループを甘やかすつもりはなかった。惑星マーカーの任務の結果にルークが感じている悔いで、この問題をうやむやにするつもりもない。「いったいここで何をしてるの？」

ジェイナとほかのジェダイたちは黙ったまま思いを交わしはじめた。それからアリーマ・ラーがまえに進みでて、みんなを驚かせた。

「あたしたちは戦いを防ごうとしているんです。それがジェダイの仕事でしょう？」

ルークはここで討論をはじめるつもりはなかった。「それで？」

ゼックが言った。「ぼくらがずっと感じていた呼びかけのことは、知ってますね……」

ルークはうなずいた。

タヒーリがそのあとをつづける。「あれを無視できなかったの。とくに最後の呼びかけは……」

「来なくてはならなかったんだ」ティーザーがしゃがれ声で、母のサーバに訴えた。「まるでメイティング・コールみたいに、あれに応えるまでは何ひとつ手につかなかった」

彼らはそこで言葉を切った。まるでそれがマラの質問の答えだというように。

「なぜここに来たかはわかったわ」レイアが指摘した。「でも、ここで何をしているかという説明はまだだね」

身長一メートルほどの、小さな羽根がある胸部が緑色のキリックがやってきて、触角でジェイナの腕に触れ、胸をたたいた。

「ステルスXの給油と整備がすんだそうです」3POが誇らしげに通訳した。

「給油と火器の装塡《そうてん》がすんだ、よ」片腕でタートの触角をなでながら、ジェイナが訂正した。「ありがとう。まもなく発進するわ」

「ローイーがEVになっているんです」ゼックが説明した。「できるだけ早く見つけて、救出しないと」

「救出任務に、シャドウ爆弾が必要なの?」マラが尋ねた。彼女は数匹のキリックがステルスXから引きずっていく、プロトン魚雷のラックを指さした。一〇メートル離れたところからでも、この魚雷がバラディウムの詰まった爆弾に取り替えられていることはわかる。「ずいぶん、もののしいこと」

「少しばかり彼らの気を散らす必要があるかもしれないの」アリーマが認めた。

「冗談だろ」ハンが鼻を鳴らした。「あそこにいるチスのなかを通過するつもりか?」

「だれもどこへも行かないわ」マラはジェイナを見てきっぱり言った。「質問に答えるまではね」

ジェイナの表情がかたくなった。「でも、ローバッカをもう一分でも、あそこに残しておくわけには——」

「ローバッカはフォースの冬眠状態になっている」ルークがさえぎった。彼は半眼になり、わずかにあごを上げていた。「いまのところは安全だ」

ジェイナは食ってかかりたそうな顔でおじをにらんだ。が、もちろんルークの言葉を疑うほど愚かではない。

「さっさと答えれば、それだけ早くローバッカを助けにいけるんだぞ、ジェイナ」ハンが口をはさんだ。

若いジェダイたちは、緊張した面持ちで目を見合わせた。それからジェイナがうなずいた。「いいわ。どういうことか知りたいのね。こっちに来てちょうだい」

彼女は洞窟を利用した格納庫の奥へと向かい、ダートシップが待機しているラックを次々に通過した。一五段もあるラックに収納されたダートシップの周囲には、無数の燃料ホースが引かれ、キリックの整備士たちが大量に群がっている。彼らのテクノロジーは進んでいるとは言えないが、昆虫の作業は驚くほど効率よく行なわれていた。人間ふたりが油圧スパナを投げあうほどしかない狭い場所で、一〇匹あまりのキリックがてきぱきと働いている。空気には燃料のにおいが充満し、低いうなりがたえまなく聞こえる。機械のような音だが、マラはまもなく昆虫自身がそれを発していることに気づいた。

彼女はかたわらを歩いているタヒーリに尋ねた。「あの音は……何かの歌？」

これに答えたのは、ルークと並んで歩いているアリーマだった。「歌というより、ハミングに近いかも」

「彼らは集中しているとき、あの音を出すんだ」ティーザーが説明した。「仕事に熱中するほど、大きくなる」

「あれは彼らの宇宙の歌なの」タヒーリが言った。

「おれの知ってる歌とは、まるで違うな」マラのすぐまえを歩いているハンが口をはさんだ。「実際、バンサのスタンピードでも、あれよりリズムがあるぞ」

「全体の歌が聞こえないから、そう思うんですよ」ゼックが説明を補足した。「全部が聞こえるのは、昆虫種族だけだから」

「へえ？」ハンはぐっとまゆを寄せ、ジェイセンに尋ねた。「おまえには聞こえるのか？」

「聞こえない」ジェイセンは若いころのハンそっくりの、魅力的な笑顔を浮かべた。「だけど、ぼくはまだここに来て一か月にしかならないからね」

「落ち着いてよ、パパ」まえを行くジェイナが、なだめた。「あたしたちにも、全部は聞こえないのよ」

ハンは大げさに安堵《あんど》のため息をついた。ジェイナは急に通路からそれて、すぐ横にあるラックのからっぽの場所をくぐり、その後ろに延びている蠟《ろう》を塗った通路を、腰をかがめて進みはじめた。

3POはラックのまえで足を止めた。「そこはちゃんとした通路には見えませんが、ジェイナ様」

「だったら、おまえはそこにいるんだな、3PO」ハンがそう言いながら、壊れたダートシップを運んでいく、六匹ばかりのキリックに目をやった。「あいつらは、予備の部品を探してるかもしれんが」

「わたくしはただ、気がついたことを申しあげただけでございます、ソロ船長」3POはあわててそう答え、ぎこちなく腰をかがめて、半分しゃがむような格好でほかの人々と同じようにジェイナに従った。

「狭くてすみません」ゼックがマラの後ろで謝った。「彼らがこのトンネルを掘ったときには、もっと大きな種族のことは考えていなかったんです」

「気にしないで。あたしたちはそれほど年寄りじゃないわよ」マラの身長でもほとんど体をふたつに折らなくては頭がぶつかる。ゼックは四つん這いになっていた。「どこへ行くの？」

「見ればわかりますよ。すぐそこです」

前方のフォースが痛みと不安で重くなり、湿気を含んだ空気には血と焼けたにおい、バクタ液のにおいがまじりはじめた。まもなく彼らは大きな長方形の広間に出た。そこの壁には、何百という六角形の寝台がつくられている。中央の開けた場所には、片手の大きさしかないキリックの治療師が両側からケガ人に群がり、その上を這いまわって、彼らの傷口に消毒つばを吐き、キチン質の体に入ったひび割れにシルクの密封剤をつむぎ、小さなピンセット状の手を上半身の穴に滑りこませて、内臓に食いこんだ鋭い破片を取りだしている。昆虫の患者たちは胸部から感謝を表す低いうなりを発していたが、まだ意識のあるチスたちは、恐怖を浮かべて治療師たちを見ている。

残りのグループが、マラの後ろから広間に入ると、ケガの程度に応じて患者を分けている看護婦――胸部が緑色の昆虫だ――が駆け寄ってきて、ジェイナの腕に触角で触れ、ルークを見て質問を発した。

「あれまあ」3POが言った。「ルーク様は具合が悪いにちがいないが、彼女にはどこが悪いのかわからないそうです！」

「どこも悪くないのよ、タート」ジェイナは昆虫に答えた。「あたしたちはみんな元気よ。診療所を見学しにきただけなの」

患者を分ける看護婦は、ルークに近づき、球根のような目でじっと彼を見て疑わしげにくちばしを鳴らした。

「確かよ」ジェイナはちらっとマラを見た。「そうよね？」

「ええ」マラは言った。たとえルークが実際に病気だとしても、ここで昆虫の治療を受けさせるのはごめんだ。レイナーが受けた治療を見たあとではなおさらだった。

「少し疲れているだけだ」ルークはキリックにそう言った。

看護婦は疑わしげに触角を広げたものの、悲鳴をあげているチスへと急いで向かった。その患者は、三匹のキリック治療師に内臓をかきまわされている。

「残酷な仕打ちをしているわけじゃないんだ」ティーザーが説明した。「だが、タートはとても禁欲的で、麻酔薬を使わないんだよ」

「だから、ほかの種族に使うときも、どれくらいの量にすればいいかわからないの」ジェイナがつづける。「で、麻酔剤など使わないほうがさっさと終わるし、安全だと判断したのよ」

「ああ、そうだろうな」ハンは悲鳴や叫び声に満ちた広間を見まわした。「しかもそいつを楽しんでるようだ」

「そんなことはありませんよ」ゼックが言い訳した。「カインドは、どんな種族よりも思いやりがあるし、とても寛容です」

「悪意はまったくないのよ」アリーマも言い添える。彼女は近くの寝台を指さした。キリックの看護婦三匹が壁にはりつき、半分意識を失っているチスの上で、ギプスをはめた足を引っぱっている。「戦いが終わると、彼らは攻撃してきた人々も、仲間と同じように手当てするの。捕虜《ほりょ》として拘束しようともしないわ」

「チスにその方法がうまくいくとは思えないわね」レイアがつぶやいた。「捕虜たちが攻撃してきたら、どうなるの?」

これに答えたのは、ティーザーだった。「キリックはケガの治療をするために、チスの捕虜をここに連れてくる。彼らは、ほかの種族が攻撃的なのは痛みを我慢できないからだ、と考えているんだ。だから、痛みの源を探す……」

「最後には、チスもそれがわかって攻撃をやめるのよ」タヒーリが引き取った。

「ああ、昆虫に内臓をかきまわされりゃ、おれも攻撃する気をなくすだろうな」ハンは、チスを治療しているキリックをじっと見てそう言った。そのキリックは、四本の腕でチスの顔をつかみ、赤い目玉から何かを取りだしているようだ。「少なくとも、この薄気味の悪い場所から出られるまではな」

「パパ、チスは逃げる必要なんかないのよ」ジェイナが抗議した。「いつでも好きなときに出ていけるんだもの。その方法が見つかれば、だけど」

ハンは心得顔にうなずいた。「うまい話には、必ずオチがあるもんだ」

「ええ、それは確か」アリーマが同意する。

「でも、あなたが思っているようなオチとは違いますよ」ゼックが引き継ぎ――

ティーザーがこう結んだ。「チスは戦闘中の行方不明者《MIA》を、引き取ろうとしないんだ」

「まあ」マラは、若いジェダイたちが早口でリレーのように言葉をつなぐのが、しだいに気にさわりはじめた。まるで、全員がまったく同じことを考えているようだ。彼らはたえずバトル＝メルドに浸っているのだろうか？「チスが捕虜交換に応じるところは想像できないわね」

「あら、交換の話をしてるんじゃないの」ジェイナが言った。

「チスは、絶対に捕虜を受け入れないのよ」タヒーリが補足する。

「あたしたちがここに来るまえ、捕虜はよく乗り物を盗んで仲間のところに戻ろうとしていたの」アリーマがこの説明を終わらせた。「チスは彼らをひとり残らず追い返したのよ」

「なんというひどい種族でしょう」3POが同情するように言った。「で、そういう捕虜たちはどうなったのですか？」

「それっきり戻らないチスも何人かはいるわ。彼らがどうなったかは、だれにもわからない」ジェイナが結んだ。「でも、ほとんどはネストに戻ってくるの」

マラの頭のなかで警報が鳴りはじめた。ちらっと広間の真ん中を見ると、そこではテクリと数人のチスの医者が、一ダースほどのシャイン＝ボールが発する宝石のような青い光の下に、まにあわせの手術台をつくっている。

マラはジェイナに目を戻した。「それが気にならないの？」

「ええ」ゼックが答える。「なぜ心配する必要があるんです？」

「彼らがジョイナーだからさ」ハンが言った。「自分たちの思考をなくしちまうからだ」

「いや、彼らにはふたつの思考があるんだよ」この広間に入ってから初めて、ジェイセンが口を開いた。「彼らはまだ自分の思いを持ってる。だが、ネストの思いも分かちあっているんだ」

ハンは顔をしかめたが、マラは内心ほっとした。少なくともジェイセンは、まだキリックとは違う視点から物事を考えているようだ。ひょっとすると、彼が放浪の旅で学んだことが、キリックの影響力に対する抵抗を強めているのかもしれない。それとも、ただほかの若者より遅れて到着したからなのか。いずれにせよ、ジェイセンは残りの奇襲チームに対処するときの助けになってくれそうだ。

ややあってハンが言った。「これはよいことだなんて、おれを納得させようとしても無駄だぞ」

「これはよいとか、悪いとかではないんだよ」ジェイセンは答えた。「ただ、そうなんだ。父さんには、ネストの思考が持つ〝意志〟が、個々の思考が持つ意志よりも強いことが気に入らないんだね？　個々の人々が、独立心を失ったように見えることが」

「そうさ」ハンはちらっとジェイナやほかのジェダイたちを見た。「大いに気に入らんな」

「チスも間違いなくそれが気に入らないでしょうね」レイアが言った。「自分たちの意志を制限するようなものには、それがなんであれ、大きな脅威を感じるにちがいないわ」

「だからって、ほかの種族を絶滅させてもいいとは言えないわ」ジェイナが言い返した。

「それは厳しすぎる非難だな」ルークが言った。ルークの穏やかな調子と、彼がこれまではジェイセンよりも静かだった事実が、全員の注意を引きつけた。「この戦いは、チスらしくない。彼らには、攻撃的な行動を禁じている非常に厳しい規則があるんだ。とくに、国境の外からの攻撃に対してはね」

「あなたはチスを知らないんです」アリーマの声は苦々しかった。「彼らはカインドの捕虜を、宇宙を漂う囚人船の独房に入れて餓死させるんですよ」

「どうしてそんなことがわかるの?」レイアが尋ねた。「チスが囚人たちを、視察させてくれたとは思えないけど」

「チスのジョイナーから聞いたんだ」ジェイセンが説明した。

「囚人船という話はわかるわ」マラは言った。「でも、チスが囚人を餓死させるとは思えない。彼らはそこまで規則を曲げるはずがないわ」

「餓死させようと思ったわけじゃないんだよ」再びジェイセンが説明した。「チスはちゃんと囚人に食料を与えようとした」

「昆虫が何を食べるか突き止めるのが、それほど難しいとは思えんが」ハンがつぶやく。

「違うんだ、父さん。問題は、食べさせる方法なのさ」ジェイセンは、みんなについて来いと合図し、治療室の出入り口へと向かった。「こっちに来て。何が問題なのか、実際に見たほうがわかりやすい」

ジェイセンはすべての表面に蠟を塗った広い通路へと、彼らを案内した。たくさんの労働者たちが荷物を運んでいく。宝石のような青いシャイン＝ボール、多彩色の蠟の玉、ひどいにおいがする半分腐ったマー茎の細い束……。ほとんどが大きな荷物だが、なかには小さな石をひとつだけ運んでいる昆虫もまじっていた。たいていは、つるつるした明るい色の石で、彼らだけは、この宝物をはめるちょうどよい場所を探すようにゆっくり歩いている。

「彼らはこうやってモザイクをつくるのね」レイアがつぶやいた。

「ええ、小石を一度にひとつずつね」ジェイナが言った。「彼女たちはきれいな石を見つけると、仕事の手を止めて、それを置く完璧《かんぺき》な場所を見つけに、ネストに戻るの。何日もかかることもあるのよ」

マラはジェイナの声に畏敬《いけい》の念を聞き取って驚いた。ふだんのジェイナは戦術や後輩の訓練で頭がいっぱいで、芸術のことを考えるゆとりなどほとんどない。

「彼女?」レイアは尋ねた。「モザイクづくりには、雄のキリックは参加しないの?」

「雄はあまりいないんです」ゼックが答える。

「彼らがネストを離れるのは、新しいネストをつくるときだけよ」アリーマがつけくわえた。

通路が分かれ、まもなく甘いにおいのする巨大な穴の縁に突き当たった。そこがあまりに薄暗いせいで、ジェイナがとっさにフォースでつかみ、引き戻さなければ、ハンは縁を越え、穴のなかに落ちていたにちがいない。マラやほかのジェダイは、入り口でためらった。その穴のなかでは、フォースがすさまじい飢えに脈打っていたからだ。

「ここはネストでいちばん活気のある場所なんだ」ジェイセンは、くちばしの鳴る音や胸部をたたく音に負けじと声を張りあげた。「幼虫の洞窟だよ」

ようやく暗がりに目が慣れると、マラにもその部屋にいるキリックたちが見えた。一匹残らず六角形のセルへと注意深く這っていく。セルの半分はからっぽで、一部は蠟で封じてある。だが、残りはキリックの幼虫が入っていた。

どの幼虫も成虫のキリックが世話をしていた。幼虫が頭にかぶったカプセルを注意深くきれいにしているか、小さくちぎったえさを食べさせている。一行が見ていると、近くの幼虫が茶色い、甘いにおいのシロップを排出した。するとその幼虫の世話をしている成虫が、舌のような長い鼻の先を伸ばし、すばやくそれを吸いこんで、げっぷをし、セルを出た。代わりにべつのキリックがそこに入る。

「おいおい《ブラスト》！」ハンがまるで幼虫があげる音を真似《まね》るようにそう言った。「あれが夕食だ、なんて言うんじゃあるまいな」

「それほど珍しいことじゃない」ジェイセンは、そこを出入りするキリックの流れをさまたげないように、みんなを入り口の片側に集めた。「銀河のどこでも、ハチやスズメバチはああやってえさを食べる。これは、とても安定した社会構造をつくりだすんだよ」

ハンはレイアを見た。「ほらな、小さいころ、妙なペットをたくさん飼うのを許すから、こういうことになるんだ」

「でも、チスの捕虜が飢えている理由は、これで説明がつくわね」マラはハンの軽口を無視してそう言った。「幼虫がいなければ、捕虜は食べられない」

「まるで偶然そうなったような言い方だけど、けっしてそうじゃない」ゼックの声には怒りがこもっていた。「チスはクオリブのネストを追いだすために、彼らを飢えさせようとしているんですよ」

「でも、彼らはここを立ち去れないわ」アリーマが苦い声でつけたした。「たとえほかに行く場所があったとしても、彼らのすべてを移すには、ネストひとつにつき、スター・デストロイヤーみたいに大きな乗り物が必要よ。おまけに準備に何か月もかかる。その船のなかに一からネストをつくらなくてはならないんだもの」

「だいたい、彼らがネストを出ていく必要はないのよ」ジェイナが言った。「ここはチスの領域じゃないんだもの。彼らは罪のない犠牲者よ」

「犠牲者かもしれないけど」マラは、姪のジェイナやほかのジェダイがキリックの言い分をそのまま受け入れていることに危険を感じた。「罪がないとは言えないわね」

ジェイナはきらりと目を光らせたものの、落ち着いた声でこういった。「あなたには状況がよくわかっていないのよ。この星系は――」

「ここに来る途中で、〈シャドウ〉がキリックに襲われたことはわかってるわ」マラはぴしゃりと言った。

「ここに入ってくるときに起こったこと？」ジェイセンが尋ねた。「ぼくもそのことを考えていたんだ」

「ああ、おれたちもさ」ハンが皮肉たっぷりに言った。

「彼らがしたことだと思うんですか？」ティーザーが尋ねた。

「攻撃してきたのは、間違いなくダートシップよ」サーバが答えた。「でも、ライジルで見たよりも進んでいた。ロケットの燃料は水素だったから」

「水素？」ゼックが聞き返した。「そんなはずはありませんよ」

彼は混乱した顔で仲間と目を見合わせた。それからジェイナが説明した。「あたしたちは、ここのダートシップを水素ロケットに改造させようとしてるの。でも、彼らがつくるのはメタンのロケットよ」

「なんですって？」レイアが言った。「〈シャドウ〉を襲ったのは、キリックのダートシップではないというの？　それとも、わたしたちがこの話をでっちあげていると言いたいの？」

若いジェダイ・ナイトたちは、ひとり残らずばつの悪そうな顔をした。

それからタヒーリがこう言った。「あたしたちが言ってるのは、その話は筋が通らない、ってこと。カインドが〈シャドウ〉を攻撃するなんてありえない。でも、あなたたちがうそをつくこともありえない。カインドのネストには、水素ロケットはひとつもない――」

「だけど、あたしの宇宙船の装甲パネルにあるへこみは、ひとりでにできたわけじゃないわ」マラはジェイナを見たまま つけたした。「キリックたちに関するあなたたちの考えが間違っているかもしれない、そうは思わないの？」

ジェイナはマラの視線をまっすぐ受け止めた。

「そんなことはありえないわ」彼女は通りすぎるキリックを呼びとめた。「友人たちが、大量の水素ロケットに襲われたの。どこかのネストが――」

そのキリックは胸部をたたいて誠実な音で答えた。

「それはチスだ、と彼女は言っています。カインドのふりをしたチスだ、と」3POが通訳した。

「彼らは守護者《プロテクター》たちをここから立ち去らせようとしている、と」

「あれはチスじゃなかったわ」マラはきっぱり否定した。「パイロットが見えたのよ。昆虫だったわ」

キリックはまたしても胸部をたたき、3POがこれを通訳した。「銀河を放浪する昆虫は多い。チスはそういう昆虫を雇うことができるはずだ、彼女はそう言っています」

「ありえないわね」レイアがそれに答えた。「チスは傲慢《ごうまん》で……エリート意識が強いもの」

「あれはキリックだったよ」ルークが同意した。「おれたちの間違いじゃない」

キリックの胸部から一連の鋭い音が反響した。

「あなた方は信じる気はあるのか、と尋ねています」3POが告げる。

「真実ならね」マラが答えた。

キリックは短くこれに答え、六本の手足を床について通路を走り去った。

「彼女は真実を知らないそうです」3POが言った。「いずれにしろ、信じる気がないのだから、真実を思いつく理由もないと怒って行ってしまいました」

ルークはジェイナに顔を向けた。「もうじゅうぶん見たよ。格納庫へ戻ろう」

「まだよ」ジェイナは言い張った。「まだ、わかって――」

「必要なことはすべてわかった」

ルークはちらっとマラとサーバを見て、カウンシルのメンバーであるこのふたりの考えを黙って尋ねた。ふたりがうなずくと、彼は若いジェダイたちに話すために一歩さがった。

「ここの状況は、非常に混乱している。それだけでなく、一触即発の危機をはらんでいる。きみたちはジェダイ・ナイトとして必要な中立性を失った。マスターたちは、コルサントに戻るようきみたちに要求する」

マラは心のなかでたじろいだ。マラやキップ、コラン、ほかにも数人のマスターたちは、ジェダイ・オーダーはジェダイ・ナイトに従順さを〝求める〟よりも〝命じる〟べきだと考えている。だが、ルークは、彼らの独立心を尊重したいと考えていた。ジェダイ・オーダーがメンバーの判断を信頼できないとすれば、マスターたちは最も重要な仕事に失敗している、彼はそう信じているのだ。そして日頃は、だれよりも先にジェダイ・マスターとルークの意見が、とりいれられることが多い。

ジェイナはこの点をすばやく突いてきた。「カウンシルが心配しているのは、あたしたちの中立性なの？　それとも銀河同盟とチスとの関係なの？」

「いまの時点でおれたちが心配しているのは、きみたちのことだ」ルークの声はやさしかったがきっぱりしていた。「ジェダイなら、チスと良好な関係を保つのがどれほど重要なことか、気づくべきだぞ。彼らがわれわれのために巡回している国境沿いの宙域だけは、銀河連合のほかの場所と違って、海賊もいなければ密輸も行なわれていないんだからね」

「ジェダイは銀河同盟の使い走りじゃないわ」アリーマが言い返した。

「ああ、違う」ルークは同意した。

彼の話を聞くために、キリックたちが通路や壁や天井に集まりはじめたが、マラはフォースのなかでどんな脅威も感じなかった。彼女が昆虫の感情を正しく読んでいるとすれば、彼らが放っているのは真剣な懸念に近い。だが、念のため彼女は、何かあったときに身を守りやすい位置に移るよう、サーバとレイアにフォースのなかでそれとなく促した。

「しかし、平和な銀河同盟は、平和な銀河の最も強力な柱だ」ルークは言葉をつづけた。「そして平和を守るのがジェダイの務めだ。再建が失敗し、銀河同盟が無政府主義に落ちれば、銀河の平和も破れる。そんな事態が生じれば、ジェダイは平和の守護者として失敗したことになる」

「弱者を守るという任務は、どうなったんです?」ゼックが突っこんだ。「貧しいものを助けるのは?」

「どちらも立派なことだ。だが、それだけでは銀河が混乱におちいるのを阻止できない。したがって、それらはジェダイ・ナイトの最優先の任務ではないよ」

「だったらあたしたちは、複合企業が再建のうまみを一手につかむのを助けるために、クオリブのネストを見捨てるの?」ジェイナが言い返した。「それはパルパティーンが――」

「やめなさい!」マラは姪のまえに出た。天井や壁のキリックたちがざわざわという音を立て、体を縮めてあとずさる。「割りあてられたポストを放りだし、国境紛争に首を突っこんで、あたしたちの手をわずらわせただけでも、ジェダイ・ナイトとしてあるまじきことなのに、そんなばかげた比較はたとえあなたでも許さないわよ、ジェイナ・ソロ」

ジェイナはショックに目を見開き、のどの奥でチッチッという柔らかい音を立てながら、謝罪するか、怒りにまかせて痛烈な言葉をたたきつけるか迷いながら、長いことマラを見つめていた。後者を口にすれば、このふたりの女性のあいだはけっしてもとに戻らないだろう。この場にいる全員が、それを感じた。感心なことに、ルークは口をはさまなかった。彼はただ静かにそこに立って、ジェイナが決断するのを待っていた。

ようやくジェイナは表情を和《やわ》らげた。「ばかなことを言ったわ。ルークおじさんがあの皇帝に少しでも似ているなんて、ほのめかすつもりはなかったの」

マラはこれを謝罪だとみなすことにした。「それを聞いてうれしいわ」

「それに、おれたちはキリックを見捨てたりしない」ルークはこの言葉に同意している天井のキリックたちをちらっと見上げ、若いジェダイたちに目を戻した。「だが、きみたちのことが心配だ。きみたち全部のことが」

「あなたたちが客観的に物事を見られなくなっているからよ」マラはルークの暗黙の願いを察し、言葉を補足した。「そして公然とキリックの側に立って戦っている。でも、それでは争いの調停はできないわ」

「率直に言って、きみたちはすでに半分ジョイナーだ」ルークが引き取った。「全員が、いますぐおれたちと一緒にコルサントに戻るべきだと思う」

警戒するような苦いフェロモンのにおいが、通路の空気を満たし、パニックを起こした昆虫たちが胸部をたたく音やくちばしを鳴らす音に、マラはとっさにライトセーバーをつかんだ。レイアとサーバも反射的に同じことをした。ハンは青ざめ、ブラスターのすぐ上のベルトにさりげなく親指をかけた。だが、ルークは両手をわきにたらしたままだった。このすさまじい音が彼にも聞こえていることを示しているのは、それが鳴りやむのを黙って待っていることだけだった。

再び声が聞こえるようになると、ルークはこの中断がなかったかのように言葉をつづけた。「レイナーがどうなったか、おれたちは見た。オーダーはこれ以上ジェダイ・ナイトを失うことはできない」

「クオリブのネストはどうなるの？」タヒーリが尋ねた。「あたしたちがここにいなければ、チスはやり放題——」

「この者が残ります」サーバが言った。「マスター・スカイウォーカーがアリストクラ・ツウェックと話しあう手はずを整えるまで、ジェダイがまだ目を光らせていることを、チスに知らせるとしましょう」

「ひとりでかい？」ティーザーが尋ねた。

サーバはうなずいた。「ひとりで」

ティーザーはにやっと笑って尻尾《しっぽ》で床をたたき、母と頭をぶつけあった。「よい狩りを」

マラはジェイナを見た。「残りは？」

ジェイナは音を立てて息を吐きだし、床から目を上げて、レイアを見た。「ずいぶん静かね、ママ」

「わたしはマスターではないもの」

「それはわかってるわ。で、どう思う？」

レイアはまゆを上げた。マラが感じているのと同じくらいのショックを受けているように見えた。

「わたしにどう思うか聞いているの？」

「そんなに驚かないでよ。ママとパパが銀河同盟をどう思っているか、ちゃんと知ってるのよ。それに、ママたちには、銀河同盟に従う義務も責任もないもの」

「あら、義務と責任はわたしたちにもあるわ」レイアは微笑した。「あなたのお父さんとわたしがここに来たのは、あなたとジェイセンが安全かどうか確かめるためよ」

ジェイナは目玉をくるっと回した。「だからって、何も変わらないわよ。いいから、どう思うか聞かせて」

レイアは、ためらいもしなかった。「ジェイナ、あなたたちはここの状況を悪化させていると思うわ」

「悪化させてる？」アリーマがレックをくねらせ食ってかかった。「あなたに何がわかるの？　ついさっき来たばかりで――」

ジェイナはちらっと目の隅でにらみ、アリーマを黙らせた。

「ありがとう」レイアは言った。「いま言ったように、あなたたちがここにいることがチスを挑発しているの。それが長引けば、彼らはもっと強硬な手段に出るわ。そして避けられたかもしれない戦いが起こるでしょう」

「避けられたかもしれない？」タヒーリが尋ねた。「どうやって？」

「それはわからない。まだね」レイアは認めた。「でも、これだけはわかっているわよ。チスの機動部隊を滅ぼせば、戦いは避けられない。彼らはもっと大きな機動部隊を送ってくるわ」

「彼らはもうそうしたわ」ジェイナはあっさり言い、この件を話しあうために仲間を見た。

少なくともマラは彼らが話しあうのを期待した。だが、彼らはただ二、三秒、顔を見合わせただけだった。それからキリックたちが一斉に失望の声を発して散りはじめ、ティーザーとジェイセン、タヒーリが通路を歩きだした。

「あたしたちは行くわ」タヒーリが言った。

「テクリも行く」ティーザーも言う。

「それじゃ、半分だけよ」マラは片方のまゆを上げ、ジェイナと残りのふたりを見た。「あとの三人は？」

「四人よ」ジェイナが訂正した。「ローバッカのことを忘れてるわ」

16

〈ファルコン〉のはるか下では、クオリブの最も大きな環《わ》が金色にきらめいている。この石や岩からなる広い帯状の〝川〟は、紫の月ヌログの下で弧を描き、惑星の向こうへと消えている。ぼんやりと緑色に光る遠くの三日月、ズヴボーのすぐ先では、チスの第一陣が放つ排熱の光が、星をちりばめた宇宙空間を背景に、小さな光の矢のように複雑な格子模様を描いていた。

「そろそろ見えてくるはずよ」レイアが報告した。「捜索範囲が広がっているようね。イオン・ドライブの航跡が環のあらゆる側に見えるわ。三〇度上にまでね」

「やれやれ」ハンが皮肉たっぷりにつぶやく。「チスはさぞご機嫌だろうな」

「なぜそう思うのかね?」ジューンが尋ねた。搭乗者用座席の左側に座っているこのサラスタンは、何かというと肩越しに顔をのぞかせ、さっきからハンをいらだたせていた。さいわい、ターファングはテクリの手当てが受けられるように、〈シャドウ〉に運ばれていた。「彼らが生存者を見つけるのに苦労しているからかね?」

「どうしてわかった?」ハンの声はいっそう皮肉になった。

「手順だよ」ジューンは誇らしげに答えた。「彼らは捜索半径を延ばした。相手がチスだからといって、捜索プロトコルがわれわれのものと違うはずがない」

「すごいな。あんたは賢いサラスタンだ」

「ありがとう」ジューンは顔を輝かせた。「ハン・ソロにそう言ってもらうとは、これ以上の称賛はない」

「ああ、まあな」

ハンが操縦桿《かん》を引き、環から遠ざかりはじめた。レイアは即座に〈ファルコン〉をエスコートしているジェイナ、サーバ、アリーマ、ゼックがこの動きに好奇心を持つのをフォースで感じた。

「ステルスXたちが、あなたは何をしているのかと思ってるわ」レイアは報告した。「じつを言うとわたしもよ」

「〈ファルコン〉には、ステルス機能はないからな」ハンは説明した。「それにチスはそうとういらついてるはずだ。こっそり潜りこもうとしてばれたら、わけを聞く手間をかけずにいきなり撃ってくるかもしれん」

「ズンジとの戦いで、タルの軌道に入ったときと同じ作戦か！」ジューンがうれしそうに叫んだ。

「〈ファルコン〉がおとりになって敵の目を引きつけ、そのあいだにステルスXが敵の捜索範囲の外縁部に入るんだな」

「いや」

「違う？」ジューンはひどくがっかりした声になった。「なぜだね？」

「ステルスＸには、ウーキーを押しこむスペースがないからさ。だから、おれたちがあそこに入って、ローバッカを見つけるんだ」

「チスがそれを許可するのかい？」ジューンが驚いて息をのんだ。

「ああ、するとも」ハンはちらっとレイアを見て、こうつけくわえた。「レイアが、彼らを説得する」

「わたしが？」レイアはハンがくわしく説明するのを待った。だが、彼はいつまでも黙っている。ややあってレイアは、ハンは彼女が妙案を思いつくのをあてにしていることに気づいた。「興味深くなりそうね」

「非常に」ジューンが言った。「あなたがどうやるのか楽しみだ」

「わたしもよ」

レイアは疑いをわきに押しやり、ジェイナやほかのジェダイたちに思いを送り、ハンの計画を伝えようとした。バトル＝メルドには、戦争が終わるころ何度か参加したものの、彼女は共感を使うこの伝達方法に熟達しているとは言えない。あんのじょう、返ってきたのは、混乱から懸念までさまざまだった。失敗するたびにいらだちが募り、レイアはとうとう複雑なメッセージを伝えるのをあきらめて、短くこう告げた。〝わたしを信頼して〟

四人のパイロットは即座にこれを了承し、ステルスＸはきらめく岩の反射光でくっきりと浮かびあがらないように環のあいだの黒い帯沿いに飛びながら、〈ファルコン〉の後ろについた。

わたしはもっとこれを練習する時間が必要だわ、レイアはそう思いながら首を振った。

フォースを通じて、励ましが送られてくる。

「ジェイナたちは、新しい作戦を了解したわ」レイアは報告した。ステルスXのジェダイたちをまとめているのはサーバだが、娘のジェイナとレイアのきずなのほうがはるかに強いので、ジェイナの返事がいちばんはっきりしている。「たぶんね」

「よかった」ハンは惑星の黄道から一〇キロ上空で水平飛行に移り、〈ファルコン〉を灰色の半影部分へと入れた。「なんだか、少し簡単すぎやしないか？」

「そうでもないわ。チスがどんな反応を示すかまだわからないし――」

「おれが言ったのは、チスのことじゃない。ジェイナのことだ。あいつは、それほど簡単にあきらめないぞ」

「ジェイナ・ソロは、船長が正しいことに気づいたにちがいない」ジューンが口をはさんだ。「これほど経験のある父親の言うことに、耳を傾けない娘などいるものか」

「残念ながら、人間はそれほど単純ではないのよ」レイアはハンが答えるまえにそう言った。この調子で話しつづければ、いくらサラスタンでも早晩ハンの声に含まれたあざけりに気づくにちがいない。〈ファルコン〉のトラクター・ビームを切り、〈XE８０８g〉を宇宙空間に放置するはめになっただけでも気の毒なのに、ジューンががっかりする顔はこれ以上見たくない。

「それに、ジェイナはとくに複雑な子なの。父親と同じくらい頑固だから」

「そうとも」ハンは誇らしげにそう言った。「あいつのことだ、きっと何かたくらんでるにちがいない」

「たぶんね。でも、いまはローバッカを救出することが最優先だわ。わたしたちが約束を果たせば、もしも必要なら、あの子を無理やり連れて帰ることも――」

「無理やり、だと？」ハンはばかにしたようにレイアを見た。「あいつが一〇歳のときから、そんなことはできたためしがない。いいか、相手はジェイナだぞ。忘れたのか、あいつは〝ジェダイの剣〟だ」

「忘れるもんですか。でも、わたしはあの子の母親ですもの。必要とあれば、なんでもできるわ」

ハンは少しのあいだレイアを見ていたが、やがてにやっと笑ってうなずいた。「ああ、プリンセス。きみならできるだろうな」

「わたしたちは、よ」レイアは訂正した。ハンは完全に同意してはいないようだ。どうやら、彼も何かたくらんでいるらしいことに、レイアは気づいた。「いいこと、この件では、わたしたちはチームなのよ、ナーフ飼い《ハーダー》。ジェイナが家に連れ帰った汚いホームレスを、わたしに押しつけたときみたいなことはやめてもらうわよ」

「ハニー、あれはゼックだったんだぞ」

「あれがだれだったかは、ちゃんとわかってるわ。わたしがいなければ、ジェイナはコルサントの地下で彼と一緒に暮らしていたでしょうよ。ジェイナをジェダイ・アカデミーにとどめるためには、彼もアカデミーに入れるしかなかったんだから」

「ああ。だが、ジェイナはもう一三歳じゃない。おれたちが会ったときのきみより年上だぞ。しかも二倍も頑固ときてる。自分から帰る気にならなきゃ――」

「まさか、あの子をここに残せと言ってるんじゃないでしょうね。あなたがそんなことを言うはずがないわ」

「そうするしかないかもしれん、と言ってるのさ」ハンは息を吸いこみ、少し落ち着いた声で言った。「あいつの気持ちはおれにもわからん。まったく、巨大なアリ塚みたいな植民惑星を、なんだって命をかけて守りたいんだ？　だが、ジェイナはそうしたがってる。ルークがあの子やほかの連中に帰れと命じたときのあの子の表情でわかった」

「何が見えたの？」ハンは何を考えているのか？　これは、娘が〝昆虫の仲間〟になるのを防ごうと、銀河の半分も横切ってきた男の言葉とは思えなかった。「わたしには、失望と反抗しか見えなかったわ」

「そのとおりだ。ジェイナはこれをあきらめないぞ。おそらく、これほど純粋な気持ちになったのは初めてなんだろう」

「何を言いたいのかわからないわ、ハン」

「なあ、ジェイセンとジェイナは、小さいころから、さまざまな駆け引きを見て育ってきた。おれたちが新共和国をなんとかまとめておくために、取引や駆け引きをするのを見てな」

「それはわたしたちが、体制側だったからよ」レイアはつい弁解するような口調になった。「体制を保つのは、それをひっくり返すよりも、はるかに難しいの。ひとつの体制を維持するには、ありとあらゆる灰色の妥協が必要なのよ」

「ああ、おれもそれを言ってるのさ。あの子たちは、おれたちがつねにある種の妥協をするのを見て育った。ただ、そのために戦う、そういう単純な戦いはひとつもなかったんだ」

「ダーク・ジェダイや大同盟との戦いはあったわ。ユージャン・ヴォングとの戦いも。あれはかなりはっきりしていたわ」

「みんな戦う相手だ」ハンはずばりと指摘した。「おれが言ってるのは、戦って守りたいもの、って意味さ。純粋に守りたいものだ。あの若いジェダイたちは、そういうものを一度も持ったことがなかった」

ハンの言わんとすることが、レイアにもようやく見えてきた。「彼らには、反乱軍はなかった、と言いたいのね」

「そのとおり。キリックは平和を好む無力な種族だ。中立の領域で、自分たちの生活を営んでる。ところが、強大な力を誇るチスが、彼らを餓死させようとしている。ジェイナはこの状況を、〝強者から守る必要のある弱者〟という図式で見ているんだ。くそ、おれだって、キリックのために戦ってやりたい、と思いそうになるくらいだ」

レイアはまゆをひそめた。ひょっとして、ハンはジョイナーになりかかっているの？「でも、そんなことはしないでしょう？」

ハンはこの問いにあきれたように、くるっと目玉を回した。「思いそうになると言ったんだぞ」彼の口調は少しばかり鋭くなり、言い訳がましくなった。「いいか、おれはジェイナの視点から話しているんだ」

「よかった。あの子たちがコロニーにとどまるのを許すつもりかと思ったわ」

「ブラックホールが光りはじめたらな」ハンは鼻を鳴らした。「おれが言いたいのは、ジェイナたちには、自分たちの考えで戻る、と思わせる必要があるってことさ。おれはあの子の目から、あのきらめきを奪いたくない。おれがデス・スターから救いだしたときのきみも、あんなふうに目を輝やかせていたもんだ」

ハンが〝輝やかせていた〟と過去形を使ったことにこだわるまいと努めながら、レイアは抗議した。「いいえ、救いだしたとは言えないわよ」これはいつものネタだった。ふたりの夢がまだとても純粋で、妥協や駆け引きにけがされていなかったころの、なつかしい思い出にひたれる冗談のひとつだ。「ダース・ヴェイダーの仕掛けたわなに気づかずに、帝国軍をまっすぐヤヴィン4の反乱同盟軍基地に導いたんだもの」

「いや」ハンは訂正した。「デス・スターを反乱軍のわなに誘いこんだのさ。おれがいなけりゃ、あれはいまでもこの銀河を飛びまわってるだろうよ」

「ほんとうかね？」航宙士の席にいるジューンが、驚いて息をのんだ。「『特別な届け物』では、そういうことは指摘していなかったが」

ハンはゆっくりまばたきし、座ったまま体をひねった。「まだそこにいたのか？」

「もちろんだ」ジューンは真っ正直に答えた。「乗員は、船長の許可なくフライトデッキを離れることはない」

「あんたは乗員じゃないぞ」

レイアは、前部ビューポートの外で、クオリブの影の暗がりに見える小さな青い光輪がしだいに大きくなりはじめたことに気づいた。戦術ディスプレーに目をやると、チスのスターファイターが六機、近づいてくる。

「ハン！」レイアはハンの肩をつかんだ。「お客よ！」

ハンがまえを向くころには、その光輪のなかにクロークラフトのコクピットと火器アームのクモのようなシルエットがはっきりと見えた。

「やっとおでましか」ハンはレイアのまえにあるマイクを示した。「何を待ってる？　説得を始めろよ」


夢のなかで、ローバッカはおじのチューバッカと連れだって影の森《シャドウ・フォレスト》に下り、ロシュアの大樹の枝のあいだを走り、死者の井戸《ウェル・オブ・ザ・デッド》と呼ばれる緑の壁へと向かっていた。葉がからみあう壁までは、ほんの二〇〇メートルしかないが、どれほど走っても、いっこうにそこに着かない。彼らは、スロス＝モスのカーテンを引き裂き、むちのようにくるぶしに切りつけてくる長いクケックルグ・ルッローの鉤《かぎ》づめを飛び越えて走りつづけた。何十メートルかごとに、チューバッカが大きな手をローバッカの肩に置き、のどの奥から低いうなりを発して励ますが、この言葉はなぜかはっきりとは聞き取れない。唯一の慰めはおじの手の重みだった。

いや、この重みはチューバッカのものではない。同じようによく知っているが、はるかに軽い。それに感じているのは肩ではない、感触もウーキーとはまるで違う……。

人間のようだ。人間の女性……。

ジェイナだ。

へんだな？　ジェイナはいつロシュアの木を登れるようになったんだ？

「なんですって？」通信機からチスの驚いた声が返ってきた。

「繰り返すわ」レイアは答えた。「わたしたちは、生存者の捜索をお手伝いにきたの」

「ジ、ジ、ジェダイの生存者の、ですか？」

〈ファルコン〉の後ろには、六機のクロークラフトが、まるでエスコートのようにぴたりとついている。レイアが彼らと話しているあいだ、ハンは、壊れたままのレーザー砲座を手動で回し、チスのスターファイターに向けると言い張るノーグリたちを、必死に思いとどまらせねばならなかった。

「いいえ。ジェダイはすべてそろっているわ。わたしたちはチスの生存者の捜索をお手伝いしに来たのよ」

「ほう」チスの士官はこの言葉を信じていないようだった。「チス・アセンダンシーは、適切な捜索手段を行使しています。ただちにそちらの基地に戻ってください」

レイアは深く息を吸いこみ、ちらっとハンを見て、スロットルを指さした。必要とあれば彼らを振り切れ、という意味だ。「それは明らかに真実ではないわね」

さきほどより長い沈黙がつづいた。〈ファルコン〉はぼんやりした三日月形のズウボーを通過し、背後から太陽に照らされた、クオリブの影のなかにすっぽりと入りこんだ。

ようやくチスの将校が尋ねた。「わたしをうそつき呼ばわりしたのですか、〈ファルコン〉？」

「捜索作業が難攻しているのは、見ればわかるわ。あなた方は捜索半径を広げたわ。そちらの機動部隊の規模では、一週間かかってもきちんと捜索できない広さにね。こうしているあいだも、状況は悪化しているのよ。だから、順調に作業が進んでいるなどとごまかして、わたしを侮辱しないでちょうだい」

「いいでしょう」将校の声は氷のように冷ややかになった。「では、たんに指示するだけにします。即座にこのエリアから出てください。あなた方の助力は必要ありません」

向きを変えるか？　ハンが片手を回して尋ねたが、レイアは首を振った。交渉ははじまったばかりだ。

「いいえ。このまま協力をつづけるわ」

「わたしを侮辱するんですか？」将校がかたい声で言った。「あなた方が何を心配しているにせよ、それはチスの死傷者の数ではない。いますぐ戻ってください。さもないと撃ち落とします」

「それはどうかしら？　〈ミレニアム・ファルコン〉にだれが乗っているか、あなた自身はともかく、上官は知っているはずよ。もと新共和国元首で、ルーク・スカイウォーカーの双子の妹に、チスが発砲することはありえないわね。チス領域の一部ですらない、二、三の月をめぐる争いぐらいではね」

　レーザー砲の赤いビームが何発か、ひらめいて通過し、〈ファルコン〉のキャノピーを明るく照らした。

「し、従ったほうがよくないかな？」ジューンが口ごもった。「あ、あの将校は本気みたいだ！」

「ああいうセキュリティー・パトロールに関しちゃ、あんたはまだまだ学ぶことがあるぞ、船長。あの男が本気なら、おれたちはいまごろ真空に吸いだされてるよ」

「そうか！」ジューンの声がふいに明るくなった。「あなたは彼らの手順マニュアルを持っているんだね！」

　ハンはあきれ顔で首を振った。

　一瞬後、レイアの抗議を待ちくたびれた将校が、再び送信してきた。「いまのは警告です。しかし、今度は本気で撃ちますよ」

「あなたはこの星系に何人ジェダイを呼び寄せたいの?」

この脅しは、チスの将校の脅しよりも口先だけのものだ。たとえ、それを実行するだけのジェダイ・ナイトがそろったとしても、ルークはけっして報復のためにジェダイを使うことはない。

「これはもう非公式の作戦ではないのよ。マスター・スカイウォーカーは、すでにジェダイ・ナイトの半分を連れて、ここをたった。あなたの上官は、不幸な事故が起こり、それがジェダイ・カウンシルとオマス元首に提出するルーク・スカイウォーカーの報告書に影を落とすことを望んではいないはずよ。わたしたちの協力を気持ちよく受け入れ、この問題の解決に向けて努力すべきではないかしら?」

短い沈黙のあと、将校はこう尋ねた。「マスター・スカイウォーカーとここをたったのは、どのジェダイ・ナイトですか?」

レイアは微笑した。これは明らかに、こちらが誠実かどうかを試すための質問にちがいない。チスの情報部は、だれがここを離れたかをすでに突き止めているはずだ。

「ティーザー・セバタイン、テクリ、わたしの息子のジェイセン、タヒーリ・ヴェイラよ。残りはわたしたちがここをたつときに、一緒に連れていくことになっているわ」

「それを約束してもらえますか?」

「もちろんですとも。あなたの司令官が、クオリブのコロニーには介入しない、と約束してくれれば」行き詰まり状態が、このひとことで解決できるとは思えないが、試してみる価値はある。「いずれにせよ、カウンシルは状況を監督するために、ジェダイ・マスターをひとり、ここに残していくわ」

またしても再び沈黙がつづき、それからチスが答えた。「わたしには、アセンダンシーを代表して、交渉を行なう権限はありません」

「ええ、それは明らかかね」

「しかし、そちらの申し出は適切なアリストクラに伝えられます。それまでは、ありがたく助力を受け入れることにしましょう。これから送信する座標へと進み、その二キロ四方を捜索してください」

「了解。わたしたちが手伝うことを許可してくれてありがとう」

「司令官から、助力を感謝する、というメッセージが入りました」将校は答えた。「通信終わり」

割りあての座標が、ナビディスプレーに表示された。

「あんなところには、だれもいるものか」ジューンが不満をもらした。「ほとんど軌道の外じゃないか!」

「ジューン、あんたは密輸業者じゃないのか?」

「密輸業者だとも」ジューンは涙声になった。「少なくとも、〈XR808g〉を失うまえはそうだった」

「だったら、おれたちがあんなところに行く気はないってことぐらい、わかりそうなもんだ」ハンはそう言いながら、クオリブの黒いかたまりに背を向け、おおまかにチスに割りあてられたあたりへと向かうコースに〈ファルコン〉の船首を向けた。「やつらにそう思わせとくだけでな」

ローバッカは目をあけた。明るい環が見えた。とたんに彼はロシュアの森からクオリブの上に戻り、冷たくくさい与圧スーツのなかでぶるっと体を震わせた。彼はしばらくまえから、惑星の環のなかを漂うロント大の氷とほこりのかたまりに、錨《いかり》ボルトを使って体を固定していた。周囲の闇《やみ》は、青い針のようなイオン・ドライブの排熱で満ちている。チスの救助船がまだ生存者を探しているのだろう。戦いがもたらした破片がガス巨星の厚い大気圏へと雨のように落ちていき、ぱっと真紅の光の花を咲かせる。

ジェイナはバトル＝メルドで彼に触れつづけ、宇宙空間に放りだされた彼の孤独と不安を少しでも和《やわ》らげようとしている。アリーマは彼に、もうすぐ見つける、という約束を送ってきた。ゼックはローバッカの生命維持装置のことを心配していた。ローバッカのヘルメットのなかにある表示ディスプレーは、与圧スーツのバッテリーがなくなりかけ、水もなく、空気もあと三〇分しかもたないことを示している。まあ、冬眠状態に戻ればその三倍はもつが。ローバッカはだれかが、油断するな、準備しろ、と促すのを感じた。

これはティーザーか？　いや、もっと年配で気性の激しい、彼にはあまりなじみのない存在……サーババだ！

準備して待て。救出のチャンスはおそらく一度しかない。ローバッカはつなぎ綱《テザー＝ライン》つきの安全そでをはずし、いつでも急速発射弁を押せるように親指を構えた。これで準備はできた。

片手で氷のかたまりをつかみ、もう片方の手で錨ボルトを握ると、それを使ってゆっくり体を回転させながら、近づいてくる乗り物の排熱がもたらす光輪を探した。だが、彼に見えるのは、斜めに通過していく乗り物のイオン・ドライブの航跡だけだった。これは不思議なことだ。ジェイナたちはステルスXで来るにちがいないが、あのファイターのなかは標準的XJよりも狭い。どうやってウーキーを運ぶつもりなのか……。

一〇〇メートル前方に黒い形が見えると、この質問はローバッカの頭から消えた。キャノピーと火器アームが、クオリブの環をつくっている氷の球の海から突きでている。

あれはたぶん、ただの残骸《ざんがい》だろう。それとも、彼は幻を見ているのかもしれない。与圧スーツは自動的に酸素の供給量を最小限度におさえ、かろうじて彼の頭が働くだけの空気しか送ってこない。そういう状況で幻を見るのはよくあることだ。ジェイナが宇宙を漂っていたときは、何時間もヨーダと話したという。しかも、そのあいだヨーダはずっとガモーリアン語だったから、ひとことも理解できなかったの、とぼやいていた。

ローバッカはクオリブへとゆっくり体を回しながら、周囲の環を注意深く見ていった。残念ながら、幻ではなかったようだ。一〇〇メートルほど離れたところに、もうひとつ黒い形が見えた。こちらは彼に砲口を向けている。縁を下にして船体を立て、二本の火器アームを氷球の海の上に突きだしている。クオリブの大気圏に破片のひとつが突入した瞬間、まぶしい光がその宇宙船のコクピットを照らし、ヘルメットをかぶった頭が黒く浮きあがった。

宇宙の寒さが、ふいにローバッカの骨までしみとおった。彼はフォースを使って、ぐるりとまわりを探り……自分が生きている人々に囲まれていることに気づいた。

チスに。

レイアは新しい位置をセットし、それをハンのディスプレーに送った。「そこだと思うわ」

ハンはちらっとスクリーンを見た。「思うだけか？　確かなのか？」

「どう思う？」レイアの乾いたのどから、かん高い、しゃがれた声が出た。「その座標が、たったいま頭に浮かんだのよ」

ハンに送った宙行図に表示されている黄色いアイコンは、明るい環の内側の端にぶらさがっていた。〈ファルコン〉が割りあてられた捜索エリアとは正反対の場所だ。

「悪い。だが、こいつは一度きりしかきかんからな」

ハンがコースを変えようとしないと、レイアはため息をついて娘にフォースを送り、この座標を頭のなかに思い浮かべた。

だが、ジェイナはこの情報を受け取っている余裕はなかった。レイアは娘から切迫感と、決意をを感じた。それとたぶん、ぐずぐずするなというういらだちを。

「ハン、いいから行って。まずいことが起こってるのよ」

「わかった」彼は〈ファルコン〉を新しい方向に向け、スロットルを押しだしながら、船内通話機を起動した。「戦闘用意にかかれ、荒っぽくなるかもしれん」

「戦闘用意？」ジューンが息をのんだ。「この船の砲座は使えないんだぞ。忘れたのか？　たとえ使えても、あれじゃ何ひとつ当たらない！」

「少しは信じろよ、ジューン。ねらいをつけられんときのノーグリは、驚くほどすごい砲手ぶりを発揮するんだぞ」

「こういうことが、以前もあったのかね？」

「ええ」レイアはうわのそらで答えた。「〈ファルコン〉の場合、いつもいちばん必要なものが、ここぞというときに壊れるのよ」

驚いたことに、チスは〈ファルコン〉がコースからはずれた理由を即座に問いただしてはこなかった。実際、彼らがそれに気づいた徴候すら、レイアは感じなかった。レイナーが〈ファルコン〉のセンサー・ディッシュを壊さずにいてくれたことに感謝しながら、レイアはそれを目的の場所にロックし、周辺をそれとなく分析しはじめた。

「チスはずいぶん静かだな。その座標の周辺を探ったほうがいいぞ、だが、おおっぴらにやるなよ。おれたちがどこに向かってるのか、知られたくないからな」

「いい考えね」レイアはハンに副操縦士の仕事を指摘され、かすかにいらだちを感じた。「周辺には、異常なほど物体が集まっているわ。でも、EMやエンジンからの排熱はまったくない」

ハンはちらっとレイアを見て、にやりと笑った。「またおれの気持ちを読んだな？」

「プリンセス・レイアはそんなことをするのか？」ジューンが心配そうな、さもなければばつの悪そうな声で尋ねた。

「あたりまえだろ」ハンはコクピットのキャノピーに映っているサラスタンの顔を、けげんそうに見た。「腕のいい副操縦士は、みんなそうするのさ」

レイアはジューンの困惑が少しばかり気になったが、その理由を深く考えるのはやめた。このサラスタンは、たぶん、彼女の手順に心のなかで感心していたのだろう。

「心を読むといえば、あなたが考えている赤外線リーディングは取れないわ。背後にクオリブからの放射線がありすぎるもの」

「まずいな。それにチスが何も――」

3POがコクピットに入ってきた。「ソロ船長、戦闘用意とおっしゃったとき、砲座の故障をお忘れだったようでございますが」プロトコル・ドロイドはまくしたてた。「不幸な出来事が起こらないうちに、いますぐ回れ右をすべきでございますよ。そのほうがずっと安全です」

「ジューン！」ハンはほえた。「3POドロイドの回路ブレーカーがどこにあるか知ってるか？」

「もちろん」

「こいつが方向転換しろとか、呪《のろ》われてるとかひとことでも口にしたら、それを切れ」

「了解、船長」

「どうか、おやめください」3POは訴えた。「わたくしのあわれな回路は、ソロ船長の反射速度の鈍化ですでにストレス過多なばかりか、現在の愚かな行為も、それに拍車をかけております」

ジューンは黙って立ちあがった。

3POはあとずさった。「その必要はございませんとも。ええ、わたくしは勇気のかたまりとなります。どうぞ、わたくしどもを乗せてあの惑星に激突でもなんでもなさってください。それでも、わたくしはもうひとことの文句も申しません！」

「試してみたくなるな」ハンはうなるように言った。

ようやく〈ファルコン〉の方向に気づき、あるいはそれを注意する気になり、チスのフライト・コントローラーが声をかけてきた。

「〈ミレニアム・ファルコン〉、こちら救出チーム1だ。そちらのコース変更を説明してもらいたい」

レイアは身を乗りだし、通信チャンネルを開こうとしたが、思いなおして、その手を下ろした。

「彼らが本気かどうかみてみましょうか」

「チスが、か？　チスが本気かどうか見たいのか？」

「ちょっと——」

「――信じてくれ。やつらが本気だってことは、おれが保証する」

そうでなくとも丸いジューンの目が、まん丸になった。「この船じゃ、全員が相手の考えを読むのかね？」

「いえ、そんなことはございません」3POが口をはさんだ。「わたくしは読みませんとも」

〈ファルコン〉は、クオリブの黒い顔を横切って、イオンの航跡がかたまっているほうへとそれから一秒ばかり進んだ。すると再び通信ユニットからチスのコントローラーが言った。「〈ミレニアム・ファルコン〉、繰り返す、そちらのコース変更を説明せよ」

レイアはちらっと横にいるハンを見た。彼は目を細め、何かを考えている。わたしと同じことを考えているんだわ、レイアはそう思った。「彼らはわたしたちを追い払いたくないのね」

ハンはうなずいた。「こいつはわなだな」

「〈ミレニアム・ファルコン〉、答えない場合は――」

「すまん。ちょいとばかり忙しかったんでな」ハンは自分のマイクを起動して答えた。

「というと？」

答えるまえに、ハンはちらっとレイアを見て、声を出さずにジェイナの名前を口にした。レイアはうなずき、自分の警告と疑いを表面に浮かびあがらせ、ジェイナへ送った。

「じつは……生存者を見つけたような気がしたんだ」ハンは通信機に言った。「だから答えられなかったのさ。救出の準備で忙しかったんだ」

「そのコースには、ひとりの生存者も探知していないが」

「おれたちのほうが近い。それに、そっちにはジェダイが乗ってないからな」

「ジェダイが見つけたのかね?」チスはつかのまためらい、それからこう言った。「いいだろう。協力を感謝する。そのまま捜索を続行してもらいたい」

ハンは通信機を切った。「やっぱりな。やつらはおれたちをからかってるんだ。ジェイナに警告したか?」

「あの子はもう知ってるわ」レイアのみぞおちが、キャノピーの外の暗闇のように空虚で、冷たくなった。「でも、気にしていない」


ローバッカにはもちろん、ステルスXは見えなかった。だが、彼は仲間を感じた。彼らは、もう一〇〇〇キロも離れていない。しかも四方から、フルスピードで彼をめざしてくる。

だめだ! ローバッカはメルドのなかに叫んだ。彼はいちばん近いクロークラフトに目を向け、ジェイナたちがステルスXでさっと近づいた瞬間、それが火を噴くところを思い浮かべた。チスが待ち伏せている!

ジェイナの笑い声が、彼の頭のなかでこだました。だが、サーバは好奇心に駆られているようだった。サーバとメルドのきずなは、ジェイナやほかの若いジェダイたちほど強くないが、ローバッカは彼女が、クロークラフトの数に関心を持っているのを感じた。ステルスXはそのすべてを撃ち落とすことができるか？　ローバッカはこのときほどうそをつきたいと思ったことはなかった。仲間がステルスXのコクピットから自分に笑いかけてくるのを見たい！　だが、彼らには、勝てるチャンスはまったくない。彼の周囲の瓦礫《がれき》のなかには、二中隊以上のクロークラフトが隠れているにちがいない。そのすべてがジェダイの救出チームを撃ち落とす瞬間を待っている。

おおげさに言わないで、ジェイナがたしなめる。だが、サーバは残念がっているようだった。ローバッカを見捨てなくてはならない見通しに怒っている。だが、ローバッカはもう不安を感じていなかった。彼は真空の宇宙空間に、まったくひとりでいるわけではない。チスは彼がいる場所を知っているのだ。

ジェイナのいらだちがフォースを満たした。サーバが怒ってそれに答える。だが、ジェイナはまだ近づいてくる。ローバッカは、彼女が魚雷を発射管に装塡《そうてん》し、標的を選ぶのを感じた。ジェイナは、チスを隠れ場所から引きだそうと決意している。ジェダイの剣は、けっして簡単にはあきらめない。ほんの少しでも望みがあるうちは。

ジェイナを止められるのは彼だけだ。ローバッカは手首を上げ、それから与圧スーツのそでのなかにある安全カバーを開いた。そこには非常ビーコン起動器がある。

「まずいことになったわ、ハン」レイアが言った。

「どれくらいだ？」ハンは震盪《しんとう》ミサイルを装塡しながら尋ねた。

「それではまにあわないくらい」

ジェイナはユージャン・ヴォングとの戦いでたくさんのものを失った。弟のアナキン、チューバッカ、ガナー、ウラハ、そのほかにも大勢の仲間や友だちを。そして、これ以上はひとりも失うまいと決意している。

それから非常ビーコンのかん高い音が、〈ファルコン〉の非常用スピーカーから響き渡った。レイアがちらっと下を見ると、彼らの目標上に生存者がいることを示す黄色い点が点滅している。戦術ディスプレーが即座にクロークラフトで白く光り、ジェイナのいらだちがショックに変わる。

「ローイー」レイアは悲しみと安堵《あんど》を同時に感じた。「ありがとう」

彼女はちらっとフォースを通じてつかのまぬくもりを感じ、それからローバッカがほかのことに気を散らされると、それが消えた。

ハンが説明を待って彼女を見た。「どうした?」

「終わったわ」レイアはジェイナの失望を感じた。それと、命令を無視されたサーバの怒りの名残《なごり》を。「彼らは戻っていく」

「それが賢明だな」ハンは〈ファルコン〉の方向を転換した。「救出チームは精いっぱいのことをした。ジェイナにもそれがわかってるといいが」

「ええ、わたしもそれを願っているけど、たぶん――」

彼女はチスのフライト・コントローラーにさえぎられた。「〈ミレニアム・ファルコン〉、そちらが見つけた生存者の状態は？」

「生存者？」レイアは一瞬混乱した。それから、ハンが告げた言い訳を思い出し、あざけられていることに気づいてかっとなった。「そちらにもわかっているはずよ、救出チーム1」

短い沈黙のあと、低い、よく知っている声が、聞こえてきた。「申しわけありません、プリンセス・レイア。わたしはただ、こちらが状況を理解していることをお知らせしたかっただけです」

レイアは驚いて、ちらっとハンを見た。彼の顔にも驚愕《きょうがく》が浮かんでいる。

「ジャグ？　ジャグド・フェルなの？」

「ええ。これみよがしにほくそえむつもりはなかったのです」

「ジャグ！　こんなところで何をしてるんだ？」

「軍の規則に触れる情報にかかわるので、その質問にはお答えできません、ソロ船長」ジャグは几《き》帳面《ちょうめん》に答えた。「しかし、ご安心ください。ジェダイ・ウーキーは、われわれが救出しました。彼は通常の捕虜《ほりょ》が受ける、あらゆる権利と特権を与えられます。われわれが残りのはぐれジェダイを捕らえたときに、彼らが受けるのと同様の待遇を」

17

あらゆる基地には、こういう場所がある。暗くて、暑い、だれもいない場所。バラベルが狩りをし、頭をすっきりさせられるような場所。土のにおいが満ち、見たこともない獲物がかさこそと音を立てている場所が。サーバはタートト・ネストの地下深くにある亀裂《きれつ》を、爬虫《はちゅう》類《るい》だけが動きとして感知できる速度で這《は》い下りていた。ジュリオのひびの入った岩盤の刺激臭に、舌がひりつく。口のなかにはジェイナの不従順の苦い味がまだ残っていた。

マスター・スカイウォーカーは、サーバの指揮に従う、という条件で、彼の姪《めい》が救出任務に参加することを許した。とはいえ、救出に困難が生じると、ジェイナは――いつものように――自分の感情を優先させた。マスター・スカイウォーカーの判断に疑問をさしはさむわけではないが、サーバはジェダイの不従順を許す彼の知恵を理解できなかった。不従順は混乱を生む。そして混乱は無能を生むのだ。

亀裂が前方で広がった。たどってきたかすかな肉のにおいが強くなり、サーバの頭は狩りのスリルに占領された。食べちらかしたえさのそばには、獲物がいることが多い。自分が何を追っているのか、もちろんサーバにはわからなかったが、このにおいからすると、行く手にいるのは捕食生物のようだ。草食動物はめったに死骸《しがい》を巣に引きずってくることはない。

赤外線のスペクトラムで視界のきくバラベルの目には、前方の入り口は、冷たく光るジュリオの岩盤のなかへと、黒いダイヤモンド形に開いているように見えた。さらに一歩前進すると、巣のなかで何かを引っかくような、かすかな音がした。そこから頭を出したものに飛びかかろうと、サーバは全身の筋肉を緊張させて待った。亀裂のなかのほこりにうろこをこすりつけ、注意深く体臭をごまかそうとしたが、この方法ではけっして完全に体臭を消すことはできない。そして戦う価値のある獲物は、ほとんどの場合、攻撃されるまえに敵のにおいに気づく。

亀裂のなかから、またしてもかすかな音がした。サーバは一度に一〇センチずつ進みはじめた。獲物がもう逃げたか、これだけ待っても姿を見せないとしたら、そうする気がないのだ。かすかにキリックの甘いにおいがまじった、かびくさいにおいが、いちだんと強くなった。

亀裂の端は、冷たい闇《やみ》のなかに落ちている。おそらくなかにはかなりの広さがあるのだろう。サーバは一〇鼓動ほど止まり、耳をそばだて、舌で空気を味わった。二〇鼓動……五〇……一〇〇。

いつのまにか、音がやんだ。

サーバは亀裂の端をするりと越え、岩面を三メートルばかり這い下りた。付近には、ほかの生物の気配はひとつも感じられない。だが、背中の峰沿いにある背骨が逆立った。これはおもしろいことが起こる前触れだ。サーバは舌で空気を味わいながら岩床を這いつづけ、前方のかびくさいものへと近づいた。数歩分進んだあと、大きな岩越しにその先をのぞき、さきほどささやくような音を立てていたものの正体を突き止めた。

前方の平らな石の上には、幼虫が脱皮したあとの殻が、三〇個近く転がっていた。すべてからで、羽毛の生えぎわが割れている。サーバの親指より小さなものから、手よりも少し大きなものまで、大小さまざまだ。とても軽いせいで、洞窟《どうくつ》のほとんど感じられない空気の動きにも震え、かさこそと音を立てる。そのあたりには、小さな骨もたくさん散らばっていた。全部集めれば、ワバが六、七体にはなる。ほとんどが肉を引きむしられ、まっぷたつに割られているが、骨の山の中心には、いくつかまだ肉のついている骨が残っていた。

新しい肉が。

獲物が近くにいるのを感じて、サーバは光棒《グロウ・ロッド》を起動し、殻に近づいた。それは見慣れた藍《あい》色だった。レイナーの身辺を守っていた警備兵によく似たごつごつした厚いキチン質の殻だ。サーバは疑問を感じ、そのせいでいらいらして、ふっと息を吐いて小さい殻をいくつか吹き飛ばし、手にしたグロウ・ロッドで石の中央から約一メートルのところに入っている、自分の尻尾《しっぽ》と同じくらいの幅の亀裂を照らした。それはまるでレーザーノコギリを、さもなければライトセーバーを使ったように、すぱっと切られている。

どうやら、とても興味深い獲物のようだ。

その亀裂には、六角形のセルが四つあった。みな直径五センチぐらい、キリックのスピットクリートでつくられている。ひとつだけはほこりっぽい蠟《ろう》の栓がしてあるが、ほかの三つはからっぽだ。

殻がかすかにかさこそと音を立てた。感じないほど微妙な空気の動きに、サーバはちろっと舌を出し、苦い不安を感じ取った。だが、危険を知らせる第六感がわずかにうごめいただけで、フォースのなかでは何も感じない。奇妙な獲物だ。期待に尻尾をひくつかせ、サーバは最後のセルを引っかいて開け、小指の鉤《かぎ》づめを使って、そのなかにある昆虫の卵を取りだした。それはしぼみ、灰色に変色し、からからになっている。食欲を誘うえさではない。

空気が苦みを増した。サーバは肩甲骨のあいだのうろこを興奮に逆立たて、尻尾をさっと回した。ひざが砕けるような激しさで獲物を打ったが、吹っ飛んだ獲物は、戦い慣れた戦士のようにすばやく着地した。それが苦痛の声も驚きの声もあげなかったことに感心しながら、彼女はしゃがんだ姿勢のまままくるっと回り、ライトセーバーを多目的ベルトからつかむと、尻尾と逆回りに、それを振った。

真紅の光刃《こうじん》がかん高いうなりをあげてきらめき、サーバの光刃を受け止めた。次の瞬間、サーバはフォースの波に飛ばされ、反対側の壁にたたきつけられていた。肺の空気がなくなり、視界の縁が黒くなる。おかげで獲物の赤い光刃と、座っている黒い影しか見えない。この獲物は、フォースで感じることができない。感じるのは、さきほどと同じ漠然とした危険だけだ。

うむ。この獲物は戦って手に入れる価値がある。

影の男は、立ちあがったものの、その場を動こうとせず、傲慢《ごうまん》にも、サーバが自分のことを尋ねるのを待っている。これが彼の最初の過ちだった。サーバは頭の霞《かすみ》を無視して、シュッという喜びの音を発しながらまえに飛びだし、両腕でつかんだライトセーバーを鋭く振りおろした。獲物は――サーバはそれがだれかと考えて、時間を無駄にしたりしなかった――二歩よろめき、真紅の光刃で、サーバの一撃を受け止めた。

サーバは片ひざを回し、彼の胸郭をけった。だが、まるで彫像をけったような気がした。男が水平に振ったてのひらが彼女の守りを通過し、あごをとらえる。サーバは後ろによろめいた。

しかも強い。

サーバはこぶし大の石を床からけり、フォースを使ってそれを獲物の頭めがけて飛ばしながら、ライトセーバーを低く払ってひざをねらった。獲物は片足を軸にして回り、石をよけて光刃を受けると、勢いに乗ってそれを跳ねあげた。

バラベルを相手に、力の勝負を挑み、勝っている。

その上向きの弧の頂点で、サーバはライトセーバーを離し、鉤づめで鋭く右、左と切りつけた。最初の攻撃は獲物の顔をこめかみからあごまで引き裂いた。次の一撃は目を切った。獲物はくるっと回って逃れ――まだ声をあげようとはしないが、フォースのなかで悲鳴が聞こえた――サーバの腹をけった。サーバはこの力に逆らわずにのけぞり、すばやく後ろ宙返りを打って……尻尾を五〇センチばかり切られた。

今度は、立ちなおる間を与えてもらえなかった。影の男の手から青い稲妻がほとばしり、胸を撃つ。ひどい苦痛に、体じゅうの神経が燃えるようだった。歯が鳴り、うろこが躍り、筋肉が痙攣《けいれん》する。体が麻痺《まひ》して動かない。

男は片手でフォースの稲妻を浴びせながら、足をひきずってまえに出てきた。赤いライトセーバーの光で、初めて獲物の顔がはっきりと見えた。黒いプラストイド製装甲服に藍色の甲殻をつないだものを着たこの男は、驚くほどやせていた。盛りあがった肩の下があまりに細く、いまにも折れそうに見える。顔はレイナーよりもひどく溶けて、形を失っていた。やけどの痕《あと》が残る卵形の肉のなかに、ふたつの目が光り、唇のない口があいている。片方の腕は人間とも昆虫ともつかず、ひじのところから円筒のようなキチン質に変わり、その先にはかぎ形のはさみがついていた。

レイナーとキリックたちは、うそをついた。ふたりのダーク・ジェダイのうち、少なくともウェルクは、あの墜落を生き延びたのだ。

ウェルクは、一メートル半手前で足を止めた。ためらうのは愚かだとすでに痛い思いをして学んでいる彼は、すばやく腕を振りあげ、サーバの首に光刃を振り下ろし——ケガをしたひざを後ろからフォースで突かれて、大きくのけぞった。だが、彼のライトセーバーは、サーバの頭蓋骨《ずがいこつ》をひっかいた。灼熱《しゃくねつ》の痛みが頭のなかで爆発し、フォースの稲妻が止まったかどうかすら判断できず、サーバはとっさに跳んで、ウェルクの胸に体当たりした。そして倒れた獲物のきき腕をつかみ、のどに食らいついた。

二センチきばを埋めるのがやっとだった。彼女はのどを引き裂こうとしたが、歯を食いしばるだけの力が出ない。そこで口いっぱいに血を含んだだけで、獲物から離れた。

だが、このひとかみは、獲物の意表を突いたようだ。サーバはフォースにつかまれて暗がりのなかを後ろに飛びながら、ライトセーバーを呼び戻した。それが片手に飛びこんでくるのと、同時に洞窟の壁にぶつかった。

意識をのみこもうとする黒い幕を必死に退けながら、サーバは壁を滑り、両足で立った。視界のところどころが欠けている。ライトセーバーを再び起動したときのかん高いうなりも聞こえない。だが、サーバは獲物に突進した。三度短く跳ねて、獲物の血のなかに足をつき、あやうくバランスを失いかけた。

ウェルクは二メートル退却し、またしてもフォースの稲妻を放った。サーバはライトセーバーでこれを偏向しながら、興奮のうなりをもらして体を回した。これは、じつに楽しい狩りになった。最高の狩りだ。彼女は獲物との距離をつめようと走った。ウェルクはライトセーバーを中段に構え、もう一歩あとずさった。

サーバは高く振りかぶったものの、彼女の速度は落ちていた。獲物のライトセーバーがきらめいて、これを受け止める。サーバはさらに一歩さがる彼にがむしゃらに突進し、光刃を回して肩に切りつけながら、血だらけの尻尾で獲物の足をすくった。

なめらかな攻撃だったが、スピードに欠けていた。ウェルクは肩の一撃を受け止め、飛びあがって尻尾をよけると、サーバの光刃をとらえたまま自分の光刃を回して、防御を攻撃に変えた。

ウェルクがサーバの足をよけていれば、この攻撃で彼女ののどをぱっくり切り開けたかもしれない。だが、サーバは彼の足をすくい、そのまま体を回して、はさみのついている腕にライトセーバーを振りおろしながら、残った腕を片足で踏みつけ、ウェルクの首を切りつけた。

しかし、視界のなかの黒いしみが、あだをなした。何かが後ろから飛んでくるのは感じたものの、振り向いても闇しか見えず、その石が頭の傷にぶつかった。気がつくと、彼女はひざをつき、ライトセーバーを高く構えていたが、なぜ自分がその姿勢を取っているのか、まったく覚えていなかった。視界のなかの黒い縁が広がり、ほんの小さな円しか見えない。嗅覚《きゅうかく》と味覚も、聴覚と同じように失われていた。

この狩りは、思い出に残るものになりそうだ。

視界は細い円錐《えんすい》形にせばまった。フォースのなかを探ると、そこにはこれまでよりも大きな危険がある。まるで、獲物がその存在を、洞窟全体に広げたかのように危険は彼女を取り囲んでいた。サーバは見えない敵から身を守ろうと、ライトセーバーをでたらめに動かしながら立ちあがった。何かスポンジのようなあたたかいものが、頭の傷から、肩に落ちた。サーバはそれが自分の脳細胞ではないことを祈った。

ゆっくり体を回していくと、ようやく、細い円錐形の視界のなかに獲物が入ってきた。洞窟の壁へと、足を引きずりながら退却していく。断ち切られた腕の残りをむなしく揺らし、首の傷から血をほとばしらせている。

けっこう。獲物も弱っている。

サーバは光刃を消し、跳ねるようにそのあとを追った。とどめの一撃を期待し、胸がはずむ。三歩で洞窟の壁に達したとき、何かが背中に落ち、太い針のようなもので首のうろこを貫いた。サーバは思わず驚きの声をあげた。

肩に手を伸ばすと、サーバの頭とほぼ同じ大きさの生物だった。五感が役に立たないことを呪《のろ》いながら、それをひきずりおろす。小さな藍色のキリックの暗い目が彼女を見つめていた。

それはくちばしを開き、小さな口から茶色い液体を吐きだした。とっさに顔をそむけ、目を守るのが精いっぱい。そのどろどろした液体は即座にほおのうろこを溶かした。

酸だ。

サーバは背骨が逆立つのを感じた。次の一撃が来る。とっさにしゃがむと、小さな岩がすぐ上の斜面にぶつかった。転がってくる岩をよけ、腕を伸ばしてキリックをつかんだまま。驚いているウェルクを見上げた。ライトセーバーをキリックの腹に突き立て、光刃を起動する。

この攻撃は、小さな爆発を起こした。サーバは片手をそっくり失いはしなかったが、二本の指が吹っ飛んだ。火の玉は、うろこを焦がし、目をくらませたものの、それだけだった。だが……爆発するキリック？

サーバが再び斜面を見上げると、ウェルクは出口に向かっていた。サーバは飛びだして、それを追いかけたものの、二歩進んだところでひざをついた。体の力が抜け、吐き気が襲ってきた。彼女はキリックに刺された――実際はかまれた――首の傷に触れた。そこはすでに腫《は》れあがり、化膿している。

毒か？

毒に爆発とは、いったいどんな昆虫なのか？　そこで止まり、癒《いや》しの催眠に入るべきなのはわかっていたが、ケガをしているのは獲物も同じ、いま逃がせば、この次あのダーク・ジェダイを見つけ、捕らえるのは、はるかに難しくなる。サーバは追跡をつづけた。

筋肉はしぶしぶ命令に従ったものの、まるで眠らずに冬眠に入ったようにこわばっていた。サーバはフォースを呼びこみ、その力を借りて、体のなかの毒を焼き尽くし、よろめきながら獲物を追った。

ウェルクにあと三メートルと迫ったとき、べつの鼻先が、今度は足を突き刺した。ちらっと下を見ると、小さなキリックがふくらはぎにはりついている。力まかせに引き剝がし、口を外側に向けて遠ざけ、空中高く放りあげた。

それは二対の羽根を広げ、くちばしを大きく開いて降下してきた。そしてライトセーバーを巧みによけながら胸にとまり、サーバがそれをつかむまえに頭をうつむけ、胸のうろこを刺し貫いた。

サーバは再びそれを引き剝がし、腕を伸ばして体から遠ざけながら、思案した。これ以上指をなくさずに殺すには、どうすればいいのか？

またしても岩が飛んできた。昆虫を伸ばした腕の先につかみ、体を回しながら、フォースのなかでその岩をつかみ、斜面を上がっていく獲物へと向ける。鈍い音と驚きと苦痛の叫び声が、この攻撃が成功したことを告げた。

小さなキリックは胸をたたき、身をよじって羽根をばたつかせ、逃げようとする。サーバは羽根をつかんでもぎ取り、空中に放り投げた。

彼女の反射神経は、体に回った毒ですっかり鈍くなっていると見えて、ライトセーバーを起動したときには、昆虫はすでに地面に落ちていた。それがまたしても小さな爆発を起こすまで、三度も光刃を振らねばならなかった。

サーバは即座に坂へと向きを変えた。だが、獲物はすでに出口の亀裂のなかに消えていた。毒で半分麻痺しているところに、これ以上猛毒の攻撃を受けるのを嫌い、サーバは長いこと身じろぎもせずに横たわり、聞こえない耳をそばだて、味覚の消えた舌で空気を味わおう、細い円錐形の外を見ようと努めた。が、何も感じなかった。地下の暗い寂しさだけしかない。

そういえば、セルは三つあったが、襲ってきたのは二匹だけだ。サーバは男が逃げた亀裂に近づき、そこをのぞきこんだ。

何も見えない。

獲物は去った。三匹めのキリックも去った。

バラベルの本能は、獲物を追えと駆りたてた。血の跡をたどり、狩りを終わらせろ、と。だが、残っている理性はこれに反対した。狩りをするには、臨機応変の判断と、とぎすまされた五感が必要だ。サーバのケガはそのどちらも奪った。五感はほとんど役に立たず、体が震えはじめている。まもなく、まったく動けなくなるだろう。

三匹めのキリックはしばらくまえにここを離れたのかもしれない。そう思ったとたん、不吉な予感に胸が騒いだ。その理由はひとつしか考えられない。〈ジェイド・シャドウ〉とともにここを出たのだ。

18

「ベン！」

〈シャドウ〉の船内通話機から聞こえたマラの声は、恐ろしいほど鋭く、大きくて、ルークはR2のデータ収納層の最深部に差しこんでいたマイクロポイントを取り落としそうになった。

「ベン、いますぐ厨房《ちゅうぼう》にいらっしゃい！」

「いや、それはあまりいい考えとは言えないかもしれないぞ」ルークは船内通話機に向かって告げ、拡大観察鏡《マグニスペック》を押しあげて、多目的デッキの向こう側に目をやった。そこではベンが頭からつまさきまでサーボモーターの潤滑油だらけで、荷箱のふたや物差しに囲まれている。「少なくとも、音波風呂でごしごしこするまではね。ベンはおれと多目的デッキにいるよ」

「何をしてるの？」

ルークはベンの目をとらえ、壁の船内通話機にあごをしゃくった。

「キリックをつくってるの」ベンはおとなしく答えた。うしろめたそうな、心配そうな表情を浮かべている。「ナナがいいって言ったんだもん」

「そこにいなさい！」

ルークは息子に向かって、片方のまゆを上げた。「どうやら深刻そうだぞ」

ベンはうなずいた。「うん」

「心当たりがあるのか？」

ベンは〝キリック〟ドロイドをつくる作業に戻った。「たぶん」

マラが何を怒っているかは、すぐにわかる。

ルークはR2の最深部にあるメモリー・チップのひとつで見つけた孤立している部分に注意を戻した。サービス回路の色あせた具合から判断するかぎり、この故障は何年もまえ、ひょっとすると何十年もまえに起こったようだ。ケーシングに入った極小の細片がその裂けめをつなぐまでは、とくに悪さはしなかったのだろう。R2がこの欠陥を抱えながらも、これまでずっと申し分なく機能してきたことを考えると、孤立した部分になんらかのメモリーが書きこまれてから、いったいどれくらいたっているのか見当もつかない。

ルークのすぐ横にあるアイリス・ハッチが開き、マラがからのジェルミート缶を手にして入ってきた。いらだっていることは、荒々しい足き方でも明らかだ。フォースのなかでも、彼女の周囲の空気は渦を巻いている。

「少し待ってくれ、R2」ルークはマイクロポイントを作業台に置いた。「なんだか重要なことみたいだ」

R2は心配そうにさえずった。

「もちろん、おまえの故障も重要さ。だが、いずれにしろ、ひと休みしようと思っていたところさ。細かい作業なのに、疲れて両手が震えたりしたら困るだろ」

するとR2は、休憩を勧めるような音を発した。

ルークはデッキを横切り、妻と息子のそばに向かった。そこではベンがまだ荷箱に覆われたキリックの〝殻〟のなかに座って、マラを見上げている。

「ナナは、ジェルミートをひと缶そっくり食べていいと言ったの、ベン？」

ベンの目がまん丸くなった。「ひと切れ食べていい、って」

「これがひと切れに見える？」マラは息子に見えるようにからっぽの缶を下に向けた。

ベンは肩をすくめた――ルークの目には、虚勢をはっているように見えた。「ナナが言ったのは、ひと缶のことだと思ったんだもの」

マラが我慢できずにベンに向かって缶を振りはじめるのを見て、彼はフォースを通じてそっと彼女を引っぱり、落ち着くよう促した。

マラは手を止め、缶のラベルを見るふりをしながら自制心をかき集めた。

「この缶を見つけたのはナナなのよ、ベン」マラはそれを息子に渡した。「ナナは、あたしたちがジュリオをたってから、ひとカートンそっくりなくなったと言ってる。あなた以外に、これを食べる人はいないと思うけど」

「ティーザーは食べるかも」

「ジェルミートを？」マラが疑わしげに尋ねた。

「たぶん」ベンは期待をこめて言った。「なんでも食べるもん」

「生きているものはね。でも、一緒に彼に聞いてみてもいいわよ。ここに呼ぶ？」

ベンはためらい、それから首を振った。「ううん」

「ええ、その必要はないわね」マラの声が和《やわ》らいだ。「ベン、これだけのジェルミートを食べても、あなたが具合悪くならないわけも、あたしのデッキを汚さないわけもわからないけど、こんなにたくさん食べてはだめよ。病気になるわ」

「大丈夫だよ、母さん」ベンはほっとしたように言った。「それなら心配いらないよ。ぼくは食べてないもの」

「食べてない？」マラは聞き返した。「だったら、何に使ってるの？」

ベンは、またしても心配そうな顔になり、しぶしぶこう言った。「ぼくのキリックに食べさせてるの」

マラは、つかのま黙りこんだ。それから尋ねた。「ベン、うそをついたらどうなると言ったかしら？」

ベンはうつむいた。「うそをついたら、この次、母さんたちが出かけるときは、カムとティオンのところに残らなきゃならないんだ」

「そのとおりよ。それを忘れないようにしましょうね」

「うん。忘れてなかったよ」

「よかった」マラはかがみこんで、からっぽの缶を彼の手から取った。「もうジェルミートを食べちゃだめよ」

ベンの目が丸くなった。「ひ、ひ、ひとつも？」

「家に帰るまではだめだ」ルークはできるだけ厳しい声で言った。「一〇回分の旅で食べるぐらいは、もうたいらげたろう？」

彼はマラと連れだって機関ステーションに戻るあいだ、ずっとマラの漠然としたいらだちを感じていた。

「きみがいらいらしてるのは、ジェルミートのことだけじゃなさそうだな」彼は低い声で言った。「どうしたんだ？　タヒーリたちがジュリオを恋しがるのを聞き飽きたのかい？」

マラは首を振った。「違うわ」

「不機嫌なイウォークにうんざりした？」

「ターファングでもないの。キリックが敵なのか、ただの危険な友人なのかわからないけど、彼らについて徹底的に学ぶ必要があるのは確かね」

ルークは黙ってつづきを待った。

「ただ漠然といやな予感がするの。いまにもまた襲われるという気がしてならないのよ」

ルークは意識的にフォースに心を開いた。「おれも感じるよ。でも、きみほどではないな。もう一度、密航者を探すかい?」

「六回も探しても、だれも見つからなかったのに?」マラは首を振って、微笑した。「ドロイドのところに戻りなさいな、スカイウォーカー。あなたの魂胆はわかってるわ。またあたしをキャビンに引きこみたいんでしょ」

「そんなに見え見えかな?」ルークは笑った。「だが、この気持ちには気をつけたほうがいい。不快のもとがなんであれ、きみと特別なつながりがあるようだ」

「ありがたいこと」マラはハッチを開け、そこを出るまえに振り向いた。「キャビンのことだけど」

「ああ?」

「ひょっとしたら、あとでね」

R2が心配そうに抗議した。

「大丈夫」ルークはくすくす笑いながらたしなめた。「おれはジェダイ・マスターだぞ。それでも、ちゃんと集中できるさ」

彼は道具を手に取り、注意深くR2の最深部に差しこんで、メモリー・チップに入っているひびを修理した。はんだが冷えると、マグニスペックを上げ、作業台の診断ディスプレーを見上げた。

「よし、R2。おまえの最深部には、どんなメモリーが記録されてるんだ?」

一連の見出しと数字がスクリーンをせりあがりはじめたが、修理した部分にさしかかると、突然それが止まった。

「そこで止まるなよ。その部分にアクセスできるかどうか知りたいんだ」

R2は短くさえずった。スクリーンの上の文字が動きだす。修理した部分の記録が現れはじめたが、一見したところ、でたらめに文字を並べているようにしか見えない。

「止めろ」ルークは命じた。

だが、でたらめの文字はせりあがりつづけ、止まったのは、見出しが消えてからだった。

「反応に時間がかかりすぎるぞ。いまの記録をスクリーンに呼び戻せ」

R2がビーッと鳴いて質問した。

「おれが修理しようとしてる部分さ。セクター222だ」

リストが逆戻りして、エントリーの下半分がスクリーンの上部に現れた。

「ローリングにも問題があるな」ルークはため息をついた。「どうやら、システムにウイルスがいるようだ。残念だが消磁機を使う必要があるかもしれないな」

エントリーがスクリーンのなかほどまで戻った。だが、一行下がるたびに、見出しの一語が変わっていく。

「やめないか！　どうして見出しをでたらめな文字に変えているんだ？」

R2は怒ったようにこれを否定した。

「いや、変えてるぞ。文字が変わるのをちゃんと見たんだから」

R2は少しのあいださえずり、診断スクリーンにメッセージを表示した。

〝暗号化されているにちがいありません〟

「暗号化？」

あのセクターは意図的に切り離されていたのかもしれない。ルークはそう思いはじめた。R2は反乱同盟軍の時代以前にも、さまざまな活動を目にしている。昔から、ルークはこのチビ・ドロイドのメモリー・チップには何が記録されているか、興味を抱いていたものだった。

「だったら、それを解読しろよ」

R2はきしむような音を発し、抗議した。

「R2、おまえはアストロメク・ドロイドだぞ」ルークは首を振った。「おまえのコンピューターは、三重のキーに守られている暗号でも、二重ブラインド任意抽出を使った暗号でも解読できるんだ。単純な置換暗号ぐらい朝飯まえだろ」

R2はあきらめたようにビーッと鳴き、低いうなりを発しはじめた。数秒後、見出しがぱっとスクリーンから消えた。ルークはそれが読めるような形で戻るのをしばらく待ったあと、うめくような声を発した。

「いまの見出しをうっかり消してしまったというんじゃないだろうな」

R2は震えるような電子音で謝った。

「いいとも」ルークはこのチビ・ドロイドの言い訳にしだいにいらいらしながら、マグニスペックを下ろした。「いまのをディレクトリにあるセクターにつけるから」

R2は抗議の電子音を発し、データソケットから〝腕〟を引っこめた。

「だったら、ぐずぐず言わずにプラグを差しこむんだ」ルークは言い渡した。「いまのセクターに何があるか、さっさと見せてくれ」

ドロイドはおずおず質問した。

「これだよ」

ルークははんだフィラメントの先で、セクター222に触れ……驚いた。突然、金属的な女性の声が、R2のスピーカーから聞こえてきたのだ。

〝アナキン……〟

作業ベンチの上で光が動き、彼はマグニスペックを上げた。おそらく、タヒーリと死んだ甥《おい》のアナキンがふたりで話しているところを、R2が記録に取ったのだろう。

そう思いながら目をやると、そこに立っているのは、彼のてのひら大の見たこともない女性だった。褐色のひとみの、美しいその女性は、作業台を横切り、同じように寝巻き姿のたくましい若者のそばで足を止めた。

〝どうかしたの?〟

若者は彼女と目を合わせようとしない。

〝アナキン、わたしたちはいつになったらおたがいに正直になれるの?〟

ルークは心臓が飛びだしそうになった。これは……父なのか？　ルークはマラを呼びたかった。レイアとこれを分かちあいたかった……だが、茫然《ぼうぜん》とそこに立ち尽くし、目のまえのホロを見つめつづけた。

若者――アナキン――は、その女性と向かいあった。〝夢を見たんだ〟

〝悪い夢？〟

アナキンは女性の頭の上に目を泳がせた。〝昔の――夢とよく似ていた。母さんの夢と〟

その女性はためらい、それから尋ねた。〝それで？〟

アナキンがうなだれる。〝きみの夢だった〟

ふいにホログラムが空電で乱れ、R2の奥深くから不吉なうなりが起こった。ルークがマグニスペックを下ろし、そのなかをのぞきこむと、記録用ヘッドがセクター222にアクセスしようとして、はんだのフィラメントにぶつかっている。

「R2！」ルークはドロイドの主回路ブレーカーに手を伸ばした。「待て！」

記録用ヘッドの動きは止まったが、ルークははんだのフィラメントをそこにあてたまま尋ねた。

「何をしているんだ？」

R2は再び接触アームをデータ・ソケットに差しこんだ。ルークはマグニスペックを上げ、診断スクリーンのメッセージを読みながらも、はんだのフィラメントをその場所に保ちつづけた。

〝セクター222はリフォーマットする必要があります。データが損傷しています〟

「損傷しているようには、見えなかったぞ」

ルークはなぜR2がこれほど必死に222のデータを隠そうとするのか理解できなかった。だが、R2がそれを隠そうとしているのは明らかだ。

「父さんといた女性はだれなんだ？」

R2はビッビーッと鳴いた。

「いまのホログラムの女性だよ」ルークはいらいらして答えた。「もう一度見せてくれ」

R2は、従順にホロプロジェクターのスイッチを入れた。エレガントな白いガウンを着た、オルデランのプリンセスの見慣れた姿が作業台に現れた。

〝助けてください、オビ＝ワン＝ケノービ、あなただけが頼りなのです〟

「その女性じゃない。それはレイアだろ。おれが言ってるのは、アナキンに話しかけていた女性のことさ。あれは……あの人はおれの母さんなのか？」

診断ディスプレーに、メッセージが現れた。

〝あなたがだれの話をしているのかわかりません。このセクターには欠陥があります。他と切り離しておくべきです〟

「切り離されていたのさ。たぶん、意図的に」

ルークはR2を注意深く観察し、フォースを通じてこの相棒に触れた。これがほかのドロイドなら、真実を感知できる望みはまったくない。システム・ルーチンが発する解読できないフォースの空電に失われてしまうからだ。だが、R2-D2は、もう三〇年近くルークの身近にいる相棒だった。このチビ・ドロイドが発する空電オーラは、マラやレイアやハンが発する独特のオーラと同じように、判別がつく。

　まもなくルークは自分の質問がどういう方向に向かうのかわかってきた。

「ふたりはおまえがあのシーンを記録していることは知らなかったようだな。どうして記録していたんだ？　あのふたりをスパイしていたのか？」

　R2はかん高い電子音をひとつづき発した。たぶん、抗議か否定したのだろう。が、その音は最後は鋭いバチバチという空電になり、ルークがセクター222を守るために使っていたフィラメントを高電圧で溶かしてしまった。彼は驚いてぱっとワイヤを離し、反抗的なドロイドをしかろうとした。だが、アクセス・パネルから吐きだされた刺激臭のある煙をかいで、少なくともこの損傷はドロイド自身がしたことではないのを感じた。

　ルークはフォースを使ってR2の主回路ブレーカーを下ろし、胴体から煙を出すためにべつのアクセス・パネルを開いた。

　煙がなくなると、彼はマグニスペックを下ろした。セクター222のなかにある回路は、すっかり溶けている。さらに悪いことには、熱いフィラメントの玉がセクター自体の上にはりついていた。

　ルークはマグニスペックを乱暴にはずし、それを壁に投げつけた。

「スライサー《クリッフィング・スライサーズ》なんかくそくらえ！」

まるで、だれかがなんとしても、彼に母の素性を知らせまいとしているとしか思えない。だが、もちろん、失望が深いせいで、そう感じるだけだ。R2のスパイウェアにこの仕掛けを細工した者がだれにせよ、その理由は彼ら自身のものであって、五〇年まえは重要だったかもしれないが、いまは問題ではない。

「歴史なんかくそくらえ《クリッフィング・ヒストリー》!」

「父さん」ベンが尋ねた。「クリッフィングってなあに?」

気がつくと、息子がすぐそばに立っていた。いつもは穏やかな父親の怒りの発作に目を丸くし、あんぐり口をあけている。

「なんでもない――ただの悪い言葉さ」ルークは落ち着こうとしながら言った。

少しばかりの幸運と適切な機材があれば、あのメモリー・チップを復元し、いまの仕掛けを迂回《うかい》することは不可能ではないはずだ。たいていの場合、物事は、そう見えるほどひどくはない。

「父さんがその言葉を、おまえのまえで使ったことがわかったら、お母さんが機嫌をそこねるだろうな」

「心配いらないよ。黙ってるもの」ベンの小さな顔に無邪気な笑みが浮かんだ。「その代わり、ナーフ・スプレッドのチューブをひとつくれる?」

19

昆虫たちが踊っている広場がクオリブの反射光で虹《にじ》色にきらめき、一〇〇〇匹ものタートがリトル・ドーン・ランブルの精巧なパターンを描きながらくるくる回っている。

レイアはそれを見ながら、一〇〇〇年まえのオルデランに迷いこんだような錯覚にとらわれていた。コロニーがオルデランを治め、人間の植民たちがまだ銀河の地平線上にポツンと見える黒い嵐《あらし》でしかなかったころのオルデランに……。

キリックたちは踊りながら、宇宙《ソング・オブ・ユニバース》の歌の自分たちのパートを〝歌って〟いた。小さな鼻でメロディをハミングし、くちばしでリズムを取り、胸の空洞をたたいてベース音をつくりだしている。この音楽は聞きなれない原始的なものだが、昔コルサントのハーモニー・ホールで聞いた、ひとりのアーティストが一〇〇〇もの楽器を奏でたコンサートと同じくらいすばらしかった。

「なあ、こんなの間違ってるぞ」ハンがそう言って、このコンサートに彼自身の〝対施律〟を加えた。「せっかくそのチャンスがあったのに、ジェイナはなんだって、ジャグ・フェルと結婚しなかったんだ？」

「心にもないことは、うっかり願わないほうがいいわよ」レイアはハンの視線をたどった。「急いでここから連れださないと、結局、好ましくないほど多くの時間をジャグと過ごすはめになるかもしれないわね。彼に尋問されて……」

ハンが何を見ているか気づくと、レイアの言葉は途切れた。渦のこちら側で、ジェイナとゼックとアリーマがたくさんの踊り手にまじってステップを踏んでいる。三人のジェダイは両手を高く上げ、キリックの触角と同じようにそれを振っていた。そして数秒ごとに全ネストと一緒に頭を下げ、そのとき向かいあっている昆虫の触角を前腕でこする。アリーマは同じように頭を下げ、腕ではなくレックで彼らの触角をこすっていた。

「たしかに少し……不自然ね」レイアは認めた。

「いいえ、ごく自然なのです」3POが口をはさんだ。「これはきずなを結ぶダンスで、新しい日の訪れを歓迎しているのです。一週間に一度行なわれるのですよ。彼らがハーレム洞窟《どうくつ》に行き、交わりを持つまえに」

胃がしぼられるような不安を感じて——ひょっとすると、嫌悪かもしれない——レイアはハンを見た。

「このダンスが終わったら彼らに話しましょう。それでかまわない?」

「まあ、無駄だと思うが」ハンはうなるように言った。「いっそ誘拐するほうが簡単だろうよ。それだって、とんでもなく難しいが」

レイアはハンの悲観的な考え方にいらいらしはじめた。「あなたはいつから確率にこだわるようになったの？　まるで——」

3POみたい、という致命的な言葉を口にするまえに、昆虫たちが一斉に発した耳をつんざくような音に救われた。振り向くと、すべてのキリックが広場の周囲に配置された通路のひとつを見ている。彼らは触角を垂直に立て、ぴくりとも動かさずに、威嚇《いかく》するようにくちばしを大きく広げていた。ほとんどのジョイナーは、それぞれの顔のつくりが許すかぎりこれを真似《まね》ていたが、ジェダイでこの表情を浮かべているのはアリーマだけだ。

「まずいことが起こったらしいな」ハンが空を見上げた。「チスか？」

「よろしければ、わたくしが尋ねてみましょう」

3POは近くにいるキリックにひとしきりピチャピチャという音を発した。

「タートはボッチを話すの？」レイアは驚いて尋ねた。

「もちろんです、レイア様。キリックが理解しない言語は、まだひとつも見つかりません。彼らはどうやら、ジョイナーの言語をすべて学ぶようです」べつのキリックが振り向き、くちばしをカチカチ鳴らして3POの質問に答える。「たとえば、いまのはスヌティブのクリック・コードでございます」

「それで？」ハンが尋ねた。

「これはたいへん優美な言葉でございまして、なかには、はるか——」

「わたしたちは、彼女が言ったことに関心があるのよ」

「失礼いたしました」3POはがっかりした声になった。「彼女はジェダイ・セバタインについて話しているようです」

「サーバ？」

「どうやら、ネストの地下深くで、ひどいケガをしたようです」

タートがひとかたまり、トンネルから姿を現した。彼らはぼろぼろ剝がれていくうろこのかたまりをとどめておこうと努めながら、よろめき、つまずいてくる。残りのキリックは、一斉にハンとレイアのほうを振り向き、胸部を鳴らした。

「ええ、マスター・セバタインを落ち着かせるのに手を貸してほしい、と申しております。治療師が彼女の頭蓋骨《ずがいこつ》にあいている小さな穴を閉じられるように」

ハンがものも言わずに走りだした。ジェイナとほかの若いジェダイも昆虫たちをかき分け、広場を横切っていく。レイアはミーワルに〈ファルコン〉から救急医療パックを取ってくるように命じてあとを追った。

サーバは粗末な担架にしばりつけられていた。側頭部の一部が長円形に切り取られている。ハンはすでにバラベルのかたわらで、彼女を落ち着かせようとしていた。

「ああ、彼らは気味が悪い」ハンはサーバをなだめた。「だが、落ち着くんだ。きみを助けようとしているんだからな」

「それより!」サーバは頭を左右に振ろうとするように体をひきつらせた。だが、頭は動かぬようにしっかり押さえつけられている。「暗殺者《アサシンズ》が!」

サーバのなまりは、いつもよりもっと強い。頭にケガをしていることを考えると、これはよくない徴候だった。しかもケガはそれだけではない。こめかみの周囲のうろこが割れ、指も何本かなくなり、尻尾《しっぽ》の三分の一もない。首と太ももはぱんぱんに腫《は》れあがっていた。ストレッチャーの上には、血だらけの尻尾のそばに、サーバの体の一部ではないものがあった。ひじのところでキチン質の前腕をつないだ人間の上腕だ。

藍色のキチン質の前腕をつないだ……。

サーバを押さえているキリックが、抗議するように胸をたたいた。

「ジェダイ・サーバは、頭部に脳が見えるほどひどいケガをしている」3POが通訳する。「いまのはうわごとだ、と言っています」

3POの体がいきなり空中に持ちあがり、風車のようにくるくる回りだした。

「なんだ! やめてくれえ!……わたしを下ろせ、この育ち過ぎのイモリめ!」

「うわごと……ではない」サーバはうなるように言った。

「サーバ、大丈夫よ」レイアはフォースのなかでバラベルに、自分たちが彼女の言葉を疑っていないことを知らせようとした。「わたしたちは、あなたを信じるわ」

3POの回転が止まった。サーバはレイアに目を向けた。瞳孔《どうこう》がその目いっぱいに拡大している。

「信じる?」

「もちろんだ」ハンが尻尾の隣にある前腕に目をやった。「きみには何かが起こった。そいつはだれでもわかる」

「まずケガの手当てをしましょう。ね?」テクリがルークたちに同行し、もうここにいないのが残念だった。応急手当てならレイアもハンもかなりの経験があるが、サーバのケガは彼らの知識と医療技術ではとても追いつかない。「それから話してちょうだい」

「いま」サーバは主張した。「この者はいま話します」

「いいわ」レイアは担架の端にかたまっているタートたちを手招きした。「話しているあいだも、手当てさせてくれたらね」

サーバは小石のような目を細めた。「この者は……あなたが信じているのだと思いましたが」

「サーバ、あなたの傷の一部は焼灼《しょうしゃく》されたものよ。だからと言って、ライトセーバーを持っている者はひとり残らず信頼できないと思う?」

バラベルは鼻を鳴らした。

「なあ、〈ファルコン〉には震盪《しんとう》ミサイルがいくつかある。こいつらがきみを殺したら、そいつでここを吹き飛ばしてやるよ」

「吹き飛ばす?」サーバは弱々しく笑った。「あなたはいつも冗談ばかり!」

「いまのは冗談じゃないわ」レイアは請けあった。「それでいい?」

サーバは、ストレッチャーの端に縮こまっている昆虫の治療師たちをじろりと見てうなずいた。

「ええ」

彼女は3POを地面に下ろした。

「助かった！」3POは関節の音をさせてレイアの後ろに隠れ、これよりも低い声でつけくわえた。「彼らはマスター・セバタインが、手に負えない患者だと言っておりますよ！」

一〇匹あまりの治療師たちがサーバの体に這《は》いあがり、手当てにかかった。傷口を消毒し、シルクの包帯をくるくる巻いていく。

彼らがせっせと手当てをするあいだ、サーバは途切れがちな声で、幼虫の殻を見つけ、ウェルクに攻撃されたこと、それから、殻の卵のセルを三つ見つけたが、どれもからっぽで、まだ成虫にならない暗殺昆虫を二匹だけ殺したことを報告した。三匹めは、〈シャドウ〉にまぎれこみ、ここをたったおそれがあることも。

治療師のひとりが、穴のあいた頭蓋骨のそばにしゃがみ、何か言った。3POはこう通訳した。「頭をケガした患者は、幻覚症状に悩まされることが多いそうでございます」

「これは――」

「待って」レイアはバラベルの肩に片手を置き、サーバの尻尾の横にある腕を指さした。「サーバが見たのが幻覚だとしたら、これはどう説明するの？」

ストレッチャーを持ちあげているキリックのひとりが、くちばしを鳴らしはじめた。

「治療師はときどき、ケガ人から移植するそうです。サーバは幻覚症状を起こし、ジョイナーのひとりをチスと間違えたにちがいない。ネストは彼の体を探しているところだ、と申しております」

サーバは頭を持ちあげた。「これは幻覚では――」

「おれたちに任せてくれ、ヒッサー」ハンはサーバに落ち着けと合図し、それから尋ねた。「だったら、どうして彼女は幻覚症状を起こすはめになった？　どうしてこんなケガをしたんだ？」

首のところにいる治療師が答えた。

「あれまあ！」3POが叫んだ。「毒で体が麻痺《まひ》したあと、どこかから落ちたにちがいない、と申しております」

「毒で？」レイアは驚いて息をのんだ。

「この者は、それを……話しませんでしたか？」サーバが尋ねる。

頭の上にいる治療師が、意見を口にした。

「頭のケガは、しばしば記憶を失う原因となります」3POがすぐさまベーシックに直す。サーバの首のところにいるキリックがつけくわえた。「この毒については、たいへん遺憾ではあるが、どうかネストを爆破しないでほしい、と願っております」

「ネストを爆破する？」レイアはその治療師を見た。「どういう意味？」

これに答えたのは、サーバの足のところにいる治療師だった。

「これは神経に作用する猛毒で、永久的な麻痺を生む。その解毒剤はないそうです」

サーバがレイアに向かってまゆを上げた。「ほら……ね」

「あなたはまだ死んでいないわ。気分はどう？」

「見た目より……ひどい」

見た目がどれほどひどいか、サーバはわかっているだろうか？　レイアはハンに言った。「癒《いや》しの催眠を使えば、毒には勝てるかもしれない。でも――」

「急いで運ぶ必要があるな」

ハンはレイアと同じように、この状況を案じ、いらだちを感じているようだった。いますぐサーバを連れてたたねばならない。彼女は死にかけているか、永遠に体が麻痺するおそれがある。でもジェダイの治療師であるシルガルがいるオッサスには、最新の設備が整っている。サーバがそこまでもちこたえれば、助かる確率は高い。

ハンはカクメイムに命じた。「ミーワルと一緒に、〈ファルコン〉の離床準備にかかってくれ」

ノーグリはうなずいて、格納庫に通じているトンネルへと走っていった。

「静かにやれよ！」ハンがその背中にどなった。「ジューンが目を覚まして、手順どおりにやれと言い張ったらやっかいだからな！」

レイアは担架を支えているキリックたちに、カクメイムのあとに従ってくれと合図した。「彼女を〈ファルコン〉に運びましょう」

「そんなに……急がないで……」サーバは言った。キリックたちは彼女の制止を無視して、広場を横切り、カクメイムのあとを追おうと歩きだした。「三匹めの暗殺昆虫のことを……マズター・ズカイウォーカーに警告しないと」

　レイアはハンと目を合わせ、それから穏やかにサーバに告げた。「サーバ。〈シャドウ〉はもう出発したのよ。覚えてる？　銀河同盟の領域に戻るまでは連絡がつかないわ」

　ジェイナがゼックとアリーマを伴い、ストレッチャーのそばにやってきた。

「サーバ、暗殺者のことは、確かなの？」アリーマが尋ねた。「とてもそんなことが――」

　突然、断ち切られた前腕がストレッチャーから飛んで、トワイレックの胸にぶつかった。

「ええ……確かよ」

　彼らは格納庫にいたるトンネルに達した。レイアは3POをキリックたちとサーバにつけて先に行かせると、入り口のところで足を止め、ジェイナを見た。

「どれくらいで、ここをたてる？」

　ジェイナは驚いた。「たつ？」

「ああ、そうだ」ハンが口を添えた。「荷物は小さくしろよ」

　ジェイナはショックを浮かべてふたりを見つめていたが、それから父親そっくりの不敵な笑みを浮かべた。「もう少しで引っかかるところだったわ」

「引っかかる？」ハンは腹を立てたふりをした。「そういう約束だぞ！」

「あれを盾に取ることはできませんよ！」ゼックが抗議する。

ジェイナは片手を上げて彼を制した。「あたしに任せて、ゼック。慣れてるから」

「ジェイナ」レイアは厳しい声で言った。「わたしたちは、ローイーを救出しようとしたわ」

「あたしにデジャリック・シフトを仕掛けても無駄よ。彼を連れ戻る、それが条件だったわ」

「だが、おまえのもとボーイフレンドが、ローイーをえさにわなを仕掛けてるのを、ちゃんと教えるべきだったぞ。おまえはそれを隠していた」

「知らなかったのよ」ジェイナは、あっさり答えた。「知っていたとしても、ローバッカがまだ宇宙空間にいたんだもの、救出に行ったわ。ローイーが一緒じゃなければ、あたしたちはここを動かない」

ジェイナが胸のまえで腕組みすると、周囲のキリックが一斉にこのしぐさを真似た。だが、レイアはあきらめずに食いさがった。

「ジェイナ、あなたは状況を悪くしているだけよ。チスはあなたたちがここにいるせいで、戦いをエスカレートさせているのよ」

「そうだぞ。それにローバッカの救出任務で、おまえの判断はつねに健全とは限らないことが証明されたしな」

ジェイナの表情は変わらなかったが、相手の表情を読むのに長《た》けているレイアは、娘の目が傷ついたように光ったのを見逃さなかった。

「ジェイナ、あなたがほんとうにローバッカを助けたいなら、わたしたちと一緒に戻るべきよ」レイアは三人のジェダイを見まわした。「チスは名誉を重んじる種族だわ。これ以上状況を悪化させるのをやめて、この問題を外交的に解決するチャンスを与えてちょうだい」

ジェイナとゼックは目を伏せた。

だが、アリーマは負けずに言い返した。「でも、こっちが交渉の場を設定しようとしているあいだに、チスはここに艦隊を送ってキリックをみな殺しにするでしょうよ」

ジェイナもうなずいた。「外交は悪い手段じゃないけど、それを援護する手段があったほうがもっと効きめがあるわ。帰って、チスに連絡を取って。でも、あたしたちはここに残るわ」

「それもひとつの選択肢《し》ね。でも、だれを相手にしているか、わかっているのかしら？　わたしたちはそれを心配しているのよ」

ジェイナは混乱してまゆを寄せた。ほかのふたりも同じ表情を浮かべる。

「チスの話じゃないぞ。おまえたち三人は、手に負えない敵を相手にしているんだ。それとも、サーバが言った暗殺虫の話は、でっちあげだと思っているのか？」

〝虫〟という言葉に、アリーマがきらりと目を光らせた。が、首を振ったのは、彼女がいちばん早かった。「あれはでっちあげじゃないわ」

「でも、襲ったのはタートじゃないですよ」ゼックもひとこと言う。

「ここにいて、その件も突き止めなきゃ」ジェイナが結んだ。

「いつまでいるつもり？」レイアはこの三人がおたがいの言葉をなめらかに引き継ぐことに、またしても不安を感じながら尋ねた。「ジョイナーになるまで？」

三人はちらっと目を合わせた。この問いに答えたのはゼックだった。「それは事としだいによりますよ」

「なんだと？」

「あなた方がどれほど早くチスを説得するかによる、ってこと」アリーマが言った。

「急いで〈ファルコン〉に戻ったほうがいいかも」ジェイナが勧めた。「三人めの暗殺者について、サーバが正しいとすればとくにね」

レイアの不安が大きくなった。少なくともこの件に関しては、たしかにジェイナの言うとおりだ。彼らにはこの三人をゆっくり説得している暇はない。

ハンもそれはわかっていた。彼はジェイナに近づいた。「ジェイナ、よく聞くんだ――」

「聞く必要はないわ、パパ。パパの考えていることはわかるもの」

「ぼくらみんなに聞こえてますよ。〝おれの娘が――」ゼックがつづける。

「――虫の仲間になることは許さん〟」アリーマが締めくくった。

「おい、卑怯《ひきょう》だぞ！」ハンは食ってかかった。「たしかにおれは虫が嫌いだが、だからって間違っているとは言えんぞ。こいつらはこそこそと何かをたくらんでるんだ。レイナーはそのたくらみにどっぷり浸かってる」

「その証拠はひとつもないわ」ジェイナが言い返した。

「わたしたちが攻撃されたのは、これで三度めよ」レイアは娘にそれを思い出させた。「それにレイナーが、あなたたちを連れ去られるのは困る、と言ったことも確かだわ」

「だったら、彼は心配する必要はないわね。あたしたちは、チスがここを離れるまではどこへも行かないから」ジェイナは答えた。「だから急いで彼らをここから追い払ってよ」

ジェイナは父を抱きしめようと両手を広げた。だが、ハンは首を振りながら、一歩さがった。

「いや、ジェイナ、これを祝福してもらえると思ったら――」

「そうは思ってないわ」ジェイナの声が厳しくなった――怒ったのではない、ただ厳しくなったのだ。「それ以外のものを期待するのは、ばかなんでしょうね」

「おまえがロントみたいに頑固にここにとどまるというなら、ああ、そうだ」ハンは言い返した。

「なあ、〈ファルコン〉でサーバをオッサスに運ばないか？　おれたちがここに残って、チスたちに目を光らせとくよ」

「そしてローイーを救出するわ」レイアがつけくわえた。

「あたしに〈ファルコン〉を操縦させてくれるの？」ジェイナはキリックそっくりのしぐさで首を傾けた。「ひとりで？」

「アリーマとゼックが一緒なら、大丈夫だろ」

ジェイナは顔をしかめた。「だれに話してるつもりなの、パパ？　あたしはパパが昆虫をどう思ってるか知ってるのよ」ジェイナはハンに背を向け、レイアに向かって両腕を広げた。「ママ？」

「お父さんの勧めに従ってくれたらいいのに」ハンのジェイナに対するいらだちが怒りに変わるのを感じ、レイアの胸は重くなった。「この戦いの賞品は、あなたたちかもしれないのよ。それはわかっているわね？　レイナーはあなたたちとマーカーに行ったときの、熱意に燃えた若者とは違う。彼は絶望している、そして寂しがっているわ。〝仲間〟を引き寄せるために、この国境紛争を起こしたとしても――」

「ママはときどき考えすぎるわよ」ジェイナは腕を下ろしてそう言うと、きびすを返して歩きだした。「もう出発したほうがいいわ。マラおばさんには、あたしもフォースを通じて警告してみる」

「ジェイナ！」ハンがほえた。

だが、ジェイナは彼を無視した。

ゼックが言った。「チスと交渉してください。ぼくらはここで目を光らせてます」

彼も回れ右して歩きだす。

「これでおしまいじゃないぞ！」ハンはふたりの背中に向かってどなった。「おれたちは戻ってくる！」

ジェイナは肩越しに手を振った。だが、驚いたことにアリーマは、まだその場にとどまっていた。

「あたしは一緒に行くわ」トワイレックはレイアに言った。

ジェイナとゼックがぴたりと足を止め、振り向いた。

「なんですって？」ジェイナは聞き返した。

「驚いたな」とゼック。

「ふたりには道案内が必要よ」アリーマはそう説明した。「来た道を引き返せば、ヨゴイに立ち寄ることになる。だけど、それはあまりいい考えとは言えないわ。だれが攻撃してるのかわかるまではね」

ジェイナはこの思いがけない申し出に顔をしかめたものの、うなずいて、父に尋ねた。「〈ファルコン〉には、余分なスペースがある？」

「あるとも。おまえたちも一緒に来たらどうだ？」

20

〈ファルコン〉の医療ベイにある寝台で、卵のなかの胎児と同じ姿勢で体を丸め、ガラスのような目で宙を見つめていても、サーバは自分のケガに、苦痛よりいらだちを感じているようだった。うろこのある唇をせせら笑うようにひきつらせ、先の分かれた舌をきばのあいだからのぞかせて、敵に飛びかからんばかりに、両手の鉤《かぎ》づめをむきだしにしている。包帯を巻かれた尻尾《しっぽ》を腰に巻きつけ、たとえ息をしているとしても、収縮した鼻孔とまったく動かない胸からは、その徴候は見てとれない。

「死にかけてるみたい」アリーマがレイアの肩越しにささやいた。「そうなの？」

「さあ」レイアはモニター機器に目をやったが、心臓の動きを示す線の上には山がたったひとつだけしかなく、呼吸のチャートもごくわずかな上向きの傾斜しか示していない。「癒《いや》しの催眠状態に入っているせいだと思うわ」

「あたしには、死にかけてるように見えるけど」アリーマがつぶやいた。

サーバの舌がぱっと伸び、空気を打って、レイアとアリーマの両方を驚かせ、再びきばのあいだに戻った。が、光を失ったバラベルの目は、宙を見据えたままだ。

「癒しの催眠中なのよ」レイアはきっぱりそう言った。

「助かるかしら？」

レイアはサーバの頭の半分を覆っているシルクの包帯を見た。

「ほかの種族なら、とうに死んでいるほどのケガよ。でも、サーバはバラベルだから……どうなるかは、だれにもわからないわ」

アリーマは心配そうな顔で黙りこんだ。

しばらくしてレイアは明かりを落とし、サーバの状況に変化があればすぐさま知らせるように、と医療コンピューターに告げた。

そしてベッドの周囲にカーテンを引きながら言った。「熱々のココアをどう？　ルークからもらったのがあるの」

「ほんと？　ココアが！」アリーマは驚いて息をのんだ。ココアは昔からなかなか手に入らないもののひとつだったが、原料の貴重なサヤを産出する八つの惑星のうち七つまでがユージャン・ヴォングの手で変えられたあとは、正真正銘の贅沢品《ぜいたく》になっていた。「コクピットに行かなくてもいいの？」

「向こうは心配いらないわ」

レイアはトワイレックの腕をつかみ、歩きだした。〈ファルコン〉はクオリブをたったばかりで、最初のハイパースペース・ジャンプの準備をしているところだ。もちろん、ハンには副操縦士の助けが必要だったが、レイアはそれよりも、ジュリオで実際は何が起こっているのか突き止めたかった。それには早いに越したことはない。

「わたしの代わりはジューンがしてくれるわ。ハンはあのサラスタンが好きになりかけてるのよ」

アリーマはレックを丸めた。「ちっともそんなふうに見えないけど」

レイアはにっこり笑った。「それはハンがまだ気づいていないからよ」

彼らはメイン・キャビンに入った。

「とにかく、時間はあるわ。座ってちょうだいな」

レイアは親指大の白い種を箱から取りだして厨房《ちゅうぼう》の多目的プロセッサーに入れ、ドライ&パウダーにセットすると、こぶしを腰にあて、テーブルについているアリーマを観察した。旧共和国で最年少の元老院議員だったころから相手の警戒をとくために使ってきた、かすかに興味深そうな、どこかうわのそらの表情を浮かべて。

だが、アリーマ・ラーにはどうやらこの手はきかなかったようだ。大胆な服装を好む、しなやかで美しいこのトワイレックは、人に見られることに慣れている。彼女はただじっとレイアを見返していた。おかげでレイアは、サイドが割れたシュミーズドレスを着ているのはアリーマではなく、自分のような気がしてきた。

ありがたいことに多目的プロセッサーがチンと鳴り、気まずい思いをせずに目をそらすことができた。レイアは甘味料をたっぷり加え、水を少し入れて、〝攪拌《かくはん》し、煮たてる〟にセットした。

「ずいぶん手のこんだつくり方ね。たいていは、ディスペンサーから出てくるだけなのに」

「このほうがおいしいのよ」レイアはそう言って、トワイレックを振り向いた。「信じてちょうだい」

「もちろん信じるわ。疑う理由はないでしょ？」

アリーマを尋問するつもりが、これでは反対だ。レイアはミルクを加えるまでそこで待ち、多目的プロセッサーにゆっくりあたためるように指示してから、テーブルのアリーマに加わった。

「これでいいわ」レイアは精いっぱい母親のような調子でそう言うと、身を乗りだした。「で、なんなの？」

アリーマはけげんそうな顔をしたものの、身を引こうとはしなかった。「何が？」

「あなたがここにいる理由よ。ジューンがいればヨゴイを通過するのになんの問題もない。それはあなたもわかっているはずよ。わざわざ案内を買ってでる必要はなかったわ」

アリーマの顔に初めて疑いが浮かんだ。レイアはこの娘の気持ちをフォースで探りたい誘惑に駆られたが、そんなことをすればすぐに気づかれ、反発されるだけだ。

アリーマは多目的プロセッサーのほうを見た。「ココアの出来具合を見たほうがいいんじゃないかしら？」

「チャイムが鳴るまでは大丈夫」レイアはトワイレックの顔をじっと見たまま言った。「あなたの申し出にジェイナとゼックは驚いていたわ」

「だからって――」

「あなたたちは三人とも、ひとりが何か言いはじめると、ほかのふたりが必ずそれを引き継ぎたくなるほど、相手の考えていることがよくわかるのに?」

「メルドのせいよ」アリーマの答えは少しばかり早すぎた。「あたしたちはあのヴォクシンの任務で、すっかりカリカリになっちゃったの」

「そうなの?」

かつては有能な政治家で外交官でもあったレイアには、トワイレックが話題を変えようとしていることはお見通しだった。だが、彼女はこのまま調子を合わせることにした――いまのところは。

「いつからキリックとバトル＝メルドを使いはじめたの?」

アリーマはほんとうに混乱しているように見えた。「使ってないわ。どうしてそう思うの? どうして、そんなことを考えたの? 彼らはフォースに敏感でもないのよ」

「わかっているわ」レイアは母親のような笑みを浮かべた。「でも、あなたたちは彼らと精神的なつながりがある。とくにあなたはそれが強いわね。ダンスのときにわかったの」

アリーマは多目的プロセッサーのほうを期待するように見た。だが、たとえそのチャイムが鳴っても、レイアが尋問をやめるつもりがないことに気づいて、しぶしぶ答えた。

「あるかもしれない。でも、意識的なもんじゃないの。最初は、彼らと仲間みたいな気がする。それから……突然、もっと大きな心を持ってることに気がつくの」

銀河同盟の専門家は、洗脳された八人のジェダイをもとに戻すことができるかしら？　レイアは心配になりはじめた。

「言葉では説明しにくいけど」フォースでレイアの思いを感じたとみえて、アリーマは言い訳がましくなった。「それまでよりずっと多くのことに気がつくのよ。ネストのなかにいるときに、その外のことも知覚できる。外にいるときに、なかのこともわかるの。そして——すべてを感じるの」

「グリッタースティムにも、そういう効果があるらしいわね」レイアは皮肉たっぷりにそう言った。

「こっちのほうがもっといいわ。体を壊したりしないもの。完全に無害だから」

昔、この娘がアナキンに熱をあげていることに、ハンがあれほど神経質になっていた理由が、レイアにもわかりはじめた。

多目的プロセッサーのチャイムはまだ鳴らなかったが、レイアは厨房に戻り、マグを戸棚からふたつ取りだして、タングバークの細切りをそのなかに入れ、ラン豆のエッセンスを一滴たらした。

「それは何？」アリーマが厨房に入ってきて尋ねた。

「スパイスよ」

アリーマの目が輝く。

「そういうスパイスじゃないの。風味がよくなるだけ」

多目的プロセッサーのチャイムが鳴った。レイアはマグにココアをつぎ、ペースト状アオイのクリームをたっぷりのせた。これはアオイの根からつくられた本物だ。

マグのひとつをアリーマに渡しながら、レイアはこう言った。「それは間違っているわよ。無害ではないわ」

アリーマはちらっとマグを見て、とまどいを浮かべた。

「コロニーよ。それとも、あれが〈シャドウ〉を襲ったことを忘れたのかしら？　ヨゴイでは、タワービルが崩れたのを？」

「コロニーのせいだなんて、ありえないわ。タートはサーバを癒すことはできなかったかもしれないけど、彼女の命を救ったのよ」

「タートの治療師がサーバの命を救うことになったのは、それを奪おうとした者がいたからよ」

「キリックじゃないわ。サーバが言っているように、彼女を攻撃したのは……」アリーマはまゆを寄せて考えこみ、結局こう言った。「……男だった。あなたも聞いたはずよ」

「襲ってきたのはウェルクだと、サーバは思っているわ」レイアはアリーマが思い出せなかった名前を口にした。「サーバの話だと、彼はキリックのネストを守っていた。藍《あい》色のキリック二匹のネストをね」レイアは言葉を切り、それから尋ねた。「彼らはだれかしら？」

「そんなのおかしいわ。藍色のキリックなんかいないもの。少なくとも、あたしたちは一度も見たことないわ」

アリーマがレイアから目をそらさなければ、この言葉はもっと説得力があったにちがいない。レイアは黙ってマグのココアを飲み、そのなめらかな甘さを味わった。このトワイレットは何を隠そうとしているか？

「いいえ。あなたにはちゃんと筋が通ってる」しばらくしてレイアはそう言った。「ただ、わたしにそれを話したくないだけ」

アリーマはココアを飲み、マグを盾にしてレイアの視線を避けた。

「マスター・セバタインに起こったことは、全員がショックを受けてるのよ。それに関する情報を、どうしてあたしが隠すの？」

「明らかに、あなたがキリックを守ろうとしているからね」レイアはテーブルに戻り、キャビンをはさんでアリーマをじっと見た。「でも、なぜあなたがわたしたちに同行したがったのか、それがわからない。彼らが守ろうとしている秘密を、あたしたちが発見するのを恐れているの？」

「すごいわ」アリーマはマグを上げ、ココアをほめていることを示した。「ほんとにこの方法のほうがおいしい」

レイアはお世辞を無視した。「それとも、マスター・セバタインに起こったことが、わたしたちにも起こるのを心配しているの？」

アリーマは再びマグを上げた。だが、飲むのを急ぎすぎて、味を楽しんでいるようには見えなかった。

「そうなのね」実の娘が自分たちの安全を心配してくれなかったことに、レイアは少し傷ついた。

わたしたちには自分の身を守れるだけの才覚があることを知っているからよ……レイアはそう自分に言い聞かせた。「わたしたちを守ろうとしてるのね」

「まさか」アリーマはテーブルにやってきた。「ふたりには、そんな必要はないもの。少なくとも、キリックからはね」

「チスは何かを恐れているわ」

「そのとおりよ」アリーマはレイアの隣に腰を下ろした。「自分たちがクオリブで何をしてるか、銀河同盟に知られるのを恐れてるんだわ」

「彼らはキリックを恐れているの。あなたはその理由を隠している。あなたたち全員が、ね」

「隠すことなんて、何もないわ。チスが外来者を極端に恐れるのは、有名な話よ。それに彼らは昆虫に偏見を持ってる。六本脚があるからって、好きなように殺していいと思ってるんだわ」

「なかなか上手ね。でも、話題を変えようとしても無駄よ」

ジャンプを知らせる低い音が響き、〈ファルコン〉はマグのなかのココアをかすかに波立たせて、ハイパースペースに入った。レイアはもう一歩踏みこむことにした。

「アリーマ、ウェルクが守っていた昆虫はなんなの？」

アリーマはレイアの視線を受け止めた。「彼らのことは、あたしもあなた方と同じだけしか知らないわ」

「いいでしょう。わたしはこう思っているの。あの昆虫はサーバが思っているとおりのもの、コロニーの暗殺者だとね」

アリーマは首を振った。「どうしてコロニーに暗殺者が必要なの？」

「ユヌが自分たちのジェダイを欲しがっているからよ。そうなると、わたしたちを阻止しなくてはならない」

「いいえ」アリーマは首を振った。「コロニーはけっしてだれかを殺したりしないわ」

「しますとも。だからレイナーは、ヨゴイの位置を知ったわたしたちを解放したのよ。どうせ殺されてしまうから、ほかの人々に告げることはできない、とね」

「レイナーがあなた方を自由に出発させたのは、秘密を守ってくれると信頼したからよ。ユヌはあなた方や〈シャドウ〉に対する襲撃とはなんの関係もないわ。あれは……」

アリーマはまたしてもまゆを寄せた。まるでサーバを襲った男の名前を思い出そうとするかのように。

「ウェルクよ。驚いたこと。マーカーで裏切った相手の名前を覚えていないの？」

「べつに意味はないわ。コロニーが暗殺者だなんてばかげた話で混乱してるだけ。ええ、それだけよ」

この便利な口実に、レイアは即座に疑いを抱いた。「ごめんなさい。ウェルクのマスターの名前はちゃんと思い出せるんでしょうね。彼の名前は？」

「彼女の名前よ。もう少しで引っかかりそうになったけど」

「彼女の名前を思い出せる?」

アリーマは少しのあいだ考えてから尋ねた。「それがこれと、どんな関係があるの? ふたりとも死んだのよ」

「だったら、サーバを襲ったのはウェルクではないことになるわね?」

アリーマは、きっぱりした調子でうなずいた。「ええ、そんなことありえない。彼は〈フライヤー〉が墜落したときに死んだんだもの……マスターと一緒に」

今度はレイアが顔をしかめた。真実が——少なくとも、アリーマが記憶している真実が、レイアの目のまえで変わっていく。

「だったら、サーバを襲ったのはだれだった?」

「チスのスパイだったにちがいないわ」

「ライトセーバーを持ったチスのスパイ?」

「ライトセーバーはどこかで盗んだのかもしれない。さもなきゃ拾ったとか」

「その可能性はあるわね」レイアは慎重に相槌《あいづち》を打った。「でも、ウェルクが墜落を生き延びたと考えるほうが、理屈に合わないかしら?」

アリーマは首を振り、熱心に説得しようとした。「あの墜落でヨゴイが見つけたのは、レイナーだけだったのよ」

「だからといって、レイナーが唯一の生存者だという意味にはならないわ。ジェイセンから聞かなかった？　彼はそこにいたのよ。レイナーがウェルクとロミを墜落した宇宙船のなかから助けだすのを見たの」

「ジェイセンは見たと言ったけど、そんなの不可能よ。〈フライヤー〉が墜落したとき、彼はあたしたちと一緒に〈バーヌ・ラース〉にいたんだもの。さもなければ、ヴァーゲアに捕まって、コルサントにいたか」

「たしかにそうね。それでも、ジェイセンは墜落の直後の出来事を見たの。どうしてかわからないけど、見たのよ」

「ジェイセンは見たと言った」アリーマは立ちあがり、出ていこうとするように背中を向け、それからくるっと振り向いてテーブルに戻っていた。「だからって、それが真実とは限らないわ」

レイアはこの奇妙な反応にとまどった。「わたしが墜落現場にいるとき、ジェイセンが話しかけてきたの。ジェイセンはそのとき、ジュリオにいたわ」レイアはきっぱり答えた。「わたしはあの子を信じるわ」

「でしょうね」アリーマは落ち着きなく歩きはじめた。「彼はあなたの息子だもの」

「それに、彼には何ができるか見たからよ」レイアは用心深く尋ねた。「どうしてそんなにジェイセンが間違っていると信じたいの？」

「どうして、ジェイセンが間違ってない、って信じたがるの？」

「わたしたちは、攻撃してきた相手を突き止めたいだけよ」わたしが話している相手はだれなのかしら？　レイアは穏やかな声で答えながら思った。アリーマがタングバークをグリッタースティムと間違えて顔を輝かせたことには、深い意味が隠されているのかもしれない。「それに、ウェルクがかかわっていることは、ほぼ確信があるの。おそらく、ロミも……」

「ジェイセンが何を見たと思ってるか、そんなことは問題じゃないわ。ふたりとも死んでるんだから」

「あなたはそれを知ってるの？」

アリーマはうなずいた。

「どうやって知ったの？」

「あたしたちは……」アリーマは急に無表情になり、のどの奥で大きな舌打ちのような音をもらしながら言いなおした。「コロニーは知ってるのよ」

「コロニーは知ってる」レイアは自分がそれを信じていないことを、あからさまにほのめかした。

「アリーマ、あなたは何を守ろうとしているの？」

「何も！」トワイレックはこぶしでテーブルをたたいた。「あたしたちが言ったとおりにしていれば、何も怖がる必要はないわ！」

「〝あたしたち〟？」

アリーマは目を見開き、テーブルのそばで体を起こした。だいぶショックを受けたらしく、口は動くが、言葉が出てこない。

ノーグリが音もなくキャビンの入り口に現れた。レイアは片目でちらっとそちらを見て、待つように合図し、それから黙ってココアの残りを飲んだ。

ようやく彼女はマグを下に置き、顔を上げた。「いまの言葉が間違っていることは、わかったようね。よかったわ」

「もちろん。あたしたちは……あたしは……謝るわ」

アリーマはくるっときびすを返し、ノーグリがあやうくよけそこねるほど急いでキャビンを出ていった。

レイアは黙って行かせた。オッサスまでは長い旅だ。アリーマから真実を聞きだす時間はたっぷりある。いまのところは、これで満足しよう。

レイアは目を閉じ、フォースのなかへと思いを送った。〈シャドウ〉がクオリブから運んでいったかもしれない隠れた危険を、今度こそはっきりした形でルークに告げられることを祈りながら。

(下巻へつづく)

スター・ウォーズ
ジョイナーの王 上巻

トロイ・デニング［著］ 富永和子《とみながかずこ》［訳］

発行日――２００６年９月20日　初版第１刷発行
発行人――長谷弘一
発行所――株式会社ソニー・マガジンズ
〒１０２―８６７９　東京都千代田区五番町５―１
電話　０３（３２３４）５８１１（営業）
０３（３２３４）７３７５（お客様相談係）
印刷所――中央精版印刷株式会社

ISBN4-7897-2961-3　Printed in Japan.